CTHULHU MYTHOS II

克苏鲁神话 II

〔美〕H.P.洛夫克拉夫特——著

姚向辉——译

浙江文艺出版社
Zhejiang Literature & Art Publishing House

果麦文化 出品

Profile

To R·H· Barlow, Esq.; whose Sculpture hath given Immortality to this trivial Design of his oblig'd obdt Servt
Cthulhu H.P.Lovecraft
11th May, 1934

Tibi, magnum Innominandum, signa stellarum nigrarum et bufoniformis Sadoquae sigillum.

Ludwig Prinn
<De Vermis Mysteriis>

疯狂山脉 ———————— 001

墙中之鼠 ———————— 131

印斯茅斯小镇的阴霾 ———————— 160

超越时间之影 ———————— 243

疯狂山脉

– 1 –

科学家拒绝在不明原委的情况下听从我的建议,因此本人只得打破沉默。这场筹划中的南极探险将广泛搜寻化石、大规模钻探和融化远古冰盖。吐露反对理由已经违反了我的意愿,因为我的警告很可能仅仅是徒费唇舌,所以我就更加不愿意开口了。尽管本人必须公开真相,但引来质疑亦是无可避免之事;然而,若是非要剔除看似荒诞和难以置信的内容,那我也就没有什么可说的了。从未公开过的普通摄影和航拍照片能够成为有力的证据,因为它们清晰生动得令人胆寒。可是,照片的拍摄距离都过于遥远,足以进行巧妙的后期篡改。墨水画容易被斥为显而易见的欺诈,虽说艺术专家应该会注意到所用技法的怪异并为之困惑不已。

归根结底,我必须依靠几位科学领袖的判断和立场。一方面,他们的思维足够独立,在衡量我提供的资料时能够以其恐怖的真实性或借鉴某些难以理解的原始神话集合;另一方面,他们拥有足够的影响力,可以阻止探险界在那片疯狂山脉区域贸然开展过于野心勃勃的计划。一个非常不幸的事实是,我本人和同僚只是相对默默无闻的人物,背后只有一所普普通通的大学,在牵涉到怪诞离奇或饱受争议性的事情上,几乎没有发言权。

对我们更为不利的是,从严格意义上说,我们算不上相关领域的专家。我是米斯卡托尼克大学探险队的一名地质学家,本校工程系的弗兰克·H.帕博蒂教授设计出一种极为先进的钻头,我的任务只是在这种钻头的协助下,获取南极大陆各处岩石和土壤的深层样本。我没有奢望过成为其他领域的开拓者,但我确实希望能够沿着前人的探险路径,在各种地点使用这种新机械,采集过去用传统方法难以得到的样本。正如公众从我们的报告中了解到的,帕博蒂的钻探设备在轻巧、便携和性能上都独树一帜且另辟蹊径,结合了传统自流井钻头和小型圆岩钻的工作原理,能够快速适应硬度不同的多个岩层。钢制钻头、连接杆、汽油引擎、可拆卸的木架、爆破器材、绳缆、用于移除废渣的螺旋钻和长达一千英尺的五英寸口径分节组合管道——再加上必不可少的附属设备,三架七条狗拉的雪橇就能拖动,这都要归功于大多数金属部件巧妙地使用了铝合金。我们有四架道尼尔大型运输机,专门为飞越极地高原的超高海拔飞行任务改装,装配了帕博蒂设计的燃料加热和快速发动装置,能够从冰障[1]边缘的基地运送整个探险队前往内陆各个适合降落的地点。抵达这些地点后,将有足够数量的雪橇犬供我们驱使。

我们计划在一季(假如确有必要,也可略作延长)允许的范围内探索尽可能广阔的极地区域,主要瞄准的是罗斯海以南的山脉和高原地带,沙克尔顿、阿蒙森、斯科特和伯德曾在不同程度上勘察过这些区域。我们打算频繁更换营地,驾驶飞机跨越足够长的距离,前往地质特征明显不同的地点,希望能够钻取出数量空前的研究材料,尤其是过去鲜有发现的前寒武纪地层样本。我们也希望能够获得尽可能大量和多样化的上层化石岩,尽管这片荒凉的土地现在只有寒冰和死亡,但它的原始生命史对我们了解地球的过往极为重要。众所周知,南极大陆曾经处于温带甚至热带,布满了各种各样的动植物,如今却只剩下地衣、海洋动物、蛛形纲生物和北海岸的企鹅。我们希望从多样性、精确性和细致性的角度扩展这部分知识。假如某次简单的钻探找到了化石存在的迹象,我们就用爆破扩开孔径,获得尺寸合适、保存得更加完整的样本。

钻探的深度依上层土壤或岩石的情况而定,但地点仅限裸露或半裸露的地表。由于地势较低的区域都覆盖着厚达一二英里的坚冰,我们不可避免地只能选择山坡和岩脊,也不可能在太

---

[1]. 原文为 ice barrier,是冰架(ice shelf)的旧称,罗斯冰架是南极最大的冰架,旧称大冰障(Great Ice Barrier)。

厚的冰层上浪费钻探深度。尽管帕博蒂制定了一套方案，将铜电极沉入密集的钻孔簇群，用汽油发电机输入的电流融化限定面积内的坚冰，但在我们这次探险活动中只能试验性地稍加利用。虽说我从南极返回后就多次发出警告，但即将启程的斯塔克怀瑟-摩尔探险队依然打算正式使用这套方案。

我们定期用无线电向《阿卡姆广告报》和美联社报告进展，帕博蒂和我后来发表了一系列文章，公众通过这两个途径得知了米斯卡托尼克探险队的情况。我们一行有四人来自大学：帕博蒂、生物系的雷克、物理系的阿特伍德（亦是气象学家）和代表地质系的本人，我同时也是名义上的负责人。另外还有十六名助手，其中七人是大学的研究生，九人是经验丰富的机械师。十六名助手里有十二人是有资格的飞机驾驶员，十四人能熟练使用无线电设备，八人会用罗盘和六分仪导航，帕博蒂、阿特伍德和我也会。我们还有两艘舰艇，都是木制的前捕鲸船，为冰海环境做了特别加固，并加装了辅助的蒸汽机，这两艘船自然同样配足了人手。赞助本次探险的是纳撒尼尔·德比·匹克曼基金会和几笔专项捐赠。因此，尽管没有得到大众的广泛关注，我们的准备工作依然异常充分。狗、雪橇、机器、宿营物资和拆成零件的五架飞机先送往波士顿装船。为了达成特定的目标，我们的装备精良到了极点。近些年有许多格外卓越的先驱者前往南极，我们在补给、饮食、运输和营地建设等各方面都受益良多。这些先驱者不但数量众多，而且声名显赫，因此我们的探险队尽管准备充分，却几乎没有引来任何注意。

如报纸所述，1930年9月2日，我们从波士顿启航，沿海岸线从容南下，穿过巴拿马运河，在萨摩亚、霍巴特和塔斯马尼亚稍作停留，在塔斯马尼亚最后一次补充物资。探险队的成员都没有来过极地，因此完全依赖于两位船长的判断，他们都是南极海域的捕鲸老手，一位是J.B.道格拉斯，负责指挥双桅船"阿卡姆号"并担任海上队伍指挥官；另一位是格奥尔格·索芬森，负责指挥三桅船"米斯卡托尼克号"。我们离开人类居住的世界，太阳在北方的天空越沉越低，在地平线以上停留的时间也越来越长。在南纬62度，我们见到了第一批冰山，它们状如平桌，边缘陡峭。当离南极圈越来越近，浮冰给我们带来了不少麻烦。10月20日，我们进入南极圈，船上举办了趣味盎然的庆祝仪式。穿过热带后的漫长航程之中，越来越冷的天气令我苦恼，但我努力振作精神，准备迎接未来更严酷的考验。奇妙的大气现象屡次引得我沉醉，其中包括栩栩如生的海市蜃楼（我这辈子第一次见到），遥远的冰山变成了巨大得难以想象的城堡墙垛。

两艘船推开浮冰，我们运气很好，浮冰既不多也不紧，最后在南纬67度、东经175度重新进入开阔海域。10月26日早晨，南方出现了一道强烈的所谓"地闪光"，不到中午，我们激动地看见一条巍峨雄壮、白雪覆盖的山脉，它占据了正前方的整个视野。未知的大陆，冰封的神秘死亡世界，我们终于见到了它的边缘。前方的山峰无疑就是罗斯发现的阿德米勒蒂山系，我们眼下的任务是绕过阿代尔角，沿维多利亚地的东岸前往南纬77度9分厄瑞波斯火山脚下的麦克默多湾，计划是在那里建立基地。

最后一段航程充满奇景，激起我们无穷的幻想。雄伟而贫瘠的神秘山峰始终耸立于西方，太阳在正午时分低垂于北方，午夜时分则紧贴着南方的海平线，将朦胧泛红的光线洒向白雪、发蓝的冰块与水道和裸露的小片黑色花岗岩山坡。可怕的南极狂风断断续续地呼啸着扫过荒凉的山巅，声调中时常含有近乎于风笛奏出的模糊音韵，介于认知边缘的疯狂音符跨越了一段宽广的音域，潜意识记忆里的某种原因让我感觉焦躁不安甚至隐约害怕。我不禁想到尼古拉斯·洛里奇怪诞而令人不安的亚洲风景画，还有阿拉伯疯人阿卜杜拉·阿尔哈萨德《死灵之书》中有关冷原的更加怪诞和令人不安的邪恶传说。我曾经在大学图书馆翻阅过这本恐怖的书籍，后来对此感到追悔莫及。

11月7日，我们经过弗兰克林岛，西方的山脉暂时离开了视野。第二天，我们在前方远远地望见了罗斯岛上的厄瑞波斯山和恐惧峰，漫长的帕里山脉在它们背后浮现。大冰障相比之下显得低矮，像一条白线般向东方延伸，垂直的边缘高达两百英尺，状如魁北克的岩石峭壁，标记着南向航程的终点。当天下午，我们驶入麦克默多湾，在烟雾缭绕的厄瑞波斯山的背风面海滩下锚。熔岩堆积的山峰直插东方的天空，海拔约一万二千七百英尺，仿佛日本版画中的富士神山。白色的恐惧峰宛如鬼魅，海拔约一万零九百英尺，是一座死火山。厄瑞波斯山断断续续地喷吐浓烟，才华横溢的研究生助手丹弗斯注意到白雪皑皑的山坡上有疑似熔岩的东西，他指出这座发现于1840年的活火山无疑就是七年后爱伦·坡的灵感来源：

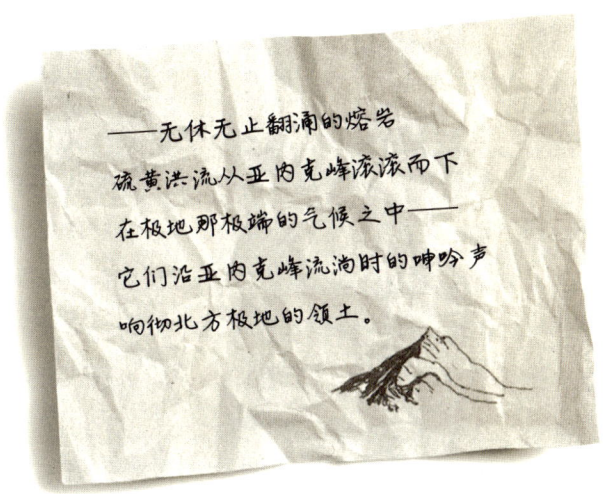

——无休无止翻涌的熔岩
硫黄洪流从亚内克峰滚滚而下
在极地那极端的气候之中——
它们沿亚内克峰流淌时的呻吟声
响彻北方极地的领土。

丹弗斯热衷于阅读怪异书籍，总把爱伦·坡挂在嘴边。我本人对爱伦·坡也很感兴趣，因为他唯一的长篇小说——令人不安、神秘难懂的《亚瑟·戈登·皮姆》——描述了南极洲的景象。荒凉的海岸上，海岸背后高耸的冰障上，无数模样怪诞的企鹅吱吱叫嚷，拍打鳍足；海面上能见到许多肥胖的海豹，有些游来游去，有些躺在缓缓漂动的大块浮冰上。

午夜过后不久的11月9日凌晨，我们坐小艇艰难地登上了罗斯岛，从两艘船各拉一根缆绳到岸边，准备用滑车和浮筒卸下装备。尽管先前的斯科特和沙克尔顿探险队都选在此处登陆，但我们第一次踏上南极土地时依然心潮澎湃、百感交集。我们在山坡下封冻的海滩上搭建了临时营地，不过指挥中心还是设在"阿卡姆号"上。我们卸下钻探设备、犬只、雪橇、帐篷、口粮、汽油罐、实验性的融冰装置、传统相机和航拍相机、飞机部件和其他装备，除了飞机上的无线电，还有三套便携式无线电收发器，能够在南极大陆上有可能造访的任何一个角落与"阿卡姆号"上的大型收发器取得联系。船上的无线电收发器能与外部世界联络，向《阿卡姆广告人》设在马萨诸塞州金斯波特角的大功率电台发送新闻稿件。我们希望能够在南极的夏季内完成预定任务。假如无法做到，就要在"阿卡姆号"上过冬，在海面封冻前派"米斯卡托尼克号"回北方获取下一个夏季的补给。

新闻媒体已经报道了我们初期的工作，我在此就不详细描述了：我们登上厄瑞波斯山；在罗斯岛上成功地完成了钻探作业，帕博蒂的设备达到了无与伦比的速度，遇到厚实的岩层也不在话下；短暂地测试了小型的融冰装置；冒着危险将雪橇和物资送上冰障；终于在冰障上的营地里装配起了五架大型运输机。登陆队伍包括二十个人和五十五条阿拉斯加雪橇犬，健康状况良好，不过迄今为止还没有遭遇过真正毁灭性的寒潮和风暴。最重要的一点，气温始终在零度和二十到二十五华氏度间徘徊，而新英格兰的冬季早已让我们习惯了这个级别的寒冷。冰障营地是半永久性的，用来存放汽油、口粮、炸药和其他补给。在五架飞机中，只有四架用来装载探险物资，第五架与一名飞行员、两名船上人员留守储藏基地。万一另外四架飞机全部失踪,他们依然能从"阿卡姆号"来接应我们。晚些时候,等不再需要用所有飞机运送装备之后,我们将派遣一架或两架承担储藏基地和另一处永久性基地之间的往来交通,这处基地位于南方六七百英里之外、比尔德莫尔冰川另一侧的高原上。尽管以前的探险队都提到过高原上会有骇人听闻的狂风和暴风雪,但出于财力和效率的考虑,我们依然决定碰碰运气,不再设立中转站。

无线电发送的报告已经描述了那场扣人心弦的四小时不间断飞行。11月21日,我们编队飞越高耸的冰架,庞大的山峰在西方拔地而起,无法言喻的死寂回应着引擎的轰鸣声。风没有带来多少麻烦,无线电罗盘指引我们穿过一片能见度为零的浓雾。飞到南纬83度至84度之间,壮观的隆起在前方隐现,我们知道探险队已经来到了比尔德莫尔冰川——全世界最大的山谷冰川。冰封的海洋渐渐消失,充满褶皱的多山海岸线取而代之。我们终于进入了地球最南端、万古死寂的白色世界。正在回味这个事实的时候,海拔近一万五千英尺的南森峰远远地出现在了东方。

我们越过冰川,在南纬86度7分、东经174度23分处成功地设立了南部基地,借助雪橇和短程飞行考察了多个地点,以创纪录的效率快速而有效地钻孔和爆破采样。这些事情早有记叙,在此不再赘述。12月13日至15日,帕博蒂带领研究生吉德尼和卡罗尔艰难地成功登顶南森峰。我们身处海拔八千五百英尺的高原上，尝试性钻探发现某些地点仅仅在十二英尺深的冰雪下就是坚硬的地面，所以在多个地点使用小型融冰装置、扩孔钻头和实施爆破，先前的探险者从未想到过能在这里取得岩石样本。钻探得到的前寒武纪花岗岩和比肯砂岩证明了我们的猜想：这片高原与西方的大片陆地拥有相同的起源，但与东方南美洲以南的地块有所区别。我们当时认为那是冰封的罗斯海和威德尔海从更大的陆地上分离出的一块较小的地块，但后来伯德证明了这个猜想是错误的。

每次钻孔确定了砂岩的存在，探险队就会跟进爆破和开凿。我们发现了一些非常值得研究的化石痕迹和残骸，尤其是蕨类植物、海藻、三叶虫、海百合和舌形贝目与腹足纲的软体动物，对研究这个区域的远古历史具有重要的意义。在一次深层爆破钻孔的采样结果中，雷克从三块页岩碎片中拼出了一道三角形的条纹痕迹，最宽处近一英尺。这些碎片来自西面近亚历山德拉皇后山脉的一个地点，生物学家雷克认为这些痕迹不同寻常地令人困惑、引人好奇，但在我这个地质学家的眼中，它与沉积岩中颇为常见的涟漪效应不无相似之处。页岩无非是沉积岩岩层受挤压后的一种变质构造，而压力对本已存在的痕迹也会造成奇特的扭曲效应，因此我认为那些带条纹的压痕并不值得大惊小怪。

1931年1月6日，雷克、帕博蒂、丹弗斯、六名学生、四名机械师和我乘两架运输机径直飞越南极，突如其来的强风迫使我们中途不得不降落了一次，还好强风没有发展成典型的极地风暴。正如媒体报道所陈述的，那是数次观测飞行中的一次。其他几次飞行中，我们尝试辨认先辈探险者从未抵达之地的地貌特征。初期的多次飞行在这一方面尽管令人失望，但还是帮助我们拍摄到了极地那光怪陆离的海市蜃楼的绝佳照片，先前在海上航行时我们短暂地目睹过这壮丽的景观。遥远的群山飘浮在天空中，仿佛魔法构造的城市。白茫茫的世界时常在午夜低垂的太阳的魔法下，变幻成邓萨尼的梦想和冒险渴望中的金色、银色、猩红色的国度。多云的日子里，天空与白雪覆盖的大地会交融成一整片神秘莫测的虚无，没有了肉眼可见的地平线帮我们标识出两者的接合之处，飞行遇到了不小的麻烦。

最后，我们决定执行原先的计划，四架运输机向东飞行五百英里，在我们错误地认为属于一块较小陆地的区域新建一个次级营地，想在那里获取用于对比研究的地质学样本。队员的健康保持得很好，酸橙汁有效地补充了罐头和腌制食品缺乏的维生素。气温通常位于华氏零度以上，我们做事时不需要裹上厚实的毛皮外套。时值仲夏，假如抓紧时间且胆大心细，就有希望在三月结束工作，不必在寒冬中熬过极地的漫漫长夜。我们遭遇过几场从西方刮来的猛烈风暴，但阿特伍德发挥出高超的才能，用厚重的雪块搭出简易的飞机棚和防风墙，加固了营地的主要建筑物。我们的好运气和高效率简直到了不可思议的地步。

外部世界当然知晓我们的进展，也听说了雷克那怪异而顽固的坚持，他主张我们向西（更确切地说，向西北）做一次徒步勘探，然后再决定要不要大动干戈搬进新的营地。他似乎花了大量时间思考那块页岩上的三角形条纹痕迹，提出的大胆想法激进得让人担心。他仿佛从中读出了自然界与地质时期之间的某些矛盾，他的好奇心被推到了极点，使得他渴望在向西延伸的地质构造上继续钻孔和爆破，因为这些痕迹化石无疑属于那片地质构造。他怪异地执意认为，三角形痕迹是某种完全无法分类但高度进化的未知巨型生物留下的印记，罔顾它所在的岩层事实上极其古老（即便不是前寒武纪，也至少是寒武纪），那个时期根本不存在高度进化的生命，生命仅仅进化出了单细胞，顶多只到三叶虫的阶段。这些化石碎片和上面的怪异印痕至少有五到十亿年的漫长历史。

— 2 —

我们在无线电简报中提到雷克朝西北方向进发，前往人类从未涉足甚至从未想象过的地区，我猜测这个消息一定引得大众浮想联翩，但我们没有提到他企图颠覆整个生物学和地质学的疯狂念头。1月11日至18日，他与帕博蒂和另外五名人员乘雪橇踏上钻探之旅（途中在跨越冰原中一道巨大的压力脊时雪橇意外翻覆，损失了两条雪橇犬），挖掘出了越来越多的太古代页岩，这些古老得难以想象的岩层中蕴含着丰富的痕迹化石，连我都被勾起了兴趣。然而，他发现的痕迹明显来自非常原始的生命形式，与现有认知没有太大的出入，这些生命形式原本就应该出现在前寒武纪的岩层之中。因此，当雷克请求我们打断争分夺秒的考察计划，调用全部四架飞机、大量人手和探险队的所有机械装备时，我实在看不到其中有任何站得住脚的理由。我没有否决雷克的计划，尽管他很希望听取我在地质学方面的建议，但我还是决定不参加西北方向的分遣队。他们离开后，我将与帕博蒂和另外五名人员留在基地，制定向东转移的最终计划。为了这次迁移，一架飞机已经开始从麦克默多湾向北运送大量汽油补给，不过这项工作可以暂时中止。我给自己留下了一架雪橇和六条雪橇犬，在这么一个万古死寂、杳无踪迹的世界里，手边缺少可用的交通工具是很不明智的。

大家应该都记得，雷克的分遣队在进入未知区域后，通过飞机上的短波无线电收发机报告情况，南部营地和麦克默多湾的"阿卡姆号"都能收到他的信号，"阿卡姆号"还通过上限到五十米的长波无线电向外部世界转播。分遣队于1月22日凌晨4时出发，仅仅两小时后我们就收到了第一条无线电消息，雷克称他们已经降落，在离我们三百英里之处开始小规模融冰和钻探作业。又过了六小时，我们收到了令人极度兴奋的第二条消息，雷克称他们钻探和爆破出一口较浅的竖井，然后像海狸似的疯狂开掘，最终发现了一些页岩碎片，其上的多处痕迹都类似于最初诱发他好奇探究的那块条纹化石。

三小时后他们又发来简报，宣布他们顶着刺骨狂风再次起飞。我发消息反对他们进一步冒险，但雷克简短地回复说新发现的标本值得冒任何风险。我注意到他已经兴奋得开始抗命了，如此贸然的举动有可能危及整个探险的成功，而我却无能为力，这令我不寒而栗。他正在深入那片变幻莫测的白色险恶之地，在暴风雪的统治下绵延一千五百英里的神秘而广阔的土地上前行，直至玛丽皇后地和诺克斯地那一半为人所知、一半来自猜想的未知海岸线。

又过了一个半小时，雷克在飞行途中发来那条倍加令人兴奋的消息，几乎扭转了我的担忧，我甚至开始后悔自己没有参加他们的分遣队。

> 晚间10点零5分。飞行中。飞出暴风雪，观测到高度前所未见的山脉。加上高原的海拔，可能与喜马拉雅山相当。坐标约为南纬76度15分，东经113度10分。左右均至视野之外。疑有两座尚在冒烟的活火山。山峰均为黑色，无积雪。山脉方向刮来狂风，难以靠近。

看见这条消息，帕博蒂、我和其他人员屏息守在无线电前。七百英里外那巍峨的庞然群山点燃了我们内心深处的冒险渴望。尽管未能亲身参与，但探险取得的成就依然令人欢欣鼓舞。半小时后，雷克再次呼叫我们。

莫尔顿的飞机在丘陵台地上迫降，无人受伤，飞机应能修复。返航或继续前进时如有必要，可将重要物资转移到另外三架飞机上，但目前尚不需要长途飞行。山脉的高度超乎想象。将卸下卡罗尔飞机上的所有重物后出发侦察。你们无法想象我眼前的景象。最高的山峰无疑超过三万五千英尺。埃弗勒斯峰相形见绌。我和卡罗尔飞行侦察，阿特伍德将用经纬仪测量高度。火山口的猜测或有错误，因为地质构造显有分层。很可能混入了其他岩层的前寒武纪页岩。怪异的天际线效应：似有规则的立方体攀附于峰顶最高处。金红色的低射阳光下，景象极其不可思议。仿佛梦境中的神秘国度，又像一道大门，通往充满未知奇迹的禁忌世界。真希望你们能亲临现场。

尽管已经到了该睡觉的时间，我们这些听众却没有要去休息的念头。麦克默多湾恐怕也是这样，因为储藏营地和"阿卡姆号"同样能收到雷克的信号。道格拉斯船长用无线电祝贺探险队的全体成员，储藏营地的报务员谢尔曼随后效仿。当然了，我们也为受损的飞机感到遗憾，希望它能够顺利修复。晚间11点，雷克再次呼叫我们。

我和卡罗尔飞越了最高的丘陵。天气恶劣，不敢挑战高峰，待以后再做尝试。登山非常艰难，在目前海拔下更是难上加难，但值得付出努力。高大的山脉连绵不断，难以窥见它背后的景象。主峰超过喜马拉雅山脉，而且非常奇特。山峰似乎是前寒武纪页岩，但明显混有大量其他的隆起地层。火山猜测错误。山脉朝两个方向都延伸出了视野范围。狂风扫清了两万一千英尺以上的积雪。最高峰的山麓上有形状怪异的地质构造，例如巨大的扁平方块，侧面完全垂直；又如仿佛低矮竖直墙垒的矩形线条，就像罗列赫所绘攀附于陡峭山峰上的亚洲古堡。飞近其中一些，卡罗尔认为它们由互不相连的较小方块组成，但多半是风化的结果。大多数方块的边缘已经崩裂和磨平，像在风雪和气候变迁中暴露了几百万年。有一些部分，尤其是较上层，岩石的颜色似乎比山麓裸露地层的颜色更浅，因此无疑源于晶体。通过近距离飞行观察到了许多岩洞入口，有一些的轮廓规则得不同寻常，呈正方形或半圆形。你必须来研究一下。我似乎在一座山峰的顶端见到了四四方方的墙垒，海拔约在三万到三万五千英尺之间。飞机目前位于两万一千五百英尺，寒冷得简直恐怖。狂风吹过隘口，进入岩洞，发出哨声和笛音，但飞行目前尚无危险。

接下来的半小时，雷克连珠炮似的发来消息，表达了徒步攀登几座高峰的意愿。我答复说只要他能派遣一架飞机回来，我就尽快前去与他会合，帕博蒂和我将制定出最节省汽油的计划，根据这次探险现已改变的目标，确定在什么地点用什么方法集中物资。看起来，雷克的钻探作业和飞行活动会消耗大量燃料，我们必须将汽油送往他打算在山脚建立的新营地。我为此呼叫道格拉斯船长，请他尽可能多地从两艘船上收集汽油，用我们留下的最后一支雪橇队将汽油送上冰障。我们需要在雷克和麦克默多湾之间建立一条穿越未知区域的直接补给路线。

晚些时候，雷克呼叫我说，他决定在莫尔顿的飞机迫降地点附近扎营，飞机的修理工作已经取得了一定进展。那里的冰盖非常薄，到处都能见到裸露在外的黑色土地，他打算就地钻探和爆破，然后再乘雪橇巡游勘察和登山探险。他说整个景象壮观得无法用语言形容：默然耸立的山峰直插天空，犹如世界边缘的高墙。站在背风的山坡上，他的感官陷入了一种怪异的状态。根据阿特伍德用经纬仪测量的结果，五座最高的山峰均在三万到三万四千英尺之间。地表的风蚀特征让雷克非常不安，因为它们表明这里时常遭到强烈得不可思议、人类闻所未闻的狂风侵袭。离营地五英里多一点的地方，较高的丘陵陡然隆起。他极力主张我们应该抓紧时间，以最快速度结束在这片新发现的怪异区域上的考察工作，我几乎从这些言语中听到了他潜意识中的一丝惊恐，这种情绪跨越七百英里冰原感染了我。他以常人难以匹敌的效率和强度连续工作了一整天，取得了令人瞩目的成功，现在他终于打算去休息了。

早晨，我与雷克、道格拉斯在各自远隔千里的营地里做了一场无线电三方会谈，最终雷克决定派一架飞机来我的营地接帕博蒂、五名助手和我，并带上尽可能多的燃油回去。至于燃油问题本身，取决于我们对东进行程的判断，可以过几天再说，因为雷克有足够的燃料供营地取暖和钻探。最初建立的南部营地迟早需要补充物资，但假如我们推迟东进探险的出发时间，那么在明年夏季之前就不会再启用南部营地了。另一方面，雷克必须派一架飞机勘探地形，制定从麦克默多湾到他新发现的山脉之间的直接路线。

帕博蒂和我开始准备关闭营地，关闭的时间长短依情况而定。假如我们决定在南极过冬，那么多半会直接从雷克的基地飞回"阿卡姆号"，不再需要返回这个营地。我们有一部分锥形帐篷已经用坚实的雪砖加固过了，现在决定全面加固，干脆搭成一座永久性的爱斯基摩村落。备用的帐篷非常充足，因此即便加上我们七人，雷克的营地也有足够的物资可供使用。我用无线电通知雷克，称再工作一天和休息一夜后，帕博蒂和我就可以向西北出发了。

但下午4点过后，我们的工作进度就不那么稳定了，因为这时雷克开始发来最不同寻常和令人兴奋的消息。他这一天刚开始不怎么顺利，因为驾驶飞机勘察裸露的岩石表面时，完全没有发现他在寻找的太古代或更原始的地层，而这两者构成了在可望不可即之处俯瞰营地的庞大山峰的很大一部分。他们见到的绝大多数岩层显然是侏罗纪与科曼奇纪的砂岩和二叠纪与三叠纪的片岩，偶尔能瞥见几块反光的黑色露头岩，应该是坚硬的板岩煤。雷克不由气馁，因为他的计划完全依赖于能不能挖掘出超过五亿年历史的样本。结论非常清楚：想要寻找带有古怪印痕的太古代页岩矿脉，他必须乘雪橇从丘陵地带前往庞然峰岭的陡峭山坡。

尽管如此，他还是决定在营地附近钻探采样，以完成这次探险的总体目标。他搭起钻井台，分配五名人员操纵钻头，其他人员继续搭建营地和修理受损的飞机。第一次采样选择了视野内硬度最低的岩石——营地四分之一英里外的一片砂岩。钻探非常顺利，几乎不需要爆破辅助。三小时后，钻探队伍实施了第一次高烈度爆破，他们的欢呼声随即响起。领队的吉德尼冲进营地，带来了令人震惊的消息。

他们打通了一个洞窟。钻探开始没多久，砂岩就让位于科曼奇纪的石灰岩矿脉——其中充满了头足纲、珊瑚虫、海胆和石燕贝目生物的小型化石，间或有石化的海绵和海生脊椎动物的骨骼，后者很可能包括了某些种类的硬骨鱼、鲨鱼和硬鳞鱼。这个发现本身就足够重要了，因为这是本次探险中第一次找到脊椎生物的化石。但只过了一小会儿，放下去的钻头打穿地层，落入一个明显的空洞，钻探队员顿时倍加兴奋起来。一次大型爆破打开了埋藏于地下的秘密，边缘参差不齐的洞口有五英尺见方，深约三英尺，透过这个洞口，殷切的探索者见到了一段狭窄的石灰岩隧洞，这是五千多万年前一个早已逝去的热带世界的涓涓水流蚀刻出的产物。

空洞地层仅深七到八英尺，但朝各个方向延伸到不可知的远处，微弱流动的新鲜空气说明它从属于某个四通八达的地下隧洞体系。洞顶和洞底遍布钟乳石和石笋，有些已经连接成了石柱。更加重要的是，形形色色的甲壳和骨骼多得几乎堵塞了通道。水流将它们从中生代的蕨类植物和真菌的丛林、第三纪的苏铁、扇形棕榈和原始被子植物的森林中冲刷而来，这些稀奇古怪的骨质残骸包括了白垩纪、始新世和其他地质时代的代表性样本，最了不起的古生物学家也不可能在一年内完成清点和分类工作。贝类、甲壳类、鱼类、两栖类、爬行类、鸟类和早期哺乳类动物，有的大有的小，有的已知有的未知。难怪吉德尼会欢呼着冲进营地，也难怪其他所有人都抛下工作，冒着刺骨寒风跑向高耸的钻井台，因为那里标志着一扇新发现的大门，通往地下深处、万古之前的秘密。

满足了刚开始最强烈的好奇心之后，雷克潦草地在笔记本上写下一段文字，请莫尔顿跑回营地，立刻用无线电播发出去。这是我首次听说这一场大发现，消息称他们辨认出了早期贝类的壳体、硬鳞鱼和盾皮鱼的骨骼、迷齿动物和槽齿动物的遗骸、沧龙头骨的碎片、恐龙的椎骨和板甲、翼龙的牙齿和翅骨、始祖鸟骨骼的残片、中新世古鲨的牙齿、原始鸟类的颅骨以及远古哺乳动物（例如古兽马、剑齿兽、恐角兽、始祖马、岳齿兽及雷兽）的颅骨、椎骨和其他骨骼，但没有较晚近的乳齿象、现代象、骆驼、鹿和牛类动物的化石。雷克据此得出结论：最后一批沉积发生于渐新世，那片中空地层保持被发现时的干燥、死寂和封闭状态已有至少三千万年。

另一方面，隧洞中出现了大量非常古老的生命形式，这一点极为异常。根据古海绵之类的典型嵌入化石判断，这片石灰岩地层无疑构造于科曼奇纪，不可能更早了，然而隧洞中的散落化石却有多得令人惊叹的很大一部分来自古老得多的地质年代，甚至包括志留纪和奥陶纪的原始鱼类、贝类和珊瑚类。最显而易见的推论是在世界的这个角落里，从三亿年前到三千万年前的生命拥有非同寻常和独一无二的连续性。这种连续性有没有超过洞穴封闭时的渐新世就完全无从推测了。无论如何，可怖的冰河时代在大约五十万年前的更新世来临（比起这个洞穴的遥远历史，五十万年前简直就像昨天），彻底终结了在这里侥幸逃过灭绝宿命的远古生命。

雷克不满足于只发出这头一条消息，没等莫尔顿回到他身边，他就已经写出第二份简报，越过茫茫雪原播报给我们。随后，莫尔顿留在一架飞机上的无线电前，向我和"阿卡姆号"播发（"阿卡姆号"再向外部世界转播）雷克接二连三通过信使传递给他的消息。通过报纸关注探险队进展的读者一定记得，那天下午的报道在科研人员之中掀起了兴奋的浪潮，而这些报道在多年以后最终促成了斯塔克怀瑟－摩尔探险队的成立，使得我忧心忡忡地想要劝说他们改变计划。在此请允许我原文引用雷克发出的消息，报务员麦克泰格从铅笔速记稿将它们转写成文本。

福勒在爆破得到的砂岩和石灰岩碎片中有了至为重要的发现。几条清晰的三角形条纹印痕，很像太古代页岩上发现的印痕，证明造成印痕的生物从六亿年前存活到了科曼奇纪，没有巨大的形态学变化，平均尺寸也没有减小。假如说有什么不同，那就是科曼奇纪的印痕明显比更古老的印痕原始或退化。请在媒体上强调这一发现的重要性。对生物学的意义不亚于爱因斯坦对数学和物理学的意义。请附上我先前的研究成果并补充结论。证据似乎表明，正如本人的推测，地球在太古代细胞一系之前已经有过一轮或多轮的有机生命循环，它们至少在十亿年前就完成了演化和特化，彼时的地球还很年轻，尚不存在任何形式的生命或普通的原生质结构体。由此引出的问题是，这些生物是在什么时间、什么地点，又如何完成演化的呢？

———————

　　续。检验了部分大型陆生和海生蜥蜴类及原始哺乳类动物的骨骼残片，在骨质部发现独特的伤痕和创口，不同于任何地质年代的所有已知掠食类和肉食类动物。痕迹分两类：穿透性的贯穿伤和似乎来自劈砍的切割伤。有一两例被利落截断的长骨。留有伤痕的标本不多。已派人去营地取电子照明设备。将砍断钟乳石以扩大地下搜索的范围。

———————

又续。发现形状奇特的皂石碎片，直径约六英寸，厚约一英寸半，完全不同于附近可见的地质构造。颜色发绿，无法推测其所属年代。碎片光滑、规则得离奇。状如尖端断裂的五角星，内角和表面中央亦有裂纹。未破裂的表面可见光滑的小凹痕。对其成因和风化过程颇为好奇。很可能是水流侵蚀的非典型结果。卡罗尔用放大镜观察后，认为能够辨认出含有地质学意义的更多特征。微小的凹凸点构成规则的图案。我们工作时犬只变得越来越不安，似乎非常讨厌这块皂石。必须研究它是否散发出特定的气味。待米尔斯带照明设备回来，我们就将开始勘察地下区域。

———————

晚间10点15分。重要发现。9点45分，奥伦多夫和沃特金斯携带照明设备在地下勘察，发现了可怖的桶状生物化石。这种生物完全未知，有可能是植物，也可能是某种过度生长的未知海生辐射对称动物。矿物盐似乎保护了其身体组织。坚韧如皮革，但有一些部位依然拥有惊人的弹性。两端和周围边缘有组织断裂的迹象。全长六英尺，中部直径约三点五英尺，到两端缩小为一英尺。整体像在辐板接缝处有五条脊状突起的圆桶。脊状突起中部的侧面横截线上有裂口，仿佛较细的茎干。脊状突起之间的褶皱中有怪异的增生体。长有肉冠或肉翼，能够像翅膀似的叠起和打开。全都严重破损，只有一个较为完整，肉翼展开后宽度近七英尺。外观让我想起远古传说中的某些怪物，尤其是《死灵之书》中虚构的古神。肉翼似乎是膜状构造，依附于腺管组成的框架上。翼尖的框架腺管上明显可见小孔。躯体两端皱缩，难以窥见其内部结构，也无从得知是否存在已经断开的附属结构。待回到营地后解剖研究。无法判断究竟是植物还是动物。许多特征明显原始得不可思议。已调配所有人手清理钟乳石，以进一步寻找样本。发现了更多的损毁骨骼，但这部分勘察可暂缓。犬只方面遇到麻烦。它们无法容忍新发现的样本，要不是被我们隔开一段距离，恐怕早已将其撕成碎片。

———————

晚间11点30分。戴尔、帕博蒂、道格拉斯，请注意。最重要的发现，我愿意称之为空前绝后。"阿卡姆号"务必立刻向金斯波特角转发。怪异的桶状生命体就是在岩石上留下印痕的太古代动物。米尔斯、波德鲁和福勒在离洞口四十英尺的地下又发现了一批样本，共计十三个。其间还有一些棱角光滑得奇怪且形状规则的皂石碎片，但尺寸都比先前发现的那个小，尽管也呈星形，外表均无裂痕，只有部分的尖端除外。生命体样本中有八个保存完好，所有附肢都在原处。已将全部样本带回地面。将犬只隔离开一段距离。它们无法容忍这些东西。准备近距离观察以详细描述，收到后请复述以确保精确。媒体必须正确报道这一重大发现。

生物体长八英尺。带有五条脊状突起的桶状躯体高六英尺，中部直径三点五英尺，两端直径一英尺。深灰色，有弹性，极其坚韧。肉膜翼宽七英尺，颜色相同，发现时为折叠状态，从脊状突起之间的沟槽内展开。框架为管状骨或腺管，铅灰色，翼尖有孔。肉膜翼展开后边缘呈锯齿状。五条辐板式脊状突起的顶部中央有五套浅灰色的柔软肢体或触须，发现时叠起并紧贴躯干，但伸直后最长可达三英尺。仿佛原始海百合的肢体。直径三英寸的单根茎干延伸六英寸后分支为五根次级茎干，其中每一根延伸八英寸后都分支为五条渐细的小触手或触须，因此每条茎干最终分支为共计二十五条触手。

躯干顶端是浅灰色的膨大颈部，带有类似鱼鳃的构造，颈部支撑着黄色五角海星形状的形态学头部，其上覆盖着三英寸长、色彩缤纷的坚韧纤毛。头部粗重而肿大，端点间距约为两英尺，从每个端点延伸出三英寸长的黄色软管。顶端中央有裂口，疑似呼吸器官。每条软管的尽头都呈球状膨胀，黄色肉膜向肉柄翻开，露出带有红色虹膜的晶状球体，似为眼睛。海星状头部的内角长出五条较长的红色软管，尽头处形成相同颜色的嗉囊状膨胀结构，施加压力后打开，露出最大直径为两英寸的钟形孔道，内径排列有尖锐的白色齿状隆起物，疑似嘴部。所有软管、纤毛和海星状头部的顶端在发现时均向下紧密收拢，软管和~~头亚紧接颈部和躯干~~。尽管极其坚韧，但弹性好得惊人。（头部顶端紧贴膨大颈部和躯干。）

躯干底部长有与头部器官大致类似但功用不同的对应物。膨大的浅灰色伪颈部，缺少鳃状构造，长有绿色海星状五角肢体。肌肉发达的坚韧触手长约四英尺，根部直径七英寸，渐细至顶端直径约二点五英寸。每条触手的顶端均有由五根翅脉支撑的绿色三角形肉膜，尽头长八英寸，宽六英寸。正是这些蹼足、鳍状肢或伪足在十亿年前到五六千万年前的岩石上留下了印痕。海星状结构的内角长出两英尺长的红色软管，根部直径三英寸，渐细至顶端直径约一英寸。尖端有开孔。这些器官均为皮质，极其坚韧，但弹性非常好。长有蹼足的四英尺触手无疑用于在海洋中或陆地上移动。展开后可见肌肉异常发达的特征。发现时，这些器官均紧贴伪颈和躯干底部，与另一端的情况类似。

尚无法确定它属于动物界还是植物界，但较倾向于动物。有可能是经历了极高度演化但又没有丧失某些原始特征的辐射对称动物。尽管明显存在不一致之处，但无疑与棘皮动物有些相似。假如是海洋生物，翼状结构就令人不解了，但或可用于在水中游动。对称性奇异地更接近植物，因为植物以上下结构为主，而动物以前后结构为主。演化的年代遥远得令人惊骇，早于迄今所知的最简单的太古代原生动物，无从推测其起源。

完整样本不可思议地接近原始神话中的某些怪物，无可避免地证明它们曾经在古代存在于南极洲之外的地域。戴尔和帕博蒂读过《死灵之书》，见过克拉克·阿仕顿·史密斯根据文本绘制的噩梦般的图画，我提到古神出于玩笑或错误创造了地球生命，他们自然明白我在说什么。学界向来认为这些概念来自对非常古老的热带辐射对称动物的病态想象，亦类似于威尔玛斯曾论及的史前民间传说，例如克苏鲁异教中的仆从。

这一发现开启了研究的广阔天地。根据相关的样本推断，沉积物应属于白垩纪晚期或始新世早期。其上沉积了大量钟乳石。开凿工作颇为艰苦，所幸样本极其坚韧，免于损坏。保存状态堪称奇迹，明显归功于石灰岩之作用。尚未发现更多样本，稍后将继续搜寻。目前的任务是将十四个巨大样本运回营地，但无法驱使犬只拉雪橇，它们狂吠不已，难以接近。三人看守犬只，尽管狂风大起，但余下九人应能顺利拖动雪橇。务必与麦克默多湾建立飞机航线，开始运送物资。休息前我将解剖一个样本。由衷希望此处建有像样的实验室。戴尔应该为企图阻止我向西探索而羞愧。首先是全世界最雄伟的山峰，然后是这个。假如这都称不上此次探险的亮点，那还有什么能算得上呢？我们已在科学史上留下姓名。恭喜你，帕博蒂，是你设计的钻头打开了那个洞穴。现在，⑳请"阿卡姆号"重复一遍，以核实我的描述。

收到这份报告后，帕博蒂和我的心情难以用语言描述，我们后方几百英里外的同伴同样陷入狂喜。早在报告从响个不停的接收机里传出来时，麦克泰格就匆忙转译了最重要的几个段落，雷克的报务员刚宣布结束，他已经开始从速记稿抄出全文。所有人都意识到了这次发现的划时代意义，"阿卡姆号"的报务员按要求回送完雷克的描述后，我即刻向雷克发去贺电。麦克默多湾储藏营地的谢尔曼和"阿卡姆号"的道格拉斯船长随即效仿。接下来，我以探险队首领的身份，在"阿卡姆号"向外部世界转播的报告中加了几句评论。在这种激动的气氛中，休息自然是个荒谬的念头。我唯一的愿望就是尽快赶到雷克的营地。他发消息称山中的狂风越来越大，短期内飞机不可能成行，我感到非常失望。

然而，不到一个半小时后，兴奋再次战胜了失望。雷克继续发来消息，称他们成功地将十四个巨大的样本运回营地。那些东西沉重得惊人，大家拉雪橇拉得很辛苦，不过九个人还是顺利地完成了任务。部分队员正在营地的安全距离外以最快速度用积雪搭建围栏，让犬只在那里舒舒服服地进食休息。样本放在营地附近的硬实雪地中，雷克选了一个送进帐篷，尝试进行初步解剖。

解剖比预想中艰难得多。他挑了一个完好无损、肌肉发达的样本，尽管在新搭建的实验室帐篷中有汽油炉充当热源，所选样本的组织看起来也足够柔软，但那只是表象，实际上却坚韧得超过了皮革。雷克不知道如何打开切口能够不严重破坏他寻找的精细结构。是的，他还有七个同样完整的样本，但除非能在洞穴里发现无穷无尽的供应源，否则鲁莽动手只会很快耗尽手头的存货。想到这里，他把这个样本放回雪地里，换了一个拖进实验室，尽管这个样本的两端还有海星状结构的些许残余，但破损严重，躯干的一条沟槽已经部分断裂。

接下来迅速通过无线电发来的结果令人困惑，甚至挑战了我们的常规认知。由于解剖工具难以切开那些反常的机体组织，因此不可能精细而准确地描述其内部结构，但获得的少量信息已足以让我们所有人陷入敬畏和迷惑。现有的生物学将被彻底改写，因为这个怪物不是任何描述细胞生长的科学所知晓的产物。尽管样本有至少四千万年的历史，但有机物几乎没有被矿物质置换，其内部器官完好无损。不会腐坏、几乎坚不可摧的皮革质地似乎是这种生物机体的固有特征。这种特征似乎符合第三纪演化的某些无脊椎生物，但完全超出了我们的想象能力。刚开始，雷克发现的所有器官都是干燥的，后来帐篷内热源产生了解冻效应，样本未受损的一面冒出有机质的潮气，同时散发出辛辣刺鼻的味道。冒出来的并非血液，而是一种深绿色的黏稠液体，应该与血液扮演相同的角色。雷克解剖到这个时候，三十七条雪橇犬已被带进营地附近尚未完工的围栏，尽管隔着一段距离，但弥散开来的酸臭气味还是引得它们狂吠不已且焦躁不安。

这次临时解剖不但没能确定此种怪异生物的分类，反而加深了它的神秘色彩。关于其外部器官的猜测全部得到证实，根据这些特征，任何人都会毫不犹豫地将它归为动物。但内部探查却发现了大量属于植物的特征，雷克因此陷入了难以自拔的困惑。它拥有消化和循环系统，通过海星状基部的红色软管排泄废物。粗略查看之下，你会认为它的呼吸器官更适合处理氧气，而不是二氧化碳。另外还发现了不同寻常的特征，能够证明它长有多个储气腔，而且可以将呼吸作用从连通外界的管孔切换到另外至少两套完全发育的呼吸系统：鳃和毛孔。它显然是两栖生物，多半能够在没有空气的环境中进行长时间休眠。发声器官似乎与主呼吸系统相关联，但依然存在难以解释的异常之处。以音节为基础的清晰发声似乎不太可能，非常有可能是具有音乐性、覆盖宽广音阶的吹奏声。肌肉系统发达得几乎不可思议。

神经系统的复杂和高度发达使得雷克惊骇不已。尽管这种生物在某些方面极为原始和古老，但它拥有全套的神经节和神经索，表现出极度特化的演进特征。脑部分为五叶，发达得惊人。证据表明它拥有通过头部纤毛起作用的一种感觉器官，所牵涉到的功能相异于地球上现存的任何一种生物。它的感官很可能超过五种，因此无法根据类似的对比物推测其习性。雷克认为这种生物的感官肯定非常敏锐，它们生活在原始世界之中，但已经拥有了精细的分工，就像现在的蚂蚁或蜜蜂。繁殖方式类似于隐花植物，尤其像蕨类。其翼尖长有孢子囊，似从原植体或原叶体演化而来。

研究到目前的阶段就为它命名实属徒劳。它外形像是辐射对称动物，但明显另有玄机。它有一部分植物特征，而四分之三机体符合动物构造的要素。根据其外轮廓的对称性和另外一些特征，可以推断出它起源于海洋，但无法准确描述其后续演化所适应的环境。肉膜翼是飞翔能力的有力证明。它在新生的地球上完成了极为复杂的演化，最终在太古代的岩石上留下印痕，这个过程远远超出了我们现有的概念，雷克不由异想天开地回忆起有关旧日支配者的远古神话：它们从星空降临地球，出于玩笑或错误造出了地球生命。他还想到了米斯卡托尼克大学英语文学系一位民俗学者讲述的离奇故事：来自外太空的宇宙生命潜藏在群山之中。

他自然考虑过一种可能性：在前寒武纪的岩石上留下印痕的是这批样本尚未演化完全的祖先。但他很快否决了这种过于简单的推测，因为更古老的化石上反而能看见更发达的结构特征。假如说有什么不同，那就是后期痕迹的轮廓线从演化角度看显得更加退化，而不是更加发达。伪足的尺寸变小了，整体形态变得粗劣和简单。更有甚者，他刚检查过的神经和器官也有不寻常的退化迹象，退化前的结构无疑比样本中的更加复杂。萎缩与退化的部分多得惊人。总而言之，解剖几乎没能揭开任何谜团。雷克不得不回头在神话中寻找一个合适的名字，半开玩笑地将他发现的生物称为"**古老者（The Elder Ones）**"。

凌晨2点30分，他决定放下手上的工作，暂时去休息片刻。他用防水油布盖上被肢解的生物，走出实验室帐篷。可一见到完好无损的那些样本，他的研究热情再次高涨。在极地半年不落的太阳照耀下，它们的组织已经有所软化，有两三个样本的头部尖角和软管表现出要展开的迹象，但环境温度毕竟低于华氏零度，因此雷克不认为它们有腐烂的危险。话虽如此，他还是将所有未解剖的样本搬到一起，用一顶备用帐篷罩住，避免阳光直射。这么做也能避免有可能散发出的气味飘向犬只，尽管它们与这里隔着很长一段距离，而且还待在越来越高的雪墙之后（前去帮忙的人越来越多，近四分之一队员此刻正忙于垫高雪屋的墙壁），但它们的敌意和不安已经成了一个确实的难题。他不得不用沉重的雪块压住帐篷布的四角，因为狂风变得越来越大，庞然群山似乎即将刮起可怕的大风暴。早些时候对极地暴风的担忧再次抬头。在阿特伍德的监督下，队员开始采取预防措施，包括加固帐篷和新的犬舍，在朝向山坡的一面为飞机搭建简陋的防风掩体。先前趁空闲时间用雪块垒砌的防风掩体达不到应有的高度，雷克不得不命令所有人放下其他工作，全力以赴投入这项任务。

凌晨4点过后，雷克终于准备结束无线电通话，待雪墙再垒高一点，他的分遣队就打算休息了。他建议我们也抓紧时间休息几小时。他和帕博蒂借助电波友好地闲聊了一阵，再次赞美帮助他取得如此发现的钻头是多么无与伦比。我热情地向雷克表达祝贺，承认他的西进决定非常正确。双方约定待上午10点再用无线电联系。假如届时狂风已经停歇，雷克就派飞机来我的基地接我们。关闭无线电之前，我向"阿卡姆号"发出了最后一条指令，请他们暂时不要向外部世界播发今天的消息，因为完整的细节过于超乎寻常，假如缺少进一步的证明，很容易引来质疑的怒潮。

— 3 —

我猜那天上午我们没有谁睡得很踏实，因为大家都在挂念雷克的发现和山间的狂风，因此不可能睡得很熟。连我们营地的风暴都异常猛烈，而雷克的营地就处于孕育狂风的未知山岭脚下，让人不得不担忧那里的情况会有多么糟糕。上午10点钟，早已醒来的麦克泰格试图按约定用无线电呼叫雷克，但西面紊乱的气流似乎影响到电波传输，阻断了通讯。但我们联系上了"阿卡姆号"，道格拉斯称他们同样未能联系上雷克。他不知道风暴的存在，尽管我们这里狂风肆虐，但麦克默多湾依然只有习习微风。

那一整天，我们都紧张不安地等待呼叫，每隔一段时间就尝试联络一次雷克，但无一例外地都毫无回应。中午时分，极其强劲的暴风从西方吹来，我们甚至开始担心这个营地的安危。好在暴风渐渐平息，只在下午2点稍有抬头之势。过了3点，室外变得非常平静，我们加倍焦急地呼叫雷克。考虑到他有四架飞机，每架都配有高性能的短波收发装置，我们难以想象普通量级的意外有可能同时损坏他所有的无线电设备。然而，顽石般的静默依然如故。考虑到他那里的风力必定强大得堪称疯狂，我们不得不开始做出最可怕的猜测。

傍晚6点，我们的恐惧变得愈加强烈和确定，我与道格拉斯、索芬森通过无线电讨论之后，决定展开调查行动。第五架飞机留在麦克默多湾储藏营地供谢尔曼和两名水手使用，它状态良好，随时可以调用。留下它本是为了防备特定的紧急情况，现在似乎就是时候了。我用无线电联系谢尔曼，命令他带着两名水手驾飞机尽快来南部营地与我们会合。气流条件显然非常适合飞行。接下来，我们讨论了调查组的成员名单，决定应该汇集全部人手，带上我留在营地里的雪橇和犬只。我们的飞机很大，专门用于运送沉重的机械设备，因此这些载重算不了什么。我依然每隔一段时间就用无线电呼叫一次雷克，也依然毫无回应。

谢尔曼带着水手贡纳森和拉森于晚上7点30分起飞，途中数次报告一路平安。午夜时分，他们抵达我们的营地，全体人员立刻开始商议下一步的行动。在缺少中途营地的情况下驾驶一架飞机穿越南极大陆非常危险，但眼下面对的是最迫切的必要性，没有人认为应该退缩。凌晨2点，我们完成初步的装机任务后短暂休息一下，四小时后起来继续打包和装机。

我们于1月25日上午7点15分启程，航向西北，麦克泰格负责领航，机上有十名人员、七条狗、一架雪橇、燃油、食物补给，以及包括机载无线电在内的其他装备。天空晴朗，几乎无风，温度颇为宜人，预计不会遇到太多麻烦就能赶到雷克给出的营地经纬度。我们担忧的是在旅程终点有可能发现什么或无法发现什么，因为无论怎么呼叫雷克的营地，得到的都是一片静默。

航程共计四个半小时，其间发生的每一桩事情都烙刻在我的记忆中，因为它在我的人生中占据至关重要的地位。它标志着我在五十四岁的年龄上，失去了已经习惯外在自然和自然规律的正常心智拥有的全部安宁和平衡。从那以后，我们十个人（首当其冲的是研究生丹弗斯和我本人）将不得不面对一个超出常识无数倍的世界。恐怖之物潜伏其中，没有任何方法能够消除我们情绪中的阴影，只能尽可能克制自我，不向全人类揭示我们的发现。报纸刊登了我们在飞行途中发出的简报，其中讲述了这段不间断的航程：我们如何两次与高空强风搏斗，见到雷克三天前在途中钻探时留下的地表裂痕，目睹阿蒙森和伯德描述过的在风中滚过茫茫冰原的怪异蓬松雪柱。然而，到了某个时刻，我们不再能够用媒体可以理解的语言描述我们的所感所想。而从另一个时刻起，我们不得不严格限制向外发出的内容。

水手拉森首先发现了前方鬼魅般的锥峰和尖峰构成的参差轮廓，他的叫喊声引得所有人奔向巨型机舱的舷窗。尽管我们飞行得很快，但天际线变清晰的速度却非常慢，我们据此知道那些山峰肯定无比遥远，现在就能看见是因为它们高得异乎寻常。随着飞机的前进，山峰一点一点阴森地插向西方的天空。我们逐渐分辨出一个又一个光秃而贫瘠的黑色山巅，它们沐浴在淡红色的极地阳光下，背后映衬着撩人心弦的五彩冰晶云，在我们心中激起怪异的幻梦感觉。眼前的诡异奇景有一种无处不在的暗示感觉，仿佛其中蕴含着惊人的秘密和不可思议的启示。就好像这些噩梦般的荒凉险峰是一道可怖门径的塔门，通往禁忌的迷梦星球和遥远时空中超越维度存在的错综鸿沟。我忍不住觉得它们是邪恶之物，这些疯狂山脉的另一面就俯瞰着遭到诅咒的终极深渊。背景中隐隐发光的沸腾云雾蕴含着不可言喻的线索，引人走向尘世空间以外极其遥远的彼方。同时又令人惊恐地提醒我们，人类从未涉足和勘察过的终南世界是一个多么遥远、孤独、与世隔绝的万古死亡之地。

在年轻人丹弗斯的提示下，我们注意到了更高处山峰天际线那奇异的规则性：规则得仿佛完美立方体的残余碎片，雷克在报告中也提到过这一点，将它们比作罗列赫那精细而怪异的绘画里亚洲云雾山巅中的古老庙宇废墟，眼前的景象证明他所言非虚。这片神秘而反常的嶙峋高地确实拥有罗列赫作品的那种诡秘感觉。10月第一次望见"维多利亚地"时出现在我脑海里的念头再次油然而生。我还产生了另一种不安的警觉感，这幅画面与太古神话有着类似之处，这片致命土地与原始传说中有着邪恶名声的冷原相像得令人担忧。神话学家认为冷原位于中亚地区，但人类及人类先祖拥有漫长的种族记忆，某些传说有可能源自比亚洲或人类所知世界更古老的地域、山峦和恐怖庙宇。少数大胆的神秘主义者隐晦地认为仅有残篇存世的《纳克特抄本》源自更新世，而撒托古亚的虔信者和撒托古亚一样，也是异于人类的生物。冷原，无论它栖身于哪个时空，都不是我愿意涉足甚至靠近的场所。我自然也不可能欣赏一个与之类似的世界，更何况它还孕育出了雷克所描述的那种归属不明的太古代畸形怪物。这时候，我为自己读过那可憎的《死灵之书》而深感懊悔，也后悔我曾在大学里和博学得令人牙痒痒的民俗学家威尔玛斯探讨过很多相关的话题。

我们飞近群山,开始分辨出山脚丘陵层叠起伏的轮廓,渐变成乳白色的天顶忽然迸发出怪异的蜃景,我的情绪无疑放大了我对这幅景象的反应。前几个星期内,我曾经数十次地目睹极地蜃景,其中不乏与眼前景象同样神秘、奇异和栩栩如生的例子,但这一次的蜃景中含有某种全新的晦涩而险恶的象征意义,望着壮观的高墙、城堡和尖塔组成的迷宫,耸立于沸腾搅动的冰晶云之中,我不由浑身颤抖。

蜃景中浮现出一座巨石城市,其中的建筑结构不但不为人类所知,甚至超出了人类的想象。暗夜般漆黑的石造建筑聚集成群,具现着对几何法则的怪异扭曲,将险恶和疯狂发挥到了畸形的极点。我们看见被截断的圆锥体,有些凿成阶梯状或挖出凹槽,顶端竖起高耸的圆柱体,这儿那儿地呈球茎状膨胀,末端往往覆盖有几层较薄的圆齿碟状物;奇异的台状悬垂建筑物似乎由无数层矩形、圆形或五角形石板交错堆积而成。我们看见复合的圆锥和棱锥,有些独自矗立,有些支撑着圆柱体、立方体或截断的圆锥和棱锥,偶尔还有五座针状尖塔构成的怪异簇群。管状桥梁在令人眩晕的高度连通不同的建筑物,将所有癫狂的构造体编织在一起,场景中隐含着的城市规模庞大得使人感到恐怖和压抑。从分类上说,这次蜃景无非是极地捕鲸船"斯科斯比号"在1820年观测并绘制的那种景象,只是更加狂野。它出现在这个时间和地点,黑色的未知山峰在前方高耸入云,我们脑子里装着异乎寻常的远古发现,在探险队大批人马有可能遭遇灾难的凝重气氛笼罩下，大家似乎都觉得蜃景中潜藏着敌意和无穷邪恶的征兆。

蜃景终于消散，我不禁松了一口气，然而在消散的过程中，有些噩梦般的塔楼和锥体短暂地幻化出更丑恶的扭曲形状。随着整个幻景化为翻滚搅动的乳白色云雾，我们再次望向东面，发现行程的终点已经不远了。前方的未知山脉升向令人眩晕的高度，仿佛巨人的可怖堡垒，怪异的规则轮廓线清晰得惊人，不用望远镜也能看得清清楚楚。我们飞过低矮的丘陵，冰雪和高原的裸露地块之间有两个深色斑点，估计那就是雷克的营地和钻探点。更高的丘陵在前方五六英里外拔地而起，构成一道山脊，与它们背后高过喜马拉雅山的恐怖山脉形成鲜明的对比。最后，替换麦克泰格驾驶飞机的研究生罗普斯开始朝左侧的黑点降落。从规模来看，那里应该是雷克的营地。他降落的时候，麦克泰格用无线电发出了外部世界从探险队收到的最后一份未经删减的报告。

所有人应该都已经读过了我们在南极逗留的剩余时间内那些无法令人满意的简报。降落几小时后，我们有保留地发出了一份报告，讲述这里发现的惨状，并且不情愿地宣布前两晚到前一天的可怕风暴摧毁了雷克的整个分遣队。十一名成员牺牲，吉德尼失踪。人们原谅了报告中对细节的含糊其词，因为他们意识到悲剧无疑让我们陷入震惊，也相信了我们声称狂风将十一具尸体损毁得不适合运回外界的说法。我不得不称赞自己，因为哪怕被悲伤、困惑和攫住灵魂的惊恐淹没，我们的描述也几乎没有在任何方面偏离事实。令人胆寒的重要细节潜藏于我们不敢讲述的内容之中，若不是想要提醒其他人远离那无可名状的巨大恐怖，我永远都不可能主动开口。

狂风造成了可怕的破坏，这是事实。即便不存在另外的某个因素，他们恐怕也很难侥幸逃生。这场夹杂着冰粒的风暴来势汹汹，猛烈得超过了探险队遇到过的任何一场风暴。一架飞机的防风掩体过于单薄，几乎被打得粉碎。远处钻探点的井架完全散架。冰粒将迫降的飞机和钻井设施的金属表面打磨得闪闪发亮，两顶较小的帐篷尽管用雪块加固过，但依然被碾平。暴露在风暴中的木头表面变得坑坑洼洼，冰粒剥掉了油漆，雪地上的所有足迹被抹得干干净净。我们没有发现任何一个能完整带走的太古代生物样本，但确实从坍塌成一堆的各种物品里抢救出了一些矿物样本，包括数块绿色皂石碎片，它们古怪的五圆角造型和小点组成的模糊花纹引出了许多模棱两可的比照。我们还找到了一些骨骼化石，其中有好几块能清晰看见雷克描述过的怪异伤痕。

犬只悉数遇难，在营地附近匆忙建造的围栏几乎被完全摧毁。风暴应该是罪魁祸首，但围栏朝向营地的一侧并不是迎风面，却遭到了更大的破坏，说明犬只曾疯狂地企图跳出或冲破围栏。三架雪橇全都不见踪影，只能推测是狂风将它们卷到不可知的地方去了。钻井台上的钻探和融冰设备已经损坏得无法回收，因此我们用它们堵住雷克炸出的通往远古的洞口，封死了那条令人不安的通道。我们还将受损最严重的两架飞机留在了营地，因为救援队只有四名像样的机师：谢尔曼、丹弗斯、麦克泰格和罗普斯，而丹弗斯的精神状态太差，实在不适合驾驶。我们带回了所有资料、科学仪器和能够找到的其他物品，但绝大多数东西都离奇地无影无踪了。备用的帐篷和毛皮或者消失，或者遭到彻底损坏。

我们驾驶飞机大范围巡航。下午4点左右，我们不得不放弃对吉德尼的搜索，向"阿卡姆号"发出有所保留的简报供其对外转播。我认为我们做得不错，成功地将报告写得冷静而含糊，顶多只提到了雪橇犬表现得激动不安，尤其在接近那些生物样本时极为狂躁，已故的雷克描述过这种情形，因此我们对此早有预料。但我们没有提到，雪橇犬在嗅闻怪异的绿色皂石和遍地狼藉中的某些物品时也表现出了同样的不安情绪，这些物品包括科学仪器、飞机和营地与钻探点的设备，它们的部件被卸下、移动或破坏，肇事的狂风难道还拥有古怪的好奇心，喜欢调查研究？

至于那十四个生物样本，我们有最充分的理由对此语焉不详。在报告中我们称发现的样本均已损毁，但残余的部分足以证明雷克的描述不但完整，而且精确得令人钦佩。我们很难在这件事上彻底排除个人情绪，报告并没有提到实际发现的样本数量和发现的具体过程。当时我们一致同意，在发送的报告中删去可能让雷克及其队员蒙上发疯恶名的所有内容，因为我们见到的情形只能用疯狂来形容：六个残缺不全的畸形怪物仔细地被埋葬在九英尺深的冰雪坟墓之中，坟丘堆成五角形，上面还有成组圆点构成的图案，与从中生代或第三纪地层中挖掘出的怪异绿色皂石上的图案完全相同。雷克提到的八个完好样本似乎全被狂风吹走了。

另外，我们不想打破公众的平和心态，因此丹弗斯和我都没有透露第二天飞越群山的那次恐怖航程。为了越过那般高度的山脉，飞机的负重必须减到最低，因此将侦察航行的成员仁慈地限制为仅有我们两人。我们于凌晨1点返航，丹弗斯已经濒临歇斯底里，但依然令人钦佩地没有乱说话。不需要我的劝诫，他就发誓说绝对不会对外展示我们的速写和装在口袋里带回来的东西，也绝对不会吐露超出我们一致同意对外讲述的故事之外的内容。他藏起拍摄的胶片，只供日后自己研究使用。因此，我现在将要说出的事情不但对公众来说闻所未闻，于帕博蒂、麦克泰格、罗普斯和谢尔曼而言也同样陌生。事实上，丹弗斯的口风比我还要紧，因为他看见或他认为自己看见了一样东西，但他甚至不肯告诉我他看见了什么。

正如大家已经知道的，我们在报告中陈述了艰难爬升至高空的经过，途中的见闻证实了雷克的看法：这些庞然山峰确实由太古代板岩和其他古老的褶皱地层构成，至少从科曼奇纪中期就停止了地质变迁；我们避重就轻地提了几句攀附于峰顶的立方体和墙垒结构，认为洞口应该是流水侵蚀石灰质矿脉造成的结果；我们推测经验丰富的登山者应该能利用某些坡面和隘口攀登和翻越山脉；我们称山脉神秘的另一侧是巍峨广袤的超级高原，高原与山峰本身一样古老，地质变迁也早已停止。高原海拔两万英尺，怪诞离奇的岩石构造穿透极薄的冰层，高原本体与高耸入云的最高峰之间分布着地势逐渐降低的丘陵地带。

　　这份报告本身的各个方面都真实可信，完全满足了驻守营地人员的好奇心。离开了十六个小时，远远超过报告中飞行、降落、勘察和搜集岩石样本所需要的时间，我们将其归咎于长时间的逆风延误了返航；不过，我们确实曾在另一侧的丘陵地带降落。幸运的是这个故事听起来真实可信且平淡无奇，足以打消其他人效仿我们的念头。然而，假如他们也试图飞去看看，我肯定会使出全部本领去阻止他们——天晓得丹弗斯会有什么反应。雷克营地有两架飞机状况较好，但操纵系统遭到了莫名其妙的毁坏。我和丹弗斯离开后，帕博蒂、谢尔曼、罗普斯、麦克泰格和威廉姆森片刻不停地修理，让它们能够重新投入使用。

　　第二天上午，我们决定将物品装上飞机，尽快返回旧营地。尽管有些迂回，但这是去麦克默多湾的最安全路线，因为直线穿越最不为人类所了解的万古死亡大陆，将牵涉许多额外风险。考虑到悲剧性的减员和钻探设备的损坏，继续探险已经不再可能。疑虑和恐惧笼罩着我们（这一点没有对外透露），迫使我们只想以最快的速度逃离这片孕育着疯狂的荒芜极地。

　　正如公众已经知道的，我们返回文明世界的行程没有遇到更多灾难。第二天也就是1月27日晚间，经过毫无耽搁的无间断飞行，所有飞机都安全抵达了旧营地。1月28日，我们分两段飞回麦克默多湾，行程中的那次停顿非常短暂，起因是我们离开大高原后在冰架上空遭遇强风，航向出现了偏差。五天后，

"阿卡姆号"和"米斯卡托尼克号"载着剩余的人员和设备，破开正在逐渐增厚的浮冰从罗斯海向北走。南极洲动荡的天空之下，维多利亚地的隐约群山在西面嘲笑着我们，将狂风的呼啸扭曲成音域宽广的笛音，令我从灵魂深处升起寒意。不到两周，我们将极地的最后一丝身影抛在背后。谢天谢地，终于离开了那片受诅咒的诡秘土地，自从物质第一次在这颗星球尚未完全冷却的外壳上翻腾涌动，生命与死亡、时间与空间就在那不可知的年代缔结了亵渎神祇的黑暗盟约。

回来以后，我们始终致力于劝阻人们对极地的探索，而且以罕见的团结和忠诚态度将疑虑和揣测限制在我们这些人之内。就连年轻人丹弗斯，哪怕在精神崩溃的情况下，也没有放弃责任，向治疗他的医生们胡说一通。事实上，如我所说，有一样东西他认为只有他一个人见到了，甚至对我都守口如瓶，尽管我认为说出来将有助于缓解他的精神状况。虽说那东西恐怕不过是较早时受惊骇后产生的谵妄幻觉，但倾诉肯定能够理清他的忧惧，释放他内心的压力。他曾经在几个难以自控的罕见时刻对我吐露过一些支离破碎的内容，一旦恢复清醒就会激烈地否认他曾说过那些话。

劝说其他人远离南方那片白色大陆非常困难，我们的一些努力引来探询的视线，反而直接妨碍了原来的目标。我们早该意识到人类的好奇心无法磨灭，早先对外宣布的探险成果足以驱策其他人踏上探索未知事物的不朽征程。雷克关于怪异生物的报告，将博物学家和古生物学家的激情撩拨到了最高点，但我们足够明智，没有展示从埋葬了的样本上取到的残缺部位和发现那些样本时拍摄的照片。我们同样没有展示更令人困惑的绿色皂石和带有伤痕的骨殖化石。丹弗斯和我更是坚决不肯拿出在山脉另一侧的超级高原上拍摄的照片和绘制的速写，还有我们放在衣袋里带回来用以抚平惊恐的心情的东西。

然而，最近斯塔克怀瑟和摩尔正在组织新的探险队，准备周全得远远超过了我们企图达到的水准。若不加劝阻，他们就将深入南极大陆的核心地带钻探和融冰，直到挖出有可能终结我们熟悉的这个世界的东西。因此，我最终只能打破沉默，甚至不得不提起潜藏于疯狂山脉另一侧的不可名状的终极恐怖。

— 4 —

想到要允许思绪返回雷克的营地、我们真正目睹的景象和恐怖山脉另一侧的异类，难以形容的犹豫和憎恶就会充满我的内心。我时常尝试对细节闪烁其词，让含糊不清的叙述代替事实和难以避免的推论。我希望我已经吐露了足够多的真相，借此允许我对其余的事情一笔带过——所谓其余的事情，也就是雷克营地的可怖景象。我已经描述了遭到狂风蹂躏的大地、被摧毁的防风掩体、散落遍地的机械设备、随行雪橇犬程度各异的焦躁、消失的雪橇及其他物品、队员与犬只的死亡、吉德尼的失踪和被疯狂地埋葬的六个生物样本——它们尽管来自四千万年前的消亡世界，身体有结构性的损伤，肌肉组织却离奇地完好无损。我不记得有没有提到过一点：清点犬只尸体后，我们发现少了一条狗，但当时并没太往心里去，直到后来发现实情为止——事实上，只有丹弗斯和我认真思考过这个问题。

我隐瞒至今的关键事实与尸体和某些微小细节有关，它们或许为看似毫无头绪的混乱场面提供了另一种难以置信、令人惊恐的解释。当时我命令队员尽量不去关注这些细节，因为将一切都归咎于雷克队伍的某人忽然发狂要简单得多——也正常得多。从表面上看，噩梦般的山间狂风足以逼疯置身于这尘世间最神秘和荒芜之地的任何人。

当然了，整个场景中最反常之处无疑还是尸体的状况——队员和犬只都一样——他们都陷入了某种可怕的苦战，尸体以难以理解的残忍方式被扯烂和撕碎。根据我们的判断，所有队员和犬只都死于绞杀和撕裂伤。引发这场灾难的似乎是雪橇犬，从匆忙搭建的围栏的最终情况来看，围栏无疑遭到了来自内部的蛮力破坏。雪橇犬无比厌恶那些可怕的太古代生物，因此犬舍与营地隔开了一段距离，但预防措施似乎没有取得应有的效果。雪橇犬被单独留在恐怖的狂风之中，围栏不够结实也不够高，它们受惊逃窜，起因究竟是狂风本身，还是噩梦般的样本散发出的微弱气味越来越浓烈，那就谁也说不清了。尽管样本有备用帐篷覆盖，但南极洲低垂的太阳持续不断地照射帐篷布，雷克也提到过怪物坚韧的组织会在阳光下逐渐松弛和打开。也许狂风吹飞了盖住样本的帐篷，使得它们互相碰撞，虽然样本古老得难以想象，可体内某些气味更加浓烈的成分依然逐渐渗透到了表面。

无论究竟发生了什么，事实上都无比丑恶、令人憎恨。也许我应该暂时抛开洁癖，先讲述最可怕的部分，但必须先要直截了当地在此声明：基于本人亲身观察和与丹弗斯共同做出的缜密推理，当时宣告失踪的吉德尼绝对不可能是我们发现的可怖惨状的元凶祸首。如前所述，尸体遭到了恐怖的毁坏，现在我不得不补充一点，那就是部分尸体以最怪异、冷血和非人类的方式遭到了切割和肢解——犬只和队员都一样。无论是四足动物还是两足动物，那些较为健康和肥壮的尸体身上，最结实的肉体组织都被切下和取出，动手的像是一位细心的屠夫。尸体周围还奇怪地撒着盐粒（来自飞机上被破坏的口粮储藏箱），无法不在我们心中唤起最令人惊惧的联想。这件惨事发生在一面简陋的飞机防风掩体之内，我们从中拖出那架飞机，但之后的狂风抹掉了能帮助我们做出可信推断的所有证据。从遭受切割的人类尸体身上粗暴地扯下的衣服碎片未能提供任何线索。被摧毁的犬只围栏的背风角落里有一些模糊的印痕，但这个细节并没有任何意义，因为那些印痕完全不符合人类的脚印，反而会让人想起雷克在过去几周内时常谈到的印痕化石。待在疯狂山脉背风的阴影之中，你必须管好自己的想象力。

如前所述，吉德尼和一条雪橇犬最终宣告失踪。在走向那顶恐怖的防风帐篷之前，我们以为失踪的是两条狗和两个人。供解剖使用的帐篷几乎完好无损，我们在调查完可怕的雪地坟墓之后才走进那里，却见到了惊人的景象。帐篷里已经不是雷克离开时的样子，因为临时搭建的解剖台上，用防水油布盖住的远古怪物的残缺标本已经不见了。事实上，我们意识到六个被疯狂埋葬的不完整样本之一，也就是散发着特别的可憎气味的那个样本，无疑正是雷克试图分析的零落样本重新拼凑起来的产物。此时的试验台上和周围散落着其他东西，从中不难发现那是经过了古怪而笨拙的仔细解剖的一个人和一条狗。为了照顾生者的感受，我就不说那个人究竟是谁了。雷克的解剖工具不见了，但有证据表明，这些工具经过了认真的清洁。汽油炉也不见了，原先摆放汽油炉的位置周围很奇怪地有一堆火柴。我们将这个人的碎块埋葬在另外十个人旁边，将雪橇犬的碎块与另外三十五条狗一起落葬。试验台和乱扔在其周围的图解书籍上都有一些怪异的污痕，我们无从猜测它们的由来。

这就是营地的恐怖景象中最可怕的部分，不过另有一些事情也同样令人困惑。吉德尼、一条雪橇犬、八个完好的生物样本、三架雪橇、特定的工具、技术与科学方面的图解书籍、书写材料、电子照明设备和蓄电池、食物与燃料、取暖设备、备用帐篷、毛皮大衣及其他类似物品的失踪，彻底超出了理性推测的能力范围。另外，某些纸张上滴溅了墨迹，飞机、营地及钻探点的其他机械设备上能看出怪异而陌生的摸索和尝试使用的痕迹。犬只似乎异常憎恨这些被拆成碎片的设备。另外，食品贮藏点被翻得乱七八糟，特定的食物悉数失踪，罐头以最难以理解的方式在最难以理解的地方被撬开，可笑地乱扔成一堆。散落各处的火柴同样是个小小的谜团，它们有的完好如初，有的折断了，有的使用过。还有几件毛皮大衣和两三顶帐篷扔在附近，各自以独特和怪异的方式被撕开，似乎有人企图笨拙地进行超乎想象的改造。人类和犬只尸体遭受的粗暴对待和太古代受损样本得到的疯狂埋葬都是整个令人崩溃的疯狂事件的组成部分。为了避免眼下这种不测事件再度发生，我们仔细拍摄了营地里凌乱的疯狂景象的全部重要证据，并打算用这些照片恳请斯塔克怀瑟-摩尔探险队打消出发的念头。

在防风掩体内发现尸体后，我们首先做的就是拍照和挖开那一排五角形雪堆下的疯狂墓穴。任谁都不可能忽视丑陋坟堆、圆点图案与雷克对怪异的绿色皂石的描述这两者之间的相似性。我们在一堆矿石中发现了几块皂石样本，注意到两者确实异常相似。有一点必须说清楚，它们的整体形状很容易让人想到太古代怪物的海星状头部，我们一致同意，这种令人厌恶的联系无疑强烈地刺激了探险队员在疲劳下变得过度敏感的神经。第一次亲眼目睹被埋葬的怪物对我们来说是个恐怖的时刻，我和帕博蒂的想象力顿时飞向了听说过或读到过的某些令人惊惧的远古神话。见到这些怪物并且与它们长时间相处，再加上压抑心灵的极地孤独和可怕的山间狂风，迫使雷克探险队的心智走向了疯狂。

根据前面讲述的情况，所有人都自然而然地将一切归咎于精神错乱，尤其是唯一有可能幸存的吉德尼。但我并没有那么天真，会以为没人由此产生疯狂的猜想，事实上，只是理智不允许我们将这些猜想说出口而已。当天下午，谢尔曼、帕博蒂和麦克泰格驾驶飞机在周边地区仔细搜寻，用望远镜扫视地平线，希望能找到吉德尼和失踪的物品，最终一无所获。他们报告称巨大的山脉犹如屏障，朝左右两个方向无休止地延伸，看不见高度和整体构造有任何变化；只有部分山峰顶端的规则立方体和墙垒结构变得更加清晰和显眼，与罗列赫笔下的亚洲山间城市废墟有着不可思议的相似性。被剥去积雪的黑色山巅上的神秘岩洞在可见范围内似乎分布得颇为均匀。

尽管目睹了这么多的恐怖景象，我们仍拿出充分的冒险精神和科研热情，将好奇心投向了神秘山脉另一侧的未知领域。正如先前有所保留的简报所述，在惊恐和困惑中度过一整天后，午夜时分我们终于准备休息，但在躺下前，我们先初步制定了一套方案，打算驾驶一架携带航空相机和地质学仪器的轻装飞机，在明天上午进行一次或多次跨越山脉的高海拔飞行。我们决定由丹弗斯和我率先尝试，并且希望能够尽快出发，因此在清晨7点就早早起床，可惜被强风一直拖延到将近9点才起飞，我们在发往外部的简报中提到了这一点。

十六个小时后，我们回到营地。之前已经重复过我们向留守人员和外部世界讲述的那个模棱两可的故事，此刻落在我肩膀上的可怕任务就是填补当时出于仁慈而留下的空白，说出我们在山脉另一侧隐秘世界中见到的事物，揭示究竟是什么逼得丹弗斯精神崩溃。我希望他能够坦诚地描述一下他认为只有他见到的东西，尽管那多半只是精神紧张之下的幻觉，但也是促使他变成今天这个样子的最后一根稻草,然而他却坚决反对我的建议。我和他共同经历了深入骨髓的惊恐震撼之后,他在穿过狂风呼啸的群山返回营地的航程中自言自语,讲述到底是什么吓得他惊声尖叫,而我能做的只是原样引用他支离破碎的喃喃低语。这部分内容将放在本文的最后。我将用最清楚的证据证明远古的恐怖之物依然存在,假如这还不足以阻止其他人前往南极洲内陆肆意妄为,或者至少阻止他们去窥探充满禁忌秘密、遭受万古诅咒的极地孤寂荒原之下的深处,那么唤醒无可名状甚至难以度量的巨大邪恶的责任就不是我的了。

丹弗斯和我研究了帕博蒂前一天下午的飞行记录,用六分仪测量后计算出可达范围内最低的山隘位于营地视野内的右方某处,海拔高度约为两万三千至两万四千英尺。于是,我们驾驶一架轻装飞机驶向那个方位,踏上了这趟发现之旅。营地位于南极高原上陡然蹿升的丘陵地带,本身海拔就有一万二千英尺,因此实际上的飞行高度并没有表面上那么可观。不过,随着飞机逐渐爬升,我们还是强烈地感觉到空气越来越稀薄,寒冷也越来越刺痛难耐。为了确保能见度,必须打开机舱舷窗。当然,我们已穿上了最厚实的毛皮大衣。

黑暗而险恶的禁忌山峰耸立于布满冰隙的积雪和岩石冰川线之上。随着飞机的靠近,视野中攀附在山坡上的古怪规则构造也越来越多,我不禁再次想起尼古拉斯·罗列赫那些离奇的亚洲风景画。风化的古老岩层完全符合雷克的简报,证明这些年代久远的山峰是以同一种方式在地球历史上某个早得惊人的时期形成的，很可能已经存在了五千万年之久。猜测它们原先的高度已经毫无意义，但这个怪异地区的各种证据都表明此处的大气影响不利于地质变化，反而会减缓能造成岩石剥蚀的通常气候过程。

然而，最让我们着迷和不安的还是山坡上随处可见的规则立方体、墙垒和岩洞。我用望远镜仔细查看它们，丹弗斯驾驶飞机时我负责航拍。虽说我的驾驶技术只是初级水平而已，但有时我也替他驾驶，让他用望远镜观察情况。我们很容易就看出那些规则结构的主要材质是较轻的太古代石英岩，迥然不同于附近通常地表可见的地质构造。它们的规则性达到了极端和诡异的程度，已故的雷克几乎没有提到这一点。

如雷克所说，在亿万年的恶劣天气作用下，规则线条的边缘已经崩裂和磨平，但它们的材质异乎寻常地牢固和坚硬，因此没有彻底消失。许多结构体，尤其是最靠近山坡的那些，似乎与周围地表是同一类岩石。整体而言，它们就像安第斯山脉的马丘比丘遗迹，或者牛津-菲尔德探险队1929年挖掘出的启什城原始基墙。丹弗斯和我偶尔会觉得有单独的巨大石块一闪而过，雷克提到过他的飞行伙伴卡罗尔也有类似的感觉。解释这样的东西为什么会出现在这种地方实在超出了我的能力，身为一名地质学家，我产生了奇特的卑微感。火成岩时常会塑造出怪异的规则线条，就像爱尔兰著名的巨人堤道。尽管雷克刚开始曾觉得他见到了冒烟的火山锥，眼前这条巍峨山脉的可见结构却明显与火山无关。

这些古怪结构似乎聚集在诡异洞口的附近，但比起洞口的规则形状的诡异程度，只能算小巫见大巫。正如雷克的简报所称，洞口往往接近矩形或半圆形，像是有魔法的巨手将大自然的孔洞打磨成了更对称的形状。值得注意的是它们数量极多，分布广泛，说明石灰岩地层中的水蚀隧洞像蜂窝似的遍布整片区域。尽管惊鸿一瞥之间很难望进洞穴深处，也足以让我们看清岩洞里明显没有钟乳石与石笋。外面与岩洞相邻的山坡似乎总是颇为平整和光滑，丹弗斯认为这些风蚀造成的岩隙和坑洞倾向于构成某些不寻常的图案。他脑海里充满了在营地见到的恐怖和怪异景象，甚至声称坑洞与远古绿色皂石上令人困惑的点阵不无相似之处，同样的图案也令人毛骨悚然地出现在埋葬了六个畸形怪物的疯狂雪丘上。

我们逐渐爬升，越过较高的丘陵，飞向相对较低的山隘。随着飞机的前进，我们偶尔俯瞰地面路线的冰雪情况，考虑有没有可能用从前的简单装备完成攀登。我们有些惊讶地发现，地形远不如想象中那么难以逾越，尽管一路上也有许多裂隙和险要之处，但恐怕挡不住斯科特、沙克尔顿或阿蒙森的雪橇。有一些冰川以不寻常的连续性绵延通向狂风呼啸的山隘，我们选择的那个也不例外。

我们即将越过峰顶，得以望见一个人迹未至的新世界。尽管没有理由认为山脉另一侧与我们已经见到过和研究过的区域会有任何本质上的不同，但心中紧张的期待心情依然难以用文字形容。屏障般的山脉中透出一丝邪恶的神秘气息，山巅之间偶然能瞥见的乳白色天空仿佛在召唤我们。语言无法清楚地解释这些极为微妙而稀薄的情绪，更像某种模糊的心理象征与审美联想——糅合了描写异域的诗歌和绘画，再加上潜伏于不该被阅读的禁忌典籍中的古老神话，就连不断的风声都含着特定的蓄意恶毒。有那么一瞬间，这个复合声里似乎包括了一种类似音乐的怪异哨声或笛声，它音域宽广，来自狂风吹过那些无处不在、仿佛共鸣腔的洞口。这声音里有一种让人厌恶的阴沉因素，勾起的印象复杂而难以界定，一如我心中其他的阴郁感觉。

经过一段漫长的爬升，根据气压计的显示，我们来到了海拔两万三千五百七十英尺的高度，已经远远超出了积雪覆盖的区域。上方只有光秃秃的黑色岩石山坡和参差不齐的冰川起点，那些令人好奇的立方体、墙垒和风声回荡的洞口为这幅景象添加了诡异、离奇和犹如梦幻的不祥气氛。顺着排列成行的高峰望去，我似乎看见了雷克提到过的顶端有墙垒耸立的那座山峰。它在怪异的极地雾霭中时隐时现，让雷克刚开始误以为是火山烟雾的，恐怕就是这种雾霭。山隘位于正前方，夹在两侧锯齿般的险峻塔门之间，长年累月的狂风将它打磨得分外光滑。山隘另一侧的天空中云气缭绕，被低垂的极地太阳照亮。那片天空之下就是从未出现在人类视线中的神秘世界了。

海拔再高几英尺，我们就将看清那个世界。刮过山隘的呼啸狂风中带着笛音，毫无遮掩的发动机也在轰鸣，丹弗斯和我想交谈只能大喊大叫。我们交换了一个意味深长的眼神。飞机爬升过最后的几英尺，我们的视线越过庞然巨物般的分界线，见到了首次出现在人类眼前的秘密，这些秘密属于另一个彻底陌生的古老地球。

—5—

我们终于越过山隘，群山另一侧的景象映入眼帘，我记得我和丹弗斯同时在敬畏、讶异、恐惧和怀疑之中惊叫起来。为了稳定情绪，大脑肯定做出了更符合自然的推论。我们也许认为眼前的东西就像科罗拉多众神花园里奇形怪状的风化山岩，或者亚利桑那沙漠中狂风蚀刻出的奇妙对称巨石；我们甚至半心半意地以为又见到了幻象，就像第一次靠近疯狂群山时见到的蜃景。我们必须仰仗这种理性的念头来保住心智，因为当视线扫过久经风暴肆虐的无垠高原时，我们看见的是几乎望不到尽头的迷宫。构成迷宫的巨石形状规则，呈几何对称，顶端风化崩裂、坑坑洼洼，耸立于最厚不过三四十英尺、有些地方明显更薄的冰层之上。

我无法形容眼前怪异景象带来的冲击，它残暴地侵犯了人类知识中最基础的一些自然规律。这片古老得可怕的高原台地海拔足有两万英尺，气候从五十万年前人类尚未出现的时期就不适合生命存在，可眼前又是连绵不断一直延伸到视野尽头的、形状规则的无数巨石，只有妄图自我保护的绝望心灵才会拒绝承认它们是有意识的智慧造物。先前我们谈到山坡上的立方体和墙垒结构，至少在严肃探讨时，从未考虑过它们的成因有可能不是自然作用。怎么可能不是呢？这片大陆屈服于冰雪与死亡牢不可破的统治之时，人类都还没有从类人猿的行列中分化出来。

理性的根基已然被难以阻挡地撼动，因为这个庞然迷宫由方形、弧形和有棱角的巨石组成，明确的特征斩断了所有自欺欺人的退路。它显然就是之前蜃景中的渎神城市，只是变成了冰冷客观、无法否定的现实。先前受诅咒的不祥预兆确实拥有现实基础，当时的上层空气中有一层水平冰尘云，通过最简单的反射原理，将令人惊骇的巨石遗迹影像投射到了山脉的另一侧。幻象当然有扭曲和夸张的成分，还包含一些现实来源没有的元素。但此刻见到了幻象的来源，比模糊的蜃景更加丑恶和凶险。

这些巨型石塔和墙垒在荒芜高原的风暴中默默矗立了几十万年甚至几百万年，之所以没有在时间中彻底湮灭，完全是因为它们庞大得难以置信、超乎人类的想象。"Corona Mundi……世界屋脊……"我们头晕目眩地望着脚下让人难以置信的怪异景象，各种各样的惊叹词语从嘴里喷吐而出。我再次想到自从第一眼见到极地死寂世界起就在脑海里萦绕不去的怪异原始神话，想到噩梦般的冷原，想到米-戈（也即喜马拉雅山脉的可憎雪怪），想到《纳克特抄本》及其对人类之前历史的暗示，想到克苏鲁异教，想到《死灵之书》，想到终北之地传奇中无定形的撒托古亚，还有与此种半实体相关但更加可怖的无定形星之眷族。

建筑物朝四面八方延伸到无限远，几乎看不出任何稀疏的迹象。逐渐降低的丘陵地带将巨石城市与群山边缘分开，我们向左右两侧望去，只在飞机进入的山隘左侧见到了一个缺口。眼前仅仅是某个广阔得难以衡量的存在物的有限一角。山麓丘陵上星星点点地分布着奇形怪状的石质建筑，将可怖的城市与我们已经熟悉的立方体和墙垒连接在一起，后者似乎构成了城市的山间哨所。它们和怪异的岩洞一样，在山坡的内侧和外侧分布得同样稠密。

无可名状的巨石迷宫主要由高墙构成，它们露出冰面的高度在十到一百五十英尺之间，厚度从五英尺到十英尺不等。修建高墙的巨大石块主要是黑色原始板岩、片岩和砂岩，大部分石块的尺寸为四英尺长、六英尺宽、八英尺高，但某些部分似乎是由一整块不平整的前寒武纪板岩凿刻成形的。建筑物的大小各不相同，既有数不清的蜂窝状巨型结构体，也有分隔散落的较小建筑。物体的形状以锥形、金字塔形和梯台为主，也有许多正圆柱体、正方体、立方体簇群和其他长方体。还有一种棱柱状建筑物散落于城市之中，它们的五角形平面图与现代防御工事不无相似之处。设计师娴熟地大量使用拱形结构，在这座城市的鼎盛时期，我们应该能见到壮观的穹顶。

蔓生的巨型城市遭受了可怕的风化侵蚀，高塔耸立而出的冰面上随处可见掉落的石块和古老的岩屑。隔着透明的冰层，我们能看见巨大建筑物的下半截，冰封的石桥远远近近地连接起了不同的高塔。暴露在冰层外的墙面上能看见宛如疤痕的破损之处，位置较高的同类石桥曾经存在于这些地方。近距离仔细查看之下，我们看见了数不清的巨大窗户，有一些挂着遮光板，已经石化的材质原先应该是木头，但大多数窗户都敞开着，渗出险恶和威胁的气息。许多建筑物的残骸早已没了屋顶，只剩下被风磨圆了边缘的参差断壁。另外一些屋顶较尖的锥形或金字塔形建筑物，还有被周围高大建筑物保护住的低矮房屋，它们的轮廓还算完整，但布满了不祥的崩塌裂纹和大小坑洞。我们用望远镜能勉强辨认出一些横向镶板上有雕刻出的装饰图案，其中就包括了古老皂石上的怪异点阵，如今它们被赋予了难以估量的深刻意义。

许多建筑物已经彻底垮塌，各种地质活动将冰层撕出了深深的裂隙。还有一些地方的石砌结构已被风化得与冰层齐平。一道宽阔的空白区域从高原内部延伸向丘陵地带的一条裂谷，裂谷向右一公里就是我们进来的山隘，这片区域完全没有建筑物。根据我们的推测，在几百万年前的第三纪，这里曾经是一条磅礴大河，它奔腾着穿过城市，注入屏障般雄伟山脉脚下的某个深渊，那里无疑充满了洞穴、沟壑和人类不可能窥探的地下秘密。

重温我们当时的心情，回忆如何头晕目眩地望着很可能从人类前时期历经万古留存至今的可怖遗迹，我不禁惊讶于自己竟然还能够守住最后一丝镇定。我们自然知道某些东西——年代学、科学理论或我们的心智——出了无可挽救的问题，但依然保持了足够的冷静，继续驾驶飞机，尽量细致地大量观察事物，仔细拍摄了一组应该对我们和全世界都有用的照片。就我而言，根深蒂固的科研习惯帮助了我，熊熊燃烧的好奇心克服了一切困惑和恐惧，迫使我去更深入地了解这个埋藏亿万年的秘密，去知晓究竟是什么样的生物建造了这座庞大得无法丈量的城市并居住于此，还有它们与当时或其他时期的整体世界有着什么样的关系，能够产生如此独一无二的生物聚集之处。

这不可能是一座普通的城市。它必定在地球史上某个遥远得难以置信的篇章中扮演过核心与中枢的角色，这个文明的外在衍生物早在今日所知人类蹒跚走出猿类大家庭前就彻底消失在了地壳变动引起的大混乱之中，只在最晦涩和扭曲的神话里还留有模糊的痕迹。在此绵延伸展的是一座第三纪的大都市，与它相比，传说中的亚特兰蒂斯与雷姆利亚、科莫利昂与乌泽尔达隆，还有洛玛之地的奥拉索埃都晚近得仿佛今天，甚至不能算是昨天。这座大都市能与早于人类的渎神魔地相提并论，例如瓦鲁西亚、拉莱耶、姆纳尔之地的伊布和阿拉伯荒漠中的无名城市。我们飞过荒凉的巨塔群落，我的想象力偶尔会脱出一切限制，漫无目标地游荡于离奇的联想国度，甚至在我对营地之疯狂恐怖景象的狂野猜测和眼前的失落世界之间编织联系。

为了确保轻装出发，飞机的油箱只加到半满，因此在勘测时我们必须谨慎行事。即便如此，我们依然下降到风力小得可以忽略不计的高度，飞越了一片极为广阔的地域——更准确地说，空域。山脉似乎没有尽头，以山麓丘陵为边界的巨石城市同样看不到尽头。我们朝两个方向各飞了五十英里，犹如死物爪牙般突破亘古冰层而耸立的岩石迷宫没有任何明显的不同。不过，建筑物倒是有一些非常有意思的变化，例如峡谷峭壁上的刻痕，宽阔的大河曾通过这条水成峡谷流向远处的地穴。地穴入口处的岬地大胆地雕刻成巨石塔门，有隆起脊突的桶状外轮廓在我和丹弗斯心中都激起了怪异而模糊、可憎又令人迷惑的似曾相识感觉。我们还发现了几处五角形的开阔区域，似乎是供公众聚集的广场。我们注意到地势有高低起伏之分，只要有高耸的丘陵隆起，通常就会被掏空，变成形状不一的巨石建筑物。但至少有两个例外。其中一处严重风化，看不出它曾经有什么特殊之处，另一处的顶端支撑着一座奇异的圆锥形纪念碑，圆锥体由顽石雕刻而成，略似佩特拉远古河谷中著名的蛇墓。

我们从群山飞向内陆，发现城市的宽度并非无限，只是沿着丘陵的长度似乎没有尽头。三十英里过后，奇形怪状的巨石建筑物开始变得稀疏。又过了十英里，我们飞进了连绵不断的荒野，找不到任何智慧造物的踪影。一条宽阔的沟壑标示出了河道在城市外的走向。地势变得越来越险峻，似乎渐渐向上抬升，直到消失在西方的雾霭之中。

直到这时我们还没有着陆，但不走进几座怪异的建筑物去一探究竟就离开这片高原是不可想象的事情。我们决定在临近航道的丘陵间找个平坦的地方降落，为徒步探险做好准备。尽管地势渐高的山坡上星星点点地散落着废墟，但低空侦察不久后，我们很快就找到了好几个可供降落的地点，选择了最靠近山隘的一处，因为重新起飞后很快就能跨越山脉返回营地。下午12时30分，我们成功降落在一片平坦而坚实的雪地上，那里没有任何障碍物，方便回程时顺利起飞。

筑起雪墙保护飞机似乎没有必要，我们只打算停留很短暂的一段时间。这个海拔高度也没有强风呼啸，所以我们仅仅固定住着陆的雪橇架，为至关重要的引擎部件做好了防寒措施。由于要徒步考察，我们脱掉飞行中穿的厚重毛皮大衣，随身携带轻便的勘测装备，其中包括袖珍罗盘、手持式照相机、少量口粮、大量纸张和笔记本、地质学小锤和凿子、样本袋、成卷的登山绳和高功率电子照明设备及备用电池。飞机上之所以有这些装备，正是因为考虑到我们有可能着陆、拍摄地面照片、绘制速写和地形图，在裸露的山坡、露头岩和洞穴中采集岩石样本。幸运的是，我们准备了足够多的纸张，可以撕碎后装进备用的样本袋，假如走进了某座室内迷宫，就可以像玩猎狗追兔游戏一样用纸屑标出路线。一旦发现某个气流足够平稳的洞穴系统，就可以用这个快捷而简便的办法代替凿岩为记的传统手段了。

我们小心翼翼地踏着冰雪走下山坡，朝着西方乳白色天空映衬下的巨石迷宫而去，即将目睹奇迹的感觉涌上心头，剧烈程度不亚于四小时前接近那条幽深山脉时的心情。是的，我们已经亲眼看过了潜藏于山脉屏障背后的惊人秘密，但想到能够亲身走进几百万年前已知人类尚不存在时，由某些智慧生物建造的高耸建筑，依然让我们对其蕴含的无可比拟的异常意义心生敬畏甚至恐惧。尽管这里海拔极高，空气稀薄，活动比平时更加费劲，但丹弗斯和我都适应得很好，能够战胜可能遭遇的几乎所有挑战。我们没走多远就遇到了一片风化得与冰雪齐平的废墟，再向前十到十五杆[1]则是一座缺少了屋顶的巨型防御工事，它五角形的轮廓依然完整，参差不齐的墙体高十到十一英尺。我们走到终于能够摸到那久经风雪的巨型石块时，觉得仿佛和不为我们种族所知晓的被遗忘的万古过往建立了某种前所未有、近乎亵渎神圣的联系。

这座工事状如五角星，从端点到端点约长三百英尺，由侏罗纪砂岩搭建而成，石块大小各异，外表面平均长六英尺、宽八英尺。五角星的五个端点和五个内角上非常对称地分布着一排拱形瞭望孔或窗户，底部离冰层表面约有四英尺。透过这些孔洞望去，我们看见石壁足有五英尺厚，室内没有留下任何分隔物，内部有一些条状雕刻或浅浮雕的残骸。先前驾驶飞机低空掠过这座和其他类似的工事时，我们猜测过它们内部的结构，现实颇为符合我们的想象。这些建筑的底部无疑也有其他结构，如今已经彻底埋藏在了深不可测的冰层与积雪之下。

我们爬进一扇窗户，徒劳地尝试解读几乎彻底风化的壁饰图案，但完全无意砸开冰封的地面。巡航时我们发现城区内有许多建筑物的封冻程度较低，在屋顶依然完好的那些建筑物里应该能够找到彻底没有冰雪的内部空间，向下一直走就可以见到真正的地面了。离开这座工事前，我们仔仔细细地为它拍照，

---

1. 长度单位，1 杆 =5.5 码或 5.03 米。

以彻底困惑的心情望着它不曾使用灰泥的巨石结构。要是帕博蒂在就好了，他的工程学知识或许能帮我们推测，在遥远得难以想象的时代修建这座城市及其外围建筑时，建造者究竟采用了什么手段搬运如此庞大的石块。

下坡走向城区的最后半英里路程时，高空狂风掠过背后的插天巨峰，发出虚妄而凶蛮的尖啸，其中最微末的细节都会永远烙印在我的脑海里。除了丹弗斯和我，人类只有身陷离奇噩梦才有可能想象出如此不可思议的视觉奇观。无数巨大而纷乱的黑色石塔栖息在我们与西方翻滚沸腾般的云雾之间，我们的视角每次发生变化，它就会用又一组异乎寻常的怪诞形状冲击我们的心灵。这是坚硬岩石构成的蜃景，要不是有照片当作证据，我自己都会怀疑它是否确实存在。建筑方式的总体类型与我们勘察过的工事完全相同，但这种建筑方式在城市中显现出的各种放肆的外形就超出了语言能够形容的范围。

照片只能从一两个方面描绘它无穷的怪异、无尽的变化、超越自然的巨大尺寸和彻底异质的陌生风格。有些几何形状连欧几里得都无法为之命名——从各种角度不规则截断的锥体；以所有令人厌恶的比例构成的梯台；带有古怪的鳞茎状膨大的竖杆；以奇特方式组合在一起的断裂圆柱；五角或五棱形的疯狂怪诞的结构。再靠近些，视线穿过冰层中较为透明的地方，我们看清了底下的模样，见到管状石桥在不同高度连接起散乱得发狂的各个建筑物。平直的街道似乎并不存在，唯一的规则线条就是左方一英里外的宽阔沟壑，曾经有一条上古河流沿着它穿过城市流向群山。

透过望远镜,我们发现外墙上的横向镶板颇为常见,但镶板上的浮雕和点阵图案已经风化殆尽。尽管大多数屋顶和塔楼都难以避免地倒塌了,但我们依然能勉强想象出这座城市昔日的模样。它曾经是由蜿蜒曲折、错综复杂的小巷与窄街构成的缠结整体,所有街巷都仿佛深不见底的峡谷,有一些街巷顶上悬着突出的建筑结构或拱形的连接石桥,因此比隧道好不了多少。此刻,城市在我们的下方无限铺展,映衬着西面的雾霭,午后低垂的太阳从北方透过云雾送来暗红色的光线,朦胧间仿佛梦境中的幻景。阳光偶尔会遇到更致密的阻碍,一时间阴影笼罩整个视野,造成的效果蕴含着难以言喻的险恶气息,我不敢奢望能够以文字传达那种感受。就连无情狂风在背后山隘中刮出的微弱呼啸和笛音都换上了更加狂野和蓄意的恶毒音调。通往城市的最后一段山坡格外险峻和陡峭,坡度改变之处的边缘有一块突出的巨石,我们认为那里曾经建有叠层式的梯级,猜想冰层下有台阶或类似的结构。

终于走进了犹如迷宫的城市,攀爬翻过倒塌的巨石建筑,崩裂坑洼的墙体无处不在,令人感到压迫的逼仄和令人觉得渺小的高度让我们畏惧惶恐,情绪又一次变得异常激动,我不得不惊讶于自己竟然还有残存的自制力。丹弗斯明显变得神经质,对营地里的恐怖景象做出了一些让人生厌的无关猜测。我特别不欣赏他的这些言论,因为从噩梦般的远古留存至今的这座恐怖的遗迹有许多特征也迫使我得出了相同的结论。这些猜测反过来也在影响他的想象力，比方说来到某条遍布碎石、锐角转弯的小巷，他坚持说在地面上看见了可憎的模糊拖痕；又比方说他在另一个地方停下脚步，侧耳倾听从某种想象中传来的微弱声音，那声音来自某个难以界定的源头，他声称是一种有音乐性的隐约笛音，与狂风在山间洞口吹出的声音不无相似之处，但又令人不安地有所区别。周围建筑物留存着少数尚可辨认的墙壁雕饰的五角形构造，我们无法摆脱它们隐约蕴含的险恶暗示，在潜意识里种下了一缕与建造这个渎神场所的远古生物有关的确定感。

尽管如此，我们热爱科学和冒险的灵魂依然未完全死去，我们按部就班地执行计划，从建筑物上所有种类的岩石上凿下样本，一边后悔没有带来更完整的设备，否则就能更准确地判断出这座城市的年龄了。取自高耸外墙的样本似乎都不晚于侏罗纪和科曼奇纪，在勘察过的地方也没有见到晚于上新世的岩石。事实无情地证明，我们正徜徉于已经统治这座城市至少五十万年甚至极可能更加漫长的死寂之中。

穿行于巨石阴影笼罩下的昏暗迷宫之中，我们见到值得察看的孔洞就停下脚步，透过它们了解室内的情况，研究能否充当建筑物的入口。有一些孔洞高不可及，有一些通向冰雪覆盖的废墟，它们和山坡上的那座工事一样，屋顶垮塌，破败不堪。其中一个尽管足够宽敞诱人，里面却似乎是无底深渊，而且找不到能够向下的路径。我们时常得到机会研究残存遮光板的石化木质材料，根据尚可辨认的纹理，发现它们古老得惊人。这些遮光板有的来自中生代的针叶树和裸子植物（特别是白垩纪的苏铁），有的来自第三纪的扇叶棕榈和早期被子植物。我们没有发现任何晚于上新世的植物。这些遮光板的用途似乎各不相同，它们的边缘说明曾经装有形状怪异但早已消失的铰链。有些遮光板的铰链装在外部，有些在深深的洞眼内侧。遮光板上曾经存在的固定物和拴扣物多半是金属质地，如今早已锈蚀殆尽，而木板却留了下来。

走了一段时间，我们见到一座庞大的五脊锥状建筑物，没有破损的膨大顶端有一排窗户，里面是个保存完好、铺着石板地面的巨大房间，但窗户在房间里的位置太高，没有绳索就不可能爬下去。我们虽然带着绳索，但除非迫不得已，否则根本不想爬下那二十英尺的高度，尤其是高原地带稀薄的空气已经给心脏带来了巨大的负担。底下的巨大房间多半是大厅或某种集会场所，借助电子照明设备，我们看见墙壁上嵌着许多宽阔的横向镶板，上面的雕刻清晰可辨，异常惊人，隔开它们的是同样宽阔但随处可见的那种雕饰镶板。我们仔细标出这个位置，假如找不到更加容易进入的建筑物，就从这儿下去一探究竟。

后来我们还是发现了更加适合的另一个开口。是一道拱门，宽约六英尺，高约十英尺，曾经位于一座空中桥梁的尽头，这座石桥跨过一条小巷，比如今的冰面还要高出五英尺。类似的拱门当然与较高处的楼层齐平，这道拱门里的一个楼层依然完好。我们能够进入的建筑物在左边面向西方，由一系列矩形梯台垒砌而成。小巷对面的另一道拱门开在一座破败的圆柱形建筑物上，它没有窗户，在拱门以上十英尺处有个怪异的膨大结构。那道拱门里一片漆黑，似乎是个深不见底的虚无深井。

成堆的碎石使得进入左边的巨大建筑物格外容易，有那么一瞬间，我们甚至有些犹豫，不敢贸然领受这个期待已久的良机。尽管我们已经侵入了这座充满太古谜团的错综城市，但面前的建筑物来自一个古老得难以想象的世界，而这个世界的本质正越来越恐怖地呈现在我们眼前，因此走进这座建筑物需要更大的勇气和决心。不过最后我们还是迈出了这一步，顺着碎石堆爬进敞开的洞口。前方的地面铺着大块石板，似乎是一条长走廊的出口，这条走廊的天花板很高，墙壁上刻有雕饰。

我们发现走廊上开着许多拱门，意识到建筑物内的分隔结构可能意外地复杂，于是决定用猎狗追兔的手法留下纸屑足迹。进入建筑物之前，我们用罗盘确定方向，频频回望身后高塔间的巍峨山脉，以此保证不会迷路。但从现在开始，人工路标就变得必不可少了。我们将多余的纸张撕成尺寸合适的碎片，放进丹弗斯携带的一个口袋，准备在安全允许的范围内尽可能节省地使用它们。这套方法应该能够让我们免于迷路，因为这座古老的石砌建筑物内部似乎不存在强大的气流。万一气流变得过于强大或者碎纸用完，我们当然还可以使用更稳妥但更单调和缓慢的老办法，也就是凿石为记。

凭猜测不可能知道我们究竟打开了一片多么广阔的空间，只有亲自走一走才有可能了解。不同建筑物之间的联系紧密而频繁，说不定能通过埋在冰层下的石桥走进其他的建筑物，而需要担心的只有结构坍塌和地质变动,因为似乎很少有冰川侵入这些巨大的建筑物。透过比较透明的冰层,我们注意到底下的窗户几乎全部紧闭,就好像整个城市都被统一放置在这种状态之中,等待冰层封冻住它较低的部分,经过漫长的岁月保存至今。事实上,你会产生一种怪异的感觉,就好像这座城市是在万古前某个遥远的时代被有意关闭的,而不是毁于突如其来的灾难,也没有逐渐衰败灭亡。不知名的种族会不会预见到了冰河时代即将来临,因此集体离开这里,前去寻找一个更加安全的避难所?该地冰层形成的地文学条件只能等以后再深入研究了。附近明显没有冰川碾压迁移的痕迹。造成如今这个特殊状态的原因也许是积雪的压力,也许是河流泛洪,也许是巍峨山脉中某座远古堤坝被冲破。想象力能够解答与此处相关的几乎每一个问题。

-6-

我们走进空旷而万古死寂的蜂窝般的远古建筑物,要详细而不间断地描述整个勘察过程未免过于累赘。埋藏着古老秘密的恐怖巢穴在沉默亿万载之后,第一次回荡起了人类的脚步声。有一点千真万确:仅仅是查看无处不在的墙壁雕饰,我们就知道了许许多多恐怖的重大事件,得到了数不清的启示。开闪光灯拍摄的雕饰照片能够证明我们正在披露的一切都绝非虚言,只可惜携带的胶片不够多。胶片用完后，我们在笔记本上用速写记录那些特别值得注意的细节。

我们进入的建筑物规模宏伟、装饰精致，让人对这个古老得无可名状的地质时代的建筑风格有了最直观的概念。建筑物的内部隔墙不像外墙那样厚重，较低的楼层保存得极为完好。平面布局比迷宫还复杂，不同楼层之间有着古怪的不规则变化，这两点都是最显著的建筑特征。要不是在背后留下了一路纸屑，肯定没走多远就会迷路。我们决定从更加残破的较高楼层开始勘察，于是在迷宫中攀爬了一百英尺左右，来到向着极地天空敞开胸怀的最高一层楼，这里的房间已经沦为废墟，被冰雪覆盖。建筑物内部随处可见有横向棱纹的陡峭石坡或斜面，功能相当于阶梯，我们顺着它们向上爬。房间呈现出人类能想象的所有形状和比例，从五角形、三角形到正立方体，无所不有。粗略估计，房间的平均建筑面积约为三十英尺见方，高约二十英尺，也有很多更大的隔间。仔细勘察完顶部楼层和封冻情况，我们逐层向下走，最终来到了浸没在冰面下的部分，很快就发现自己置身于一个连绵不断的迷宫之中，构成迷宫的是互相连接的房间和廊道，很可能通向这座建筑物外浩瀚无边的区域。眼前所见之处全是硕大无朋的巨石结构，让我们产生了怪异莫名的压迫感。这座远古渎神石城的所有轮廓线、尺度、比例、装饰和建筑细节中都蕴含着模糊但深刻的非人类性。看着墙壁上的雕刻，我们很快意识到这座巨石怪城已经有千百万年的历史。

无人能解释建造者运用了何种工程原理来保持巨石怪异莫名的平衡和稳定状态，但拱形结构的功能无疑起着重要的作用。在勘察过的房间内没有任何可移动的物品，支持了我们对这座城市是由其居民有意放弃的猜测。占主导地位的装饰品是几乎无处不在的成体系壁雕，往往连续不断地刻在三英尺宽的横向镶板上，从地板一直排列到天花板，中间用同样宽度的几何花纹镶板隔开。这个排列规则偶有例外。另一种常见的镶板是由流畅的旋涡饰线点缀，内部则是点阵构成的古怪图案。

我们很快就发现雕琢这些装饰物品牵涉到的技法成熟而完满，审美已经演进到了最高的文明水准，但其所有细节对人类知晓的一切艺术惯例来说都全然陌生。从精细程度而言，我没见过任何雕像能够与其相提并论。抛去雕饰的大胆尺度不说，植物或动物身上连最微小的细节都刻画得栩栩如生，随处可见的一般图案也是技艺娴熟、错综复杂的艺术杰作。几何花纹展现出设计者对数学原理的高深运用，由隐约对称、以五为基数的曲线和角度构成。雕刻图像的镶板遵循高度形式化的传统，对视角的处理非常特别，体现出的艺术力量越过无数个地质时期成就的巨大鸿沟，深深地打动了我们。构图方法的关键是将横截面与二维剪影并置的独特手段，体现出超越一切已知远古种族的分析心理学智识。企图将这种艺术对比人类博物馆里陈列的任何作品都是徒劳之举。见过我们照片的人或许会发现最相近的类似物是最大胆的未来主义艺术家的某些怪诞概念。

花纹装饰完全由凹陷的线条构成，它们在未风化墙壁上的深度为一到两英寸不等。旋涡饰线内的点阵图案显然是铭文，使用的字母表属于某种远古未知语言，流畅饰线所在的表面深入墙体一英寸半左右，点阵又继续深入一英寸半。图像镶板是下沉式的浅浮雕，背景深入墙面两英寸左右。部分样本能看出曾经涂有颜色，但在绝大多数地方，难以衡量的万古岁月已经分解和消除了或许存在过的所有色素。越是仔细研究其中非凡的技法，就越是敬慕这些作品。在严格的规则之下，依然能感受到艺术家细致入微的观察能力和高超的表现才华，而事实上，它们遵循的传统本身就是为了抽象化地强调所描绘的客体的真正本质或关键区别。除了能够识别的这些卓越优点，我们觉察到其中还存在一些超越人类感官的其他因素。时而可见的特定笔致似乎模糊暗示着某些暗藏的符号与刺激物，只有在另一种心理与情感背景下，通过更完整或截然不同的感官配置，才有可能认清其中深刻而强烈的意义。

雕刻主题显然都来自创作者在那个早已消逝的地质时期的生活，其中有很大一部分是用图像描绘的历史。这个远古族类异乎寻常地痴迷于历史，通过种种巧合，奇迹般地创造了有利的条件，这种执着使得雕刻为我们提供了极为详尽的信息，因此我们也将拍摄和描绘它们的重要性置于其他所有考虑之上。在一些房间里，占主导性的壁雕是地图、星图和放大的其他科学图示，明确而又可怖地印证了我们从雕有图像的檐壁和墙裙上得到的知识。我无意暗示这些发现意味着什么，只希望以上叙述不会在还愿意相信我的读者心中激起多于理智和谨慎的好奇心。这番警告是想打消他们一探究竟的念头，若是反而引诱他们前往那个充满死亡和恐怖的国度，那就实在是个悲剧了。

高窗和十二英尺的巨门穿插于镶嵌雕刻的墙壁之间，间或能见到残余的石化木质遮光板和门扇，一律雕刻着精美的纹饰，并且经过抛光处理。金属构件早已锈蚀殆尽，但有些门扇还卡在原处，必须用力推开才能从一个房间走进另一个房间。有时也能看见残存下来的窗框和形状奇特（以椭圆为主）的透明窗格，不过数量少得不值一提。我们还时常遇到尺寸巨大的壁龛，绝大多数都空着，偶尔有一两个摆放着由绿色皂石雕刻而成的怪异物品，但要么已经破碎，要么本来就缺乏随身带走的价值。墙壁上的其他孔洞无疑曾连接着用于加热、照明或诸如此类功能的机械装置，因为许多壁雕中都出现了类似的设备。天花板通常颇为平整，有些镶嵌着绿色皂石或其他材质的贴砖，而绝大多数早已脱落。有些地板也铺着相同材质的贴砖，不过占主导地位的还是石板。

如我所说，房间里没有任何家具或其他可移动的物品，但壁雕很明确地显示，这些犹如坟墓般回音袅袅的房间里也曾摆满了奇形怪状的各种器物。冰层以上的房间里往往遍覆碎石和瓦砾，越向下走，房间里的情况就越好。底下的部分房间和走廊只是积着灰尘或古老的污垢而已，偶尔还有一些地方干净得像是刚打扫过，给人以非常诡异的感觉。当然了，若是地板裂开或天花板坍塌，底下的房间也会和上面一样满地狼藉。和在飞行时见到的某些建筑物一样，我们进入的这幢建筑物也有个中央庭院，所以内部区域并不是一片漆黑，因此我们在上层房间里很少需要使用电子照明设备，只有认真研究壁雕细节时除外。但到了冰层以下，光线变得越来越暗，来到错综复杂的最底层，有许多地方甚至接近彻底黑暗。

走在这座沉寂万古、由非人类的生物建造的巨石迷宫里，想要为我们的想法和感受勾画出一个最粗略的轮廓，捉摸不定的情绪、记忆和印象只会交织成一张令人绝望和困惑的混沌大网。单凭这个场所骇人的年代和致命的荒芜，已经足以逼疯任何一个有感知的人，不久前在营地目睹的无法解释的惨烈景象和周围无数可怖壁雕揭示出的真相就更是雪上加霜了。我们来到一段保存完好的壁雕前，它不允许模棱两可的诠释的存在，这一刻我们仅仅略作查看就承认了丑恶的真相。如果说丹弗斯和我在各自心中从没有动过类似的念头，未免过于虚伪，但我们都小心翼翼地约束自己，甚至不敢向对方转弯抹角地提起。千百万年前，某种生物建造了这座怪异死城并在此居住，彼时人类的祖先还是古老而原始的哺乳生物，体型庞大的恐龙尚在欧洲和亚洲的热带草原游荡。关于这些生物的本质，已经容不下半点仁慈的疑虑了。

早些时候，我们还绝望地抱着一个念头，坚持认为无处不在的五角形主题只是某种太古代自然元素的文化或宗教化身，五角形物体的巨大数量体现了它的强烈影响，就好比弥诺斯克里特人塑造的神牛、埃及人塑造的圣甲虫、罗马人的狼与鹰以及各个原始部落选择的图腾动物。但此刻连最后的避难所也被夺走，我们不得不直面足以动摇理性的现实，读到此处的读者无疑早就猜到了结局。哪怕到了现在，我也还是难以用白纸黑字写出那恐怖的真相，或许也并没有那个必要。

在恐龙生存的年代建造这座可怖石城并于此居住的生物不是恐龙，但比恐龙要可怕得多。恐龙在当时只是没什么大脑的新物种，而城市的建造者聪慧且古老，十亿年前就在岩石上留下了确凿的痕迹……那时候地球的原生生命还没有演化成无定形的细胞群落——原生生命甚至都还不存在。它们是地球生命的创造者和奴役者，毋庸置疑就是连《纳克特抄本》和《死灵之书》都只敢隐约暗示的恐怖远古神话的原型。它们是在地球尚年轻时从星际降临的旧日支配者，另一种陌生的演化历程塑造了它们的形体，拥有这颗星球从未孕育过的巨大能力。想到仅仅一天以前，丹弗斯和我还仔细查看过它们已经石化千百万年的残躯……而已故的雷克和他的队员见过它们完整的身体……

尽管我们对人类史前生命的可怖历史已有了一些支离破碎的了解，但依然不可能按准确顺序将其一一罗列。揭示真相带来的第一波震惊过去后，我们不得不暂停片刻以镇定心神，直到下午3点才开始系统化的实地考察。这幢建筑物内的壁雕时间较晚，根据地质学、生物学和天文学特征，可确定大约来自两百万年前。我们经过冰下石桥进入一些更古老的建筑物，比起在那些地方发现的同类样本，这幢建筑物里的壁雕从艺术角度说只能称之为衰落。有一幢建筑物从整块岩石中开凿而出，很可能来自五千万年前的晚始新世或早白垩纪，建筑物里的浅浮雕的艺术水平超越了我们见过的所有作品——只有一个难以比拟的例外：我和丹弗斯一致同意，那里是我们勘察过的最古老的一座建筑物。

若不是实地拍摄的照片很快就将公之于众，我肯定不会提起在这里究竟发现和推断出了什么，否则多半会被关进疯人院。壁雕叙事的极早期部分讲述了星状生物来到地球前在其他行星、其他星系甚至其他宇宙的生活，将此解释为这种生物本身的幻想与神话自然再简单不过了。但在这些壁雕中时常能看到一些曲线或图示，与数学和天体物理学的最新发现相似得令人惶恐，我对此不知应作何感想。大众见到我发表的照片后自己判断吧。

我们遇见的每套壁雕都只讲述一个连贯故事中的一小段，所以也不可能恰好按正确顺序看到这个故事的前后部分。就壁雕图案而言，有些厅堂完全是独立的单元，而在另外一些地方，一系列房间和走廊则构成了连续的编年史。最清晰的地图与图示镶嵌在一个恐怖的深渊的墙壁上，那里位于古老的地表之下，巨大的房间犹如洞窟，长宽约为两百英尺，高约六十英尺，无疑曾是某种教育中心。同样的内容在不同的建筑物和房间里常有重复，不同的雕刻者或居住者似乎都喜欢某些个体经历和种族历史中的某些事件或时期。不过，同样的主题有时也会出现互有区别的变体，这么做大概有助于解决争端或填补空白。

供我们支配的时间那么少，居然能推断出这么多结论，对此我直到今天依然倍感惊讶。当然，直到现在我们也只掌握了最粗略的轮廓，其中大部分还来自对照片和素描的后续研究。近期的研究或许正是丹弗斯精神崩溃的直接诱因，记忆和模糊印象被唤醒，而他天生比较敏感，加上他最后瞥见却始终不肯向我吐露的恐怖景象，丹弗斯终于被压垮了。但我们不得不这么做，因为拿不出尽可能详实的证据就无法警告世人，而警告世人有着压倒一切的必要性。时间混乱的未知南极世界被陌生的自然法则统治，某种力量在那里阴魂不散，因此我们必须阻止人类进一步的探索行动。

−7−

目前已经解读出的完整叙事将于近期在米斯卡托尼克大学的官方学报中刊出。在此请允许我只以散漫而欠缺条理的方式简要介绍其中的重点内容。无论是不是神话，壁雕都讲述了星状头部的生物如何从宇宙空间降临尚无生命的初生地球，天外来客不仅只有它们，还有在不同时期开始探索太空的其他外星个体，比如米-戈就能够用肉膜巨翅跨越星际以太，离奇地证实了一位研究古文物的同事很久以前向我讲述的怪异山地民间传说：它们大多生活在海底，建造了雄伟的城市，操纵应用未知能量原理的复杂装置，与无可名状的敌手展开规模浩大的战争。它们的科学与机械知识远远胜过今天的人类，但它们只在迫不得已时才使用更普遍和精细的日常设备。根据部分壁雕的描绘，它们曾在其他星球上有过高度机械化的生活阶段，但觉得那种生活无法满足情感，于是退回了更原始的生活方式。它们的身体组织异常坚韧，生理需求非常简单，因此不需要专门设计的特殊制品也能在高原地区生活，甚至连衣服都不用穿，只有偶尔用来抵御恶劣自然条件时除外。

它们在海底用早已掌握的手段和随处可见的物质创造出地球生命，刚开始完全为了食用，后来则为了其他目的。来自宇宙的各路敌人被消灭后，它们开始了更复杂的试验，这在其他星球上也同样发生，它们不但制造必要的食物，也制造多细胞的原生质生物聚落，后者能够在催眠影响下将组织塑造成各种各样的临时器官，化身为理想的奴仆，从事社群中的繁重工作。这些渗出黏液的生物聚落无疑就是阿卜杜拉·阿尔哈萨德在《死灵之书》中悄声提及的"**修格斯**"，但连阿拉伯疯人都不敢直言它们存在于地球上，只有咀嚼含有某种生物碱的草药后才可能在迷幻梦境中遇见修格斯。星状头部的古老者在这颗星球上合成出简单的食物，培育了大量修格斯，允许剩下的细胞群落演化成其他动植物形态来满足不同的需要，并且彻底消灭有可能造成麻烦的任何生物。

修格斯能够通过膨胀身体举起可观的重量，在它们的协助下，海底的低矮小城逐渐变成了宏伟壮丽的迷宫，与后来在陆地上拔地而起的巨石城市不无相似之处。事实上，在宇宙中的其他星球，具有高度适应能力的古老者往往居住在陆地上，很可能因此保留了陆地建筑的许多传统。我们研究了壁雕中所有的第三纪城市（也包括当时正徜徉于其走廊中的这座万古死寂石城），一个怪异的巧合给我们留下了深刻的印象，这一点至今都不敢尝试解释，哪怕只是在自己心中。现实中包围着我们的这座城市里，建筑物的顶部在无数世纪前就被风化成了遍地狼藉的废墟，但在浅浮雕上，锥状与金字塔形建筑物的顶饰是簇生成群的针状尖塔，圆柱形高楼的最上面是层叠垒砌的带齿圆轮。我们第一次接近雷克那遭遇厄运的营地时，曾经目睹了仿佛不祥之兆的可怖蜃景，死城的影像越过幽深难测的疯狂群山，投射进我们无知的眼睛，它在千百万年前就失去了自己的天际线，但出现在蜃景中的却是浅浮雕上的景象。

关于古老者的生活，无论是在海下还是移居陆地后的时代，都足以撰写好几卷专著。浅水区的居民继续充分利用头部五条主触须末端的眼睛，以颇为平常的方法磨练雕刻和书写的技法，它们靠金属笔和防水涂蜡表面完成书写。大洋深处的居民不但用怪异的磷光生物提供照明，还用一种特殊的次要感官补充视觉上的不足，这种感官通过头部的五彩纤毛发挥作用，使得所有古老者在紧急时都能够不依靠光线而行动。向深海而去，雕刻和书写的形态发生了古怪的变化，加入了似乎是化学覆膜过程的环节（大概为了保护磷光质），但浅浮雕无法清楚地向我们说明。它们在海中的活动一半靠海百合状的肢体划水游泳，另一半靠身体下半部长有伪足的触手摆动。它们偶尔会利用两对或更多对折扇状的肉膜翼长距离俯冲滑行，在陆地上则主要用伪足行走，但时常也会展开翅膀，飞到极高的地方或跨越极远的距离。在肌肉与神经系统的协同作用之下，分化出海百合状肢体的纤细触手极为精细、灵活、强壮和准确，使得古老者在进行各种艺术活动和其他手工操作时能够发挥出最高的才能和灵活性。

古老者的身体坚固得难以置信，海底最深处的巨大压力似乎都不足以伤害它们。鲜有古老者会死于非命，因此墓地的面积极为有限。它们会在垂直掩埋的死者上方修建五角形坟丘并刻上铭文，丹弗斯和我看到这里，不得不暂停片刻，等待心情恢复平静。正如雷克先前的推测，这种生物像蕨类植物一样靠孢子繁殖，但身体异常坚固，寿命又长得可怕，世代更替极慢；除非要在新开垦的地域殖民，否则它们不会大规模生发原叶体。新个体成熟得很快，接受的教育显然超出我们能够想象的所有标准。智性与美学活动高度发达，占据主导地位，催生出一整套经受过时间考验的习俗和制度，我会在即将出版的专论中加以详细阐述。习俗和制度在海底和陆地上有着细微差别，但基础和精要完全相同。

和植物一样，它们能够从无机质中摄取养分，但似乎更热爱有机质尤其是动物来源的食物。它们在水底食用未经烹饪的海洋生物，但在陆地上则会精心烹制食物。它们狩猎和养殖肉用牲畜，探险队先前在一些骨质化石上注意到的古怪印痕，就是用利器屠宰动物时留下的。它们能极好地适应所有常见的环境温度，不需要防护措施就能在接近冰点的海水中生活。然而，一百万年前左右更新世大寒潮来临时，陆地居民还是不得不求助于包括取暖设施在内的各种特殊手段，直到最终被致命的寒冷赶回海底深处。根据壁雕中的传说记载，它们在穿越宇宙空间飞行时会吸收某些化学物质，变得几乎不需要进食、呼吸和保持体温，但到了大寒潮来临的年代，这种方法已经失传。总而言之，它们无法继续依靠辅助设施在陆地上安然无恙地生存下去了。

古老者没有性别，身体构成部分类似植物，缺少像哺乳类生物那样建立家庭的生物学基础，但似乎会在更舒适地利用空间和性情相投的原则上组织起更大的家族——我们从壁雕中同居者的职业和娱乐活动推测出了这个结论。装饰住所时，它们喜欢将所有物品摆放在巨大房间的中央，留出墙壁供雕刻装饰。陆地居民通过某种很可能基于电化学原理的装置提供照明。陆地和水底的古老者都使用模样古怪的桌椅、状如圆柱框架的床铺（因为它们休息和睡眠时都保持直立，只是收拢触手而已）和摆放铰接页片的储物架，页片表面有着凸起的圆点，那应该就是古老者的书籍。

尽管无法从壁雕中推测出确定的结论，但它们的政府似乎相当复杂，很可能已经实现社会主义。城市内和城市之间的商业极为发达，五角形带铭文的扁平小筹码充当钱币。我们探险队发现的小块绿色皂石很可能就是这种货币。尽管它们的文明以城邦为主，但农业和畜牧业同样存在，还有采矿业和规模有限的制造业。居民经常旅行，但除了大规模殖民迁徙，永久性的移居似乎颇为罕见。个体旅行时不需要外部辅助手段，因为古老者似乎能够以极快的速度在地上、空中和水下行动。不过，货物总是由负重驮兽搬运，在海底是修格斯，后来在陆地上是各种各样的原始脊椎动物。

这些脊椎动物，以及其他无数种生命形式——包括动植物，无论生活在水下、地上还是空中——都是古老者制造的活细胞在其注意力范围外未经导引的演化产物。它们能够无拘无束地演化，无非是因为没有和占主宰地位的生物发生冲突。给古老者带去麻烦的生物当然都遭遇了系统化的灭绝。我们饶有兴味地注意到在最晚期、技巧最衰败的雕饰中，出现了一种蹒跚而行的原始哺乳动物，古老者有时将它们当作食物，有时则是取乐的玩物，它们模糊地呈现出了猿猴与人类的一些先兆特征。在建造陆地城市的时候，构成高耸塔楼的巨型石块往往由一种膜翅宽大的翼手龙搬运，但我们的古生物学家对这种动物还一无所知。

古老者经历了各种各样的地质变化和地壳灾变却活了下来，这恐怕称不上什么奇迹。尽管它们建立的第一批城市很少或完全未能延续到太古代之后，但文明和记录传承却从未中断。它们最初降临这颗星球的地点在南冰洋，时间大约在构造月球的物质刚从与南冰洋相接的南太平洋被甩出去后不久。根据雕饰中的一幅地图记载，当时的整个地表都还是汪洋大海，随着漫长的时间渐渐流逝，巨石城市的分布也离南极洲越来越远。在另一幅地图中，南极点周围是一大片干燥的陆地，虽然有部分古老者在陆地上尝试建造定居点，但主要聚居中心还是迁移去了附近的海底。接下来的地图中，这片大陆开始分裂和漂移，一些分离的部分向北而去，确凿地证明了最近由泰勒、魏格纳和乔利提出的大陆漂移理论。

一片新大陆在南太平洋隆起，重大的变故接踵而至。一些海底城市遭遇灭顶之灾，但这并不是最可怕的事情。没过多久，另一个种族从无垠宇宙降临地球，它们形如章鱼，很可能对应着人类史前传说中的克苏鲁眷族。它们向古老者发动规模浩大的战争，有一段时间将古老者彻底赶回了海底。考虑到古老者的陆地定居点正在持续增加，这无疑是一个巨大的打击。后来双方缔结和约，新生的陆地归克苏鲁眷族支配，古老者拥有海洋和旧有的陆地。古老者在陆地建造新城市，其中最宏伟的一座位于南极洲，因为它们将最初降临之处视为圣地。和从前一样，南极洲始终是古老者文明的中心，克苏鲁眷族在南极洲修建的城市一律很快就会被彻底抹去。后来太平洋的陆地忽然下沉，带走了恐怖石城拉莱耶和全部的宇宙章鱼，于是古老者再次主宰这颗星球，但心中多了一个它们不愿提及的阴影和恐惧。又过了相当长的一段时间，古老者的城市已经遍布全地球的陆地和水域，我会在即将出版的专论中推荐考古学家在分隔广阔的某些区域用帕博蒂的设备进行系统化的钻探研究。

随着时间流逝，古老者逐渐从水下向陆地迁移，新生陆地的隆起更是促进了这个过程，但它们从未彻底放弃过海洋。向陆地迁移还有另一个原因：在海底顺利地生活需要依靠修格斯，而古老者在培育和控制修格斯上遇到了新的麻烦。壁雕不无悲伤地承认，从无机质中创造新生命的技术遗失在了时间的长河之中，因此古老者不得不转向塑造已经存在的生命形式。事实证明陆地上的大型爬行动物很容易驯服，而海底的修格斯有段时间构成了严重的问题，因为它们靠分裂繁殖，在偶然中拥有了堪称危险的智力水准。

古老者一向通过催眠暗示控制修格斯，将它们高度可塑的柔韧身体塑造成各种用途广泛的临时性肢体和器官，但后来它们时常独立发动自我塑造能力，变出以往的暗示所植入的各种模仿性形态。它们似乎演化出了半稳定的大脑，拥有偶尔会非常顽固的独立意识，尽管依然响应古老者的意志，但并不总是遵从命令。雕饰中的修格斯让丹弗斯和我充满了恐惧和厌恶。它们通常是由黏性胶冻状物质构成的无定形个体，仿佛黏合在一起的无数液泡，凝聚成球体时平均直径约为十五英尺。但它们的外形和体积永远在不停变化，会自发或根据暗示伸展出临时性的肢体或模仿其主人构成近似的视觉、听觉和语言器官。

大约一亿五千万年前的二叠纪中期，修格斯似乎变得格外难以处理，居住在水下的古老者为此发动了一场旨在重新驯服它们的惨烈战争。根据描绘这场战争的壁雕，修格斯杀死的古老者通常会变成浑身遍覆黏液的无头尸体，尽管隔着深不可测的岁月深渊，但尸体的数量依然多得令我们恐惧。古老者用干扰分子结构的怪异武器攻击反叛的修格斯，最终取得了完全的胜利。接下来的壁雕中，有一段时间修格斯在全副武装的古老者面前显得顺从而驯服，就像美国西部被牛仔征服的野马。在反叛期间，修格斯显露出了能够离开海洋生存的能力，但古老者并不青睐这个转变——修格斯在陆地上的用途并不足以抵消管理它们的麻烦。

侏罗纪时期，古老者遇到了来自外太空的新一轮入侵者，这次的敌人是半真菌半甲壳类的生物，来自一颗和最近发现的冥王星同样遥远的星球，无疑就是北方山区传说悄然传述的那种怪物，也是喜马拉雅山区居民记忆中的米-戈——可憎的雪怪。为了和这些生物作战，古老者从降临地球后第一次尝试重新进入以太空间，但尽管它们按传统做好了所有准备，却发现自己再也不能离开地球大气层了。无论它们曾经掌握过星际旅行怎样的古老秘密，这时候已经被整个种族遗忘殆尽。最后，米-戈将古老者赶出北方的所有陆地，但对居住在海底的古老者无计可施。这个古老的种族一点一点退回它们刚开始栖居的南极地区。

看着壁雕中的战争场面，我们发现了一个奇异的事实：构成克苏鲁眷族和米-戈身体的物质，与我们所知的构成古老者身体的物质截然不同。前两者能够变形和重组躯体，但古老者完全做不到这些，因此克苏鲁眷族和米-戈很可能来自宇宙空间更遥远的深渊。古老者的身体尽管非同寻常地坚韧，拥有一些特殊的生命特性，但仍旧由普通物质构成，其发源地无疑依然在已知的时空连续体之内，而另外两个种族的最初起源连略作猜测都会让我难以呼吸。当然了，以上结论的前提，是入侵者异于尘世的离奇特征并非纯粹的神话传说。不难想象，古老者有可能创造出了一套宇宙架构体系来解释它们偶尔的挫败，因为骄傲和对历史的兴趣显然构成了它们最重要的心理学特征。另外还有一点值得注意，那就是它们的编年史似乎没有提到许多高度发达的强大种族，而它们的文明和高楼林立的城市却一再出现在某些晦涩传说之中。

大量的壁雕地图和场景，栩栩如生地描绘了地球在漫长的地质年代中逐渐变迁的过程。在一些地方，人类现有的科学理论需要修正，而在另一些地方，大胆的推测却得到了极为理想的证实。就像我说过的，这个异乎寻常的来源为泰勒、魏格纳和乔利的理论提供了令人惊讶的有利论据。他们认为所有陆地都是一整块南极古大陆的碎片，古大陆由于离心力而破裂，而深处地层拥有名义上的黏性，因此碎片开始漂移分离，启发他们提出这套假说的证据是非洲和南美洲的海岸线相互吻合，还有巨大山系隆起和互相挤压的方式。

地图确凿无疑地显示，一亿多年前石炭纪时期的地表出现了巨大的裂缝和沟壑，日后它们会将非洲从曾经连成一片的欧洲（当时还是可怖的原始传奇中的瓦鲁西亚）、亚洲、美洲和南极洲分离出去。其他壁雕（尤其是描绘包围我们的这座巨大死城在五千万年前奠基的一幅）显示出现今的所有陆块已经完全分离。在我们能找到的最晚近的样本中（大约出自上新世），今日世界已经几乎成形，但阿拉斯加和西伯利亚尚互相连接，北美洲和欧洲还通过格陵兰相通，格雷厄姆地将南美洲和南极大陆连成一片。在石炭纪的地图中，包括洋底和分离陆块在内的整个地球上，满是象征着古老者巨型石城的标记。但在后续的壁雕中，它们逐渐退回南极地区的趋势变得越发明显。在最后的上新世样本中，陆地城市只剩下南极大陆和南美洲尖端的寥寥几座，南纬五十度圈以北没有任何海底城市。古老者对北方世界的了解甚至兴趣似乎降到了零，只有一项关于海岸线的研究除外，那是它们用折扇状肉膜翼进行长途探索飞行时完成的。

山脉隆起、陆块在离心力作用下分裂、陆地或洋底的地震以及其他自然因素导致城市毁灭并不是什么稀奇事，有意思的是随着时间的推移，古老者越来越少地建造新城市以取代被毁灭的旧城。包围着我们的巨型死亡都市似乎是这个种族的最后一片大型聚居中心，兴建于白垩纪一场剧烈的地壳弯曲活动摧毁了不远处一座更宏伟的城市之后，这片区域似乎是古老者观念中最神圣的地方，据信就是降临地球的第一批古老者选择定居的原始洋底。我们在壁雕中认出了这座新城市的许多建筑物，它沿着山脉朝各个方向都绵延伸展了上百英里，远远超出飞行勘测的最大范围。根据壁雕的记录，这里保存了一些神圣的石块，它们曾经是第一座洋底城市的组成部分，经历了漫长岁月中的地层挤压与隆起，最终来到阳光之下。

— 8 —

自不必说，丹弗斯和我怀着特别的兴趣和奇异的敬畏感研究了与身处的城市相关的所有事物。这方面的材料自然多得数不胜数。我们运气很好，在这座城市错综复杂的地面一层找到了一幢修建得很晚的房屋，尽管邻近的一道裂沟对墙面造成了些许破坏，但仍旧有大量的壁雕保存完好，当时的技艺虽然有所衰败，但所讲述的区域历史依然完整，年代比我们得以最后一次管窥人类前世界的那幅上新世地图要晚近许多。这是我们详细勘察的最后一个场所，因为在那里的某些发现给了我们一项更紧迫的新任务。

我们无疑身处地球最奇特、最怪异和最可怖的一个角落。它是现存所有陆地中最古老的，我们越来越深信这片恐怖高原就是传说中噩梦般的冷原，连《死灵之书》的疯狂作者都不愿谈论的地方。那条巍峨山脉长得可怕，从威德尔海东岸的路德维希地开始，贯穿了整块南极大陆。它最高耸的部分犹如一道巨大的圆弧，从南纬82度、东经60度绵延伸展到南纬70度、东经115度，凹陷一侧面对我们的营地，通向大海的末梢位于冰封的临海区域，威尔克斯和莫森都曾在南极圈瞥见过它终端处的山丘。

然而，大自然还诞生了更光怪陆离的夸张巨物，而它离我们近得令人心悸。我说过有些山峰的高度超过了喜马拉雅山，但壁雕不允许我说它们就是地球上的最高峰。这一可怖的殊荣无疑应该属于另一座山脉，但半数壁雕完全不愿刻画它的身影，剩下那些就算描绘了也带着明显的厌恶和惊恐情绪。古老者似乎刻意回避这片古老大陆的某个部分，将其视为无可名状、难以形容的邪恶之地，那里早在地球甩出月球、古老者刚降临后不久就从海底升出了水面。修建于此的城市早在古老者来临前就已风化成沙，古老者发现该城是被突然遗弃的。第一次大规模地壳弯曲运动在科曼奇纪震撼了这片区域，令人恐惧的高耸山峰在最可怕的喧嚣和混乱中忽然拔地而起，地球孕育出了她最巍峨也是最恐怖的山脉。

假如壁雕的比例尺正确无误，那些可憎怪物的高度肯定超过了四万英尺，比我们飞越的那骇人听闻的疯狂群山还要庞大许多。它们似乎从南纬77度、东经70度绵延伸展到南纬70度、东经100度，离这座死城还不到三百英里。若是没有乳白色的朦胧雾霭，我们望向西方应该能模糊窥见那摄人心魄的顶峰。在玛丽皇后地漫长的南极圈海岸线上应该也能见到它的北部末端。

追溯到那个日益衰落的年代，有些古老者会面朝它们进行怪异的祷告，谁也不敢接近甚至只是猜测山脉背后隐藏着什么。人类的视线从未触及过那些山峰，看着壁雕中传达的情绪，我不禁祈祷最好永远如此。山脉外侧沿威廉二世地与玛丽皇后地海岸线分布的山丘保护着我们，感谢上帝，到现在还没有谁能够登上、翻越那些山丘。我已经不像过去那样质疑古老的传说以及前人的畏惧了，也不会嘲笑人类之前的雕刻者描绘的荒诞景象：闪电偶尔会意味深长地驻留每一座阴郁山峦的顶点，无法解释的辉光会在某座可怖的尖峰亮彻整个极地长夜。纳克特古老絮语里提到的冰冷荒原中的卡达斯或许有着真实和恐怖的含义。

附近区域的怪诞同样不遑多让，尽管还没有可憎到无可名状。这座城市奠基后不久，旁边的巍峨山脉上就建起了核心神庙，许多壁雕描绘了奇形怪状的绮丽巨塔直插天空，但如今在那里只能见到奇特的立方体和墙垒攀附于山岩之上。随着岁月的流逝，岩洞开始出现，逐渐被改造为神庙的附属建筑。又经过许多个世纪，地下水掏空整个区域的石灰岩矿脉，群山、丘陵和高原底下成了互相连接的洞穴与廊道构成的网络。许多壁雕讲述了在地底深处探险的历程，还有最终的发现：潜藏于地球深处、永远不见天日的冥府海洋。

这片暗无天日的深渊，无疑是那条大河长年累月冲刷出的结果。大河发源于西方无可名状的恐怖山脉，曾于古老者城市旁的群山脚下转向，顺着山势流向威尔克斯地，在巴德地和托滕地之间的海岸线上汇入印度洋。河流在转弯处一点一点侵蚀掉山丘的石灰岩根基，直到奔腾的水流打通溶洞，与地下水合而为一，共同挖出一个无底深渊。大河最终改道进入被掏空的群山，留下通向大海的河床逐渐干涸。古老者很清楚发生了什么，运用它们一贯敏锐的艺术感觉，在河流落入永世黑暗之处将岬地雕刻成了华美的塔门。

这条河上曾有几十座宏伟的石桥，无疑就是我们在空中勘察时见到的那条干涸河道。河流出现在许多描绘城市景象的壁雕中，附近区域在它的陪伴下度过了万古前漫长历史的多个阶段，通过它确定我们与场景的相对位置，得以绘制出一幅简略但细致的地图，标出广场和重要建筑物之类的显眼特征，用来指引我们继续探险。很快就能在想象中勾勒出整座城市在一百万年、一千万年甚至五千万年前的恢宏身影了，因为壁雕精确地告诉了我们建筑物、群山、广场、城郊、地貌和茂盛的第三纪植被都是什么模样。这座城市超乎想象的古老、巨大、死寂、荒凉扼住了我的灵魂，压在我的心头，但它也曾经拥有一种壮观和神秘的大美，想着它几乎让我忘记了凶险和不祥的冰冷感觉。然而，从一些壁雕看来，这座城市的居民也知晓这种牢牢攫住心灵的压抑和恐惧，有一类气氛阴沉的画面重复出现，描绘古老者在惊慌地躲避某种出现在河里的东西，壁雕从不正面描绘这种东西，只暗示它来自西方的恐怖群山，顺流穿过婆娑起舞、遍覆藤蔓的苏铁森林，最终飘进古老者的城市。

最后在一座较晚建成的房屋里，我们才通过远古生物衰败期的壁雕大致知晓了导致城市最终荒弃的那场灾难。毫无疑问，尽管紧张不安和前途未卜使得它们缺乏激情和灵感，但在其他地方肯定还有许多诞生于这段时间的壁雕。果不其然，没多久我们就发现了能证明其他壁雕存在的确凿证据。然而，我们亲眼目睹的第一组那个时代的壁雕却成了唯一的一组。我们本打算稍后再来进一步搜寻，但如我所说，后续的发展迫使我们不得不改变目标。另一方面，壁雕的完成时间必定存在下限：古老者久居于此的希望全部破灭之后，它们只能彻底停止装饰墙壁的活动。结束一切的打击当然是冰河时代，酷寒统治了几乎整个地球，从此再也没有离开过命运多舛的南北两极。在世界的另一端，酷寒葬送了传说中的洛玛和终北之地。

很难准确界定变冷的趋势究竟在何时降临南极洲。如今我们将全球冰河期的开始时间定于五十万年前，但可怖的灾祸降临南北极的时间肯定要早得多。所有的定量估计都有一部分属于猜测，不过几乎可以肯定衰败期的壁雕是在远不足一百万年前完成的，石城的彻底荒弃早于更新世的公认开始时间，学界根据地表的整体情况将这个时间定为五十万年前。

在衰败期的壁雕中，所有地方的植被都变得稀薄，古老者的乡间活动逐渐减少，室内出现了取暖设施，冬季的旅行者裹着用来御寒的织物。我们又见到了一组花饰（在晚期的壁雕中，连续排列的横向镶板中时常会插入花饰），讲述越来越多的古老者向比较温暖的邻近避难所迁移，有一些逃往远离海岸的深海城市，有一些钻进被流水掏空的山脉，顺着石灰岩的洞穴网络，前往紧邻城市的黑暗深渊。

到最后，紧邻城市的深渊似乎容纳了最多的避难者。部分原因无疑是古老者将这片特殊的土地视为神圣之处，但更重要的是这么做似乎能让古老者有机会继续使用蜂窝般群山上的宏伟神庙，将巨大的陆地城市用作夏季居所和连接所有地下空间的中转站。为了更方便地来往于新旧聚居地之间，古老者修缮了连接两者的通道，开凿出几条从远古都市直通黑暗深渊的隧洞；经过深思熟虑的分析，我们在沿途绘制的地图上标出了这些陡峭隧洞的入口。显而易见，在我们此时位置的可勘察范围内至少存在两条隧洞，都位于城市靠近山脉的边缘，一条在去往古河道的方向上，离这里不到四分之一英里，另一条在相反的方向上，距离大约是前一条的两倍。

在深渊的水岸坡地上也有干燥的土地，但古老者还是将新城市修建在了水下，无疑是因为它们认为水下更有可能保持温暖。那片幽暗海洋非常深，地热能够保证它在很长一段时间内适合居住。古老者似乎没费什么力气就适应了部分时间（最后当然是完全）居住在水下，因为它们的鳃始终未曾退化。有许多壁雕描绘它们时常去各处的海底城市探访亲友，还有它们如何在那条大河的深处水底沐浴戏水。这个种族早已习惯了漫长的极夜，因此地球内部的黑暗也不会造成障碍。

尽管艺术风格日益颓败，但讲述古老者在地下海底建造新城市的晚期壁雕还是显露出了壮丽的史诗气概。它们科学地规划施工，从蜂窝般群山的深处采出海水无法腐蚀的石料，从附近的海底城市聘请专业工人，运用最高超的技术建造城市。工人带来了完成这个全新伟业所需要的一切材料，有可以塑造成磷光有机体提供照明的原生质，也有用来培育搬运石块的负重者和供洞穴城市驱使的驮兽的修格斯组织。

终于，一座巨型都市矗立在了幽暗海洋的水底，建筑风格类似于地面的那座石城，工艺水平相对而言显得不那么衰败，那是因为建筑活动本身就蕴含着精确的数学原理。新培育出的修格斯身躯庞大，拥有非同凡响的智慧，使它们能够以惊人的速度接受和执行命令，也似乎能通过模仿主人的声音与古老者交流（假如已故的雷克的解剖结果无误，那应该是一种音域宽广的笛音），根据口头指令完成任务，而不是像以前那样通过催眠暗示。古老者将它们置于牢固的掌控之中。磷光有机体以极高的效能提供照明，无疑弥补了水底所缺少的极夜世界的熟悉辉光。

古老者依然没有放弃在艺术和雕刻上的追求，但确凿无疑地显露出了衰败的迹象。它们似乎也意识到了自身文明的衰落，在许多地方采取了君士坦丁大帝的政策，将特别精美的古代石雕从陆地城市运到水底，那位皇帝在帝国日渐颓丧时掠夺了希腊和亚细亚最精美的艺术品，为拜占庭的新首都镀上一层其臣民无法创造出的灿烂辉煌。转移石雕没有成为大规模的普遍行为，无疑是因为陆地城市刚开始并没有彻底废弃，而等到真正彻底废弃的时候（肯定在极地完全进入更新世之前），古老者很可能已经满足于衰败期的艺术风格了，因此不再认为更古老的石刻拥有更高的价值。总而言之，尽管古老者连同其他可移动物件一起带走了最优秀的单独作品，但我们身边这片万古死寂的废墟肯定没有经历大规模的石雕转移。

如我所说，讲述以上经过的衰败期花饰和镶板就是我们在有限的搜索中找到的最晚近的作品了，从中能窥见古老者当时的生活场景：它们来回迁移，夏天回到陆地城市，冬天躲进洞穴海底的城市，与南极洲附近的海底城市时有贸易往来。到了这个时候，它们肯定已经接受了陆地城市最终必将灭亡的命运，因为壁雕描绘了严寒侵袭的许多征兆。植被越发减少，冬天的可怕暴雪到仲夏季节也不会完全融化。蜥蜴类的牲畜几乎绝种，哺乳动物同样无法很好地适应。为了让地面城市运作下去，古老者不得不违背以往的原则，将出奇耐寒的无定形修格斯改造得适合陆地活动。大河里的生命已经灭绝，上层海水失去了除海豹和鲸鱼外的绝大多数动物。鸟类已经全部飞走，只剩下外形怪诞的巨大企鹅。

后来发生了什么，我们只能猜测。新建的洞穴海底城市存活了多久？它是否还在原处，化作了永世黑暗中的石砌尸首？地下水体最终是否同样封冻？外部世界孕育出的海底城市又遭遇了什么命运？有没有古老者在南极冰盖成形前逃向北方？现有的地质学证据没有显露出它们存在过的痕迹。可怖的米-戈在北方的外部世界是否依然构成威胁？谁能确定有没有什么生命直到今天依然徘徊于地球最深海域那深不可测的幽暗深渊呢？它们似乎能够承受任何级别的巨大压力，而渔民有时会打捞上来各种怪异的东西。杀人鲸理论真能解释上一代探险家博克格雷温克在南极海豹身上发现的残忍的神秘伤痕吗？

已故的雷克发现的样本不在这些猜测的考虑范围内，因为其所处地质环境证明它们肯定生活在石城历史上一个非常早的时期内，根据地层可确定不会晚于三千万年前，而我们知道当时洞穴海底城市甚至洞窟本身都还不存在呢。它们只会记得更古老的风景，茂盛的三叠纪植物随处可见，年轻的陆地城市里艺术蓬勃发展，一条大河顺着巍峨群山朝北流向遥远的热带海洋。

然而，我们还是忍不住去思考那些样本，尤其是从雷克遭受可怖蹂躏的营地失踪的八个完整样本。整个事件里有某种异乎寻常的因素，我们尽可能将一些离奇的细节归咎于某人发疯，例如那些可怕的坟墓，又如失踪物品的数量和性质，还有吉德尼以及远古怪物坚韧得惊人的躯体，或是眼前壁雕中描述的这个种族培育的畸形生命……丹弗斯和我在过去几个小时里见到了许多东西，我们准备选择相信，同时对原始大自然的许多骇人听闻、难以置信的秘密保持沉默。

—9—

我先前说过，对衰败期壁雕的研究改变了下一步的行动目标。事情当然和通往幽深地下世界的人工隧洞有关，我们之前不知道它们的存在，现在迫不及待地想一探究竟。附近有两条这样的通道，根据壁雕的大致比例推测出，沿着其中任何一条向下走约半英里，我们就会抵达深渊上方那高得令人眩晕的黑暗峭壁的边缘，古老者在通道侧面开辟出适合行走的小径，一直通往深藏地下的永夜海洋的岩石崖岸。一旦知道了这件事情，我们怎么可能抵抗能够亲眼目睹那壮观深渊的诱惑呢？但同时也明白，假如想在本次行程中完成这项冒险，那就必须立刻动身了。

当时已是晚间8时，我们没有带很多备用电池，不可能总是亮着手电筒。在冰层下进行大量研究和速写时，已经连续使用了至少五小时电子照明，特别配方的干电池还剩四小时左右的电量，除了遇到特别值得研究的东西或难以克服的障碍，我们打算只使用一支手电筒，这样大概能多支撑一段时间。没有照明就不可能在这些巨石坟墓中活动，为了勘察深渊，我们只能放弃继续解读壁雕的工作。我们自然还打算折返，因为好奇心早已战胜恐惧，不但要回来，而且要停留数日甚至几周，深入仔细地勘察和拍照，但现在必须抓紧时间了。我们用以记录行踪的碎纸远远称不上无穷无尽。尽管不愿浪费备用的笔记本或速写纸来补充碎纸，但我们还是放弃了一个大笔记本。假如情况实在恶劣，还可以使出凿岩为记的传统手段——这么做当然是可行的，哪怕彻底迷失方向，只要有足够的时间来试错，并且逐条隧道搜索下去，迟早能够回到阳光下。完成准备工作后，我们急切地走向地图上最近的那条隧道。

根据用来编制地图的壁雕描绘，我们想去的隧洞入口离目前所在地点顶多只有四分之一英里。两者之间虽然都是坚固的建筑物，但在冰层下应该有可供进出的门窗。洞口位于一座巨大的五角形建筑物的地下室内最靠近山脉的角落里，那幢建筑物似乎是个公共场所，或许有某种仪式性的用途。我们尝试回忆航空勘测时的情形，却不记得曾见过这么一座建筑物，于是得出结论：这座建筑物的较高部分已经严重损坏，甚至可能彻底塌陷进了我们先前注意到的一道冰隙。假如是后者，隧洞多半已被堵死，只能尝试附近的另一条通道，也就是北面离我们近一英里的那条。分开城市的河道挡住去路，无法在这次探险中继续向南搜寻隧洞；另外，假如这两条通道都被堵死，蓄电池恐怕不足以支持我们再去尝试北面的下一条隧洞了，它离第二选择还有大约一英里路程。

在地图和罗盘的指引下，我们穿行于昏暗的迷宫之中，经过处于从残破到完好的所有阶段的房间和走廊，爬上坡道，穿过较高的楼层和石桥，再爬下坡道，遇到被堵死的门洞和成堆的瓦砾，时而加快步伐走过保存良好、干净得诡异的小段路程，我们遇到过死胡同，走回头路时捡起沿途丢下的碎纸，偶尔会经过直通地面的天井底部，天光或倾泻而下或点滴渗漏——一路上的壁雕不停挑逗我们的好奇心，肯定有很多壁雕讲述了极为重要的历史事件，只有牢牢抱着还会再来探访的信念，才能硬着心肠向前走。即便如此，我们依然时不时地放慢脚步，点亮备用的手电筒。假如带了更多的胶卷，无疑会停下来拍摄某些浅浮雕，但更费时间的手绘就不在考虑范围内了。

写到这里，我再次强烈地想要搁笔，或者用暗示代替陈述。

然而，我必须揭示接下来发生了什么，为阻止其他人的探险提供正当理由。我们想方设法终于接近了预计中的隧洞入口——经过一座位于二层的石桥，从一道锐角石墙的尖端进入建筑物，下楼后走进一条残破的廊道，这里的衰败期壁雕格外丰富，画面精细，似乎有仪式性的意义——晚间8点30分，年轻人丹弗斯敏锐的嗅觉捕捉到了第一丝不寻常的气味。假如我们带了狗，大概早就得到了警告。刚开始我们还无法准确地说出一直洁净无比的空气出了什么问题，但没过几秒钟，我们的记忆就下了定论。请允许我尝试毫不畏缩地直面现实吧。有一种气味——非常模糊、微弱，但毋庸置疑，当我们打开埋葬已故的雷克解剖的可怖怪物的疯狂墓穴时，熏得我们作呕的就是这种气味。

当然了，如此体悟在当时并不像现在说起来这么明确直接。存在几种说得通的解释，我们犹豫不决，花了很长时间窃窃私语。最重要的是，我们不可能就此退却，放弃进一步的探索。既然已经走到了这个关口，除非能预见到确定无疑的灾难，否则就绝对不会回头。总而言之，我们内心隐约怀疑的事情过于荒谬，谁都不会真的相信。一个正常的世界不可能允许这种事发生。大概是出于纯粹非理性的本能，我们调暗了亮着的那支手电筒。衰败期的邪恶壁雕从两侧墙上投来不怀好意的险恶视线，但已经完全失去了诱惑力。我们小心翼翼地踮起脚尖，穿过遍地狼藉的走廊，翻过成堆的瓦砾碎石。

事实证明，丹弗斯不但鼻子比我好，眼神也一样，因为在穿过通向底层房间和走廊的许多半阻塞的拱门时，依然是他首先注意到了地面碎石的怪异之处。它们不像是荒弃千百万年后应有的样子，我们谨慎地调亮手电筒，发现地面上有一道才出现不久的拖痕。碎石的排列太不规则，我们不可能辨认出任何清晰的痕迹，但在几个比较平整的地方，地上似乎存在拖拽重物留下的印痕。地上的几道痕迹似乎一度彼此平行，好像奔跑留下的脚印。让我们停下的就是这个。

就在停顿中，我们捕捉到了（这次是两人同时）前方飘来的另一种气味。矛盾的是这种气味既不恐怖又格外恐怖——其本身毫无恐怖之处，但出现在如此环境下的这个地点，就变得无比可怕……除非那是——不用说——吉德尼……因为我们非常熟悉这种气味，它来自最常见的化石燃料——普通汽油。

接下来我们的动机就交给心理学家分析吧。我们知道营地的恐怖事件已经悄无声息地伸出触手，爬进了这座黑暗笼罩、沉寂万古的坟墓，因此再也不能怀疑前方存在着一些无可名状的诡异境况，即便不是此刻还在，也是刚刚过去不久。然而，我们还是不想放弃，鞭策我们前进的或者是熊熊燃烧的好奇心，或者是焦虑，或者是自我催眠，甚至是要为吉德尼报仇的模糊想法。丹弗斯再次低声说起他认为自己在地面废墟的小巷拐角见到了某些印痕，还说没过多久他似乎听见从地下未知的深处传来有音乐性的微弱笛声，那声音虽说很像山间狂风在洞穴入口激起的回声，但雷克的解剖结果赋予了它极为可怕的深层意义。我也低声说起营地遭劫后的景象：那些不翼而飞的物品；一个孤独幸存者的癫狂会驱使他做出什么难以想象的事情，例如翻越巍峨群山、走进未知的远古石城……

但我们都无法说服对方,甚至让自己相信任何确实的事情也办不到。我们停下的时候关闭了所有照明,发现有一丝天光经过层层障碍照进地底深处,因此这里并非完全黑暗。我们身不由己地继续向前走,偶尔点亮手电筒以确定方向。碎石中的印痕变成一个无法摆脱的念头,汽油的气味越发浓烈。越来越多的碎石映入眼帘,妨碍脚步,很快我们就见到前路即将无法通行。从空中瞥见的那条冰隙后的悲观预测竟然是正确的。脚下的隧道是个死胡同,甚至无法抵达深渊入口所在的地下室。

我们站在被堵死的走廊里,用手电筒照亮装饰着奇形怪状雕纹的墙壁,发现了堵塞程度各异的几个出入口,从其中之一飘出来的汽油味格外浓烈,几乎完全掩盖了另一股微弱的气味。经过更仔细的查看后,我们发现那里的碎石之中无疑有一条不久前才留下的模糊拖痕。无论有什么恐怖之物隐藏于此,通向它的直接道路已然出现在了眼前。我猜所有人都不会疑惑我们为什么会在采取下一步行动前踌躇良久。

然而,等到走进那黑黢黢的拱门,首当其冲的感觉居然是失望,因为里面只是又一个遍地碎石、有壁雕装饰的幽深坟墓,正立方体形状的房间各边长约二十英尺,没有任何大得一眼就能看见的近期物体。于是我们本能地在房间里寻找另一个出口,却徒劳无功。没过多久,丹弗斯的锐利视线捕捉到了一个碎石被动过的地方,我们打开两支手电筒并调到最亮。尽管在光线中见到的都是不值一提的简单东西,但出于其中蕴含的意义，我实在不愿说出它们都是什么。那里有一片粗略平整过的碎石，上面随意地散落着几件小东西。在一个角落里肯定在不久前泼洒了数量可观的汽油，因为即便在如此海拔的超级高原地区，汽油依然散发出浓烈的气味。换句话说，这里只可能是某种营地，扎营者是和我们一样有好奇心的生物，在发现通往深渊的道路意外阻断后，折返来到此处。

请允许我直话直说吧。就本质而言，散落一地的物品全都来自雷克的营地，其中有几个以诡异方式打开的罐头，我们在遭难的营地也见过这番情形：许多用过的火柴；三本带插图的书籍，多多少少都沾上了奇特的污渍；一个空墨水瓶及其带图示和文字说明的纸盒；一支折断的钢笔；几块从毛皮大衣和帐篷上剪下来的奇形怪状的碎片；一块耗尽的电池及其说明书；探险队携带的帐篷暖炉的使用手册；还有一些揉皱的纸张。这些物品本身已经足够可怕，而等我们抚平纸张，见到绘制在纸上的东西，一时间只感觉情况恶劣到了极点。我们在营地也曾发现一些纸张上有神秘的滴溅墨迹，按理说应该早有思想准备，但置身于噩梦般的石城比人类历史还要久远的地下室里，见到它们的恐惧就超出了极限。

可能是发疯的吉德尼模仿绿色皂石上的成组圆点绘制了这些图案，他在疯狂的五角形坟堆上也留下了类似的印记；也可能同样是他粗略而匆忙地绘制了精确程度各异甚至并不准确的草图，大致勾勒出石城中临近此处的区域并画出一条路线，其起点是个圆圈，代表我们先前路径外的某个地方。我们辨认出那里是壁雕中的一座圆柱形高塔，或者是在航空勘察时瞥见的一个巨大的圆形深坑，而终点就是目前这座五角形建筑物和它底下的隧洞入口。我必须重申，绘制草图的很可能就是他，因为眼前这幅草图和我们的地图一样，显然也是根据冰封迷宫中某处的晚近壁雕编纂而成的，但无疑不是我们见过和依照的那些。然而，吉德尼是个对艺术一窍不通的门外汉，使用的技法不可能如此怪异和自信。尽管草图绘制得相当匆忙和粗糙，但水准超过了所取材的任何一幅衰败期壁雕，那无疑是这座死城鼎盛时期的古老者才拥有的典型技法。

人们会说，丹弗斯和我见到这些之后还没有拔腿就跑，肯定是两个十足的疯子，因为我们的推测无论多么荒谬，都已经百分之百得到了印证。对于一路读到这里的读者，我甚至都不需要向你们描述我究竟得出了什么结论。也许我们确实疯了，难道我没有说过那些恐怖尖峰简直是疯狂的山脉吗？可是，有些人会跟踪致命猛兽穿越非洲丛林，只为拍摄照片或研究它们的习性，我认为我能从他们身上感觉到同样的精神，尽管不如我们的这么极端。虽然被恐惧压得几乎无法动弹，但炽烈燃烧的敬畏心和探索精神最终还是取得了胜利。

我们知道那个或那些东西曾经来过这儿。我们当然不想直接面对它们，但它们现在肯定已经走远了，应该已经找到附近的另一个洞口，进入漆黑如夜的终极深渊，里面或许还有远古文明的碎片在等待发现。假如那个洞口也被堵死，它们应该会向北去寻找下一个洞口。我们还记得，它们并不完全依赖光线。

回头再看，我几乎想不出该如何形容那一刻的情绪，行动目标的改变扩大了我们的期待感。我们当然不想直接面对那令人畏惧的事物，但也无法否认内心潜藏着一种无意识的愿望，希望藏在某个适合观察的角落里偷窥那些事物。或许我们还没有放弃亲眼目睹漆黑深渊的渴望，但仍然将新目标设定成了被揉皱的草图中的那个圆圈。我们很快识别出那是极早期壁雕中的一座圆柱形巨塔，从空中勘察时记得那里只剩下一个圆形深坑。尽管草图非常粗略，描绘出的景象却令人难忘，使得我们认为冰面下的楼层肯定有特别重要的意义，或许代表人类尚未目睹过的建筑奇迹。根据绘制这座巨塔的壁雕来看，它的年代久远得难以想象，应该是石城中首先建起的建筑物之一。假如它内部的壁雕还保存完好，那就一定能揭开什么重大的秘密。更要紧的是，它很可能是连接地面的一条良好通道，比我们小心翼翼用碎纸标出的线路更短，那些异类多半就是从那里下来的。

总而言之，在仔细研究过那些可怕的草图之后（它们很好地印证了我绘制的地图），我们沿着草图标出的路线走向那个圆形地点。不可名状的先驱者肯定走过两遍这条路线，因为附近通向深渊的另一个入口位于圆形地点的对面一侧。这段行程就不详细描述了，因为和我们走进那个死胡同的行程毫无区别，只是更靠近地面甚至会经过地下的走廊。我们尽量节省地用碎纸标出路线，不时在脚下碎石中发现特定的拖痕。走出汽油味的蔓延范围后，又断断续续地闻到了那股更可怕、更持久的微弱气味。走上从先前路线分出的岔路之后，我们偶尔转动唯一点亮的手电筒，用光束悄悄扫过墙壁，差不多每次都能见到几乎无处不在的壁雕，它们似乎是古老者表达审美需求的首要手段。

晚间约9点30分，我们行走在一条有拱顶的走廊里，脚下的冰层越来越厚，地面似乎位于地表之下。天花板随着前进也越来越低，前方出现了明亮的天光，可以熄灭手电筒了。我们想必正在接近那个巨大的圆形深坑，而且与地面的距离似乎并不太遥远。走廊的尽头是一道拱门，比起周围犹如庞然大物的废墟，这道拱门低得出奇，还没有走出去就已经看见外面的景象了。门外的圆形空间硕大无朋，直径足有两百英尺，遍地碎石，有许多和我们即将走出去的那道拱门一样的出入口，但大多数已被堵死。视线范围内的石墙都大胆地雕成比例惊人的螺旋状镶板，尽管由于暴露在外而遭受了风雪的破坏性摧残，但壮丽的美感依然超越了在此之前见过的所有壁雕。地面上满是残垣断壁，结着厚厚的冰层，我们只能想象这座建筑物沉眠于地下深处的底部究竟是什么模样。

最引人瞩目的还是一条庞大的石砌斜坡，它以锐角转弯避开所有拱门，延伸到空旷的场地中央。斜坡的另一头沿筒状墙壁螺旋上升，类似于巨型高塔外壁或古巴比伦塔庙的阶梯。先前飞行时速度太快，视角也混淆了向下的坡面和建筑物的内壁，因此我们没有在空中看清此处的构造，才苦苦寻觅通向冰层之下的其他道路。帕博蒂肯定能说出是什么样的工程原理让这座建筑物屹立至今，但丹弗斯和我只能表示赞叹和敬佩了。我们看见四处散落着巨石枕梁和廊柱，不过仅凭它们似乎无法完成如此可观的壮举。这座建筑物甚至连塔顶都保存得非常好，考虑到它暴露在外，已经非常值得庆幸了，而主体结构的遮蔽又保护了无处不在、令人惶恐的怪异壁雕。

我们走进环形建筑物被昏暗天光照亮的底部——这里有五千万年的历史，无疑是这一路见到的最古老的建筑物。建有坡道的侧墙一直延伸到令人眩晕的六十英尺高度，根据记忆中的航空勘察结果，这意味着外部冰层厚达四十英尺；我们从飞机上看见的巨型深坑位于高约二十英尺的坍塌废墟顶部，一排更高的建筑物的废墟用弧形高墙庇护了它四分之三的圆周。按照壁雕所示，这座高塔原先耸立于一个巨大的圆形广场中央，曾经高达五六百英尺，靠近顶端的地方是层层叠叠的水平圆盘，最上层的边缘有一圈形如针尖的尖顶。还好大部分建筑结构向外而非向内塌陷，否则坡道就会被砸得粉碎，堵塞整个内部空间。事实上，坡道显然还是遭受了严重的破坏，而底部堵死所有拱门的瓦砾似乎在不久以前得到过部分清理。

我们只花了几分钟就做出结论，那些异类就是沿着这条路线来到地下的。尽管沿途撒下了大量碎纸，但从这里返回地面更符合逻辑。比起进入地下的巨型梯台建筑物，塔顶出口离山脚和停靠飞机的地点差不多，而且我们想在此次行程中完成的冰下探险工作也位于这个区域内。说来奇怪，在见到了许多可怕的景象，有了这样那样的猜测之后，我们仍在考虑后续的探险行程。我们小心翼翼地在宽阔地面的废墟中寻找道路，就在这时，眼前出现的东西让我们忘记了其他的所有事情。

那是三架雪橇，整整齐齐地摆放在坡道底部向外转弯的远端角落里，因此直到现在始终位于我们的视线之外。雷克营地丢失的三架雪橇就停在那里，由于过度使用而严重损坏，肯定被强行拖过了大段没有积雪的石板地面和碎石废墟，还被蛮力搬过了一些完全不可能通行的地方。它们被有智慧的生物仔细地捆扎好，里面放着我们非常熟悉的物品：汽油炉、燃料罐、工具箱、口粮罐头、防水油布裹着的成堆书籍和不明物体——全都来自雷克的营地。自从在地下室发现那些东西，我们在某种程度上已经做好了思想准备。其中一块油布的轮廓尤其令人不安，我们走上去打开包裹，巨大的惊骇顿时笼罩了全身。看起来，那些异类和雷克一样喜爱采集标本，因为油布里裹着的就是两具标本，它们被冻得硬邦邦的，防腐处理做得很好，颈部的创伤位置贴着橡皮膏，油布裹得非常仔细，以免样本遭受进一步的损毁。它们是失踪的吉德尼和雪橇犬的尸体。

–10–

许多人会认为我们不但疯狂，而且冷酷无情，因为在如此阴森的发现之后，我们很快就将注意力转向了北面的隧洞和地下的深渊。我无意为自己辩护，说什么若不是有特定的情况发生，引出了一系列新的猜想，我们也不会立刻就重新动起这些念头来。我们用防水油布盖住可怜的吉德尼，沉默而惶惑地站在那里，直到某种声音终于触碰到我们的意识；自从爬下石墙的那个开口，告别了从山巅险峰传来的寒风呜咽，这是我们听见的第一个声音。尽管只是稀松平常的声音，但出现在这个遥远的死亡世界，就比任何怪诞或美妙的声音都出乎意料、令人畏惧，因为它再一次扰乱了我们对宇宙和谐的所有认知。

根据雷克的解剖报告，我们知道异类应该能发出音域宽广的怪异笛音。实际上，见过营地的恐怖场面以后，我们过度紧张的想象力能从每一声寒风呼号中捕捉到这种笛音。假如听见的是它，倒是和包围我们的万古死亡之地颇为相称。来自其他地质时代的声音就属于这些地质时代的墓园。然而，我们听见的声音却打碎了根深蒂固的观念。我们理所当然地以为南极内陆就像月球表面一样荒芜，不存在哪怕一丁点儿普通意义上的生命。不，我们听见的声音并非来自从远古时代掩埋至今的渎神怪物，它们的躯体异乎寻常地强韧，被时光弃绝的极地阳光激起了一种可怖的反应。我们听见的声音平常得简直可笑，早在离开维多利亚地后的航程中和在麦克默多湾扎营的日子里就非常熟悉了，而发出声音的东西本该待在那些地方。我们听见的，是企鹅发出的嘶哑鸣叫。

沉闷的声音从冰层下的深处传来，几乎正对着我们来的那条廊道，而通往地下深渊的另一条隧道就在这个方向上。一只活生生的水鸟出现在此，出现在地表万古死寂、毫无生机的荒凉世界里，只可能引出唯一的结论，因此我们首先想到的，是确认那声音的客观真实性——它确实一再出现，而且似乎来自不止一个喉咙。为了寻找声音的来源，我们走进一道碎石清理得很干净的拱门。天光消失之后，必须继续用碎纸标记路径。先前为了补充碎纸，我们怀着奇特的矛盾心情打开了雪橇上的一个油布包裹。

覆盖脚下地面的冰层逐渐变成碎石，我们清楚地辨认出一些怪异的拖痕，丹弗斯甚至发现了一个清晰的足印，详情我看就不必赘述了。企鹅的叫声指引的方向完全符合地图与罗盘给出的通往北面隧洞入口的路线，我们幸运地发现，有一条无须跨越石桥、位于地下的通道似乎畅通无阻。根据地图，隧洞的起点应该在一座大型金字塔形建筑物的地下室内，我们在航空勘察时见过这座建筑物，依稀记得它保存得极为完好。一路上，手电筒仍旧照亮了数不胜数的壁雕，但我们没有停下细看其中任何一幅。

忽然，一个庞大的白色身影隐隐约约在前方浮现，我们立刻点亮了两支手电筒。说来奇怪，我们刚才还在恐惧有可能潜伏于此的那些异类，而眼前这个全新的目标却让我们忘记了一切。异类将补给品留在巨大的圆形场地，想必是打算在结束向前或进入深渊的侦察后返回那里，但此刻我们舍弃了对它们的所有提防，就好像它们根本不存在一样。这只蹒跚而行的白色动物足有六英尺高，我们立刻就意识到它不是那些异类中的一员。异类体型更大，颜色发黑，根据壁雕的描绘，它们拥有海洋生物怪异的触须器官，但在地表活动时颇为敏捷和自信。然而，要说那头白色生物没有严重地惊吓我们也是假话。有一瞬间，原始的恐惧感攥紧了我的心灵，甚至超过了对那些异类的理性恐惧。白色身影走进侧面的一条甬道，有两只同类在甬道里用嘶哑的叫声呼唤它，我们不禁觉得颇为失望。因为那不过是一只企鹅，尽管这个亚种的个头超过了已知最大的帝企鹅，并且身体白化、没有眼睛，因而显得奇形怪状。

我们跟着它走进那条甬道，两人不约而同用手电筒照向三只冷漠、无动于衷的企鹅。这三只没有眼睛的未知白化个体属于同一个体型庞大的亚种，它们的个头让人想起古老者壁雕中描绘的上古企鹅。我们很快就得出结论：它们就是那些企鹅的后裔，无疑因为躲进了温暖的地下空间而繁衍至今，但永恒的黑暗破坏了身体生成色素的能力，眼睛也退化成了毫无用处的细缝。它们目前的栖息地正是我们正在寻觅的广袤深渊，这一点不存在任何疑问，并且证明了深渊至今依然温暖宜居，这激起了我们最强烈的好奇心和略微令人不安的幻想。

另一方面，我们也想知道是什么原因让它们冒险离开了原先的领地。从巨石死城的状态和沉寂来看，那里肯定不是企鹅季节性的栖息地，而三只水鸟对我们的漠然态度说明异类经过时也不太可能惊动它们。会不会是异类采取了什么激烈行动或尝试补充肉类给养？雪橇犬异常厌恶的刺鼻气味恐怕不会在这些企鹅身上激起相同的反应，因为它们的祖先显然曾与古老者和平共处，只要还有古老者生活在底下的深渊里，这种亲善关系就不会泯灭。科学探索的热情重新点燃，无法拍摄这几只反常的生物实属遗憾。我们很快离开吱嘎鸣叫的水鸟，继续向深渊推进，它们的存在确凿无疑地证明了深渊肯定有入口，时而出现的企鹅爪印为我们指引了道路。

我们走进一条低矮而漫长的廊道，两侧的石墙上没有门，也完全没有壁雕，爬下一段陡峭的斜坡后不久，我们确信自己终于离隧洞入口不远了。又经过了两只企鹅，正前方传来其他企鹅活动的声音。廊道的尽头是一片巨大的开阔空间，我们不由自主地惊呼出声。这是个完美的半球体内壁，显然位于地底深处，直径足有一百英尺，高五十英尺，沿圆周开着许多低矮的洞口，其中只有一处与众不同，它在高约十五英尺的黑色拱门里张开巨口，打破了整个拱室的对称性。这就是庞大深渊的入口。

半球形大厅的拱顶令人叹为观止地布满了衰退期的壁雕，装点得像是远古人类想象中的天球。几只白化企鹅蹒跚行走——对于我们这两个外来者，它们既无动于衷也熟视无睹。黑色隧洞经过一段陡坡后敞开通向无穷深处的裂口，拱门装饰着光怪陆离的凿刻门框和门楣。来到神秘莫测的洞口，我们感觉到一股稍暖的气流，似乎还夹杂着湿润的水汽，令人不禁陷入沉思，底下那广袤无垠的黑暗空间，以及高原与巍峨群山下犹如蜂窝的洞穴里，还隐藏着除企鹅外的其他活物吗？不仅如此，已故的雷克最初怀疑是山巅烟雾的缕缕云气，和我们在墙垒包围的峰顶见到的怪异雾霭，会不会就是从地底无法测量的深处升腾而起的蒸汽，通过曲折的隧洞最终涌出地表？

我们走进隧洞，发现它的宽高都在十五英尺左右，至少开头的这段是如此。墙壁、地面和拱顶都是常见的巨石造物。墙壁上稀稀落落地装饰着衰败晚期风格的传统雕纹，建筑物和壁雕都奇迹般地保存完好。地面颇为干净，只有少量碎石，上面能看见企鹅的爪印和那些异类向内走的拖痕。越向前走，通道里就越是温暖，我们很快就解开了厚实衣物的纽扣。底下或许存在尚未停顿的岩浆活动，说不定那片黑暗海洋是一池温水。没走多远，石砌四壁变成了坚实的岩石，但保持着相同的宽高比例，也依然体现出相同的凿刻规则性。隧洞的坡度时缓时急，极为陡峭之处的地面上总是刻有凹槽。我们数次注意到一些侧向小廊道的入口是地图上没有记载的，万一偶遇从深渊折返的怪异生物，这些洞口全都可以提供躲藏。那些生物无可名状的气味越发明显了。在一无所知的情况下冒险深入这条隧道无疑愚蠢得近乎自杀，但对某些人来说，探寻未知的诱惑要比发自肺腑的犹疑更加强烈，事实上，也正是这种诱惑带领我们找到了这座神秘的极地死城。我们继续向前走，数次见到企鹅，据此推测还有多少路程。依照壁雕的暗示，沿着陡坡向下走大约一英里就是深渊，但先前的游历行程告诉我们，完全依赖壁雕的比例尺并不可取。

四分之一英里后，无可名状的异味越来越浓烈，我们经过几个侧向洞口时仔细记住它们的位置。这里不像洞口那样能看见水汽，无疑是因为缺少构成温差所必须的较冷气流。气温上升得很快。我们见到一堆熟悉得令人心悸的物品，但不再为此吃惊。这些毛皮衣物和帐篷布出自雷克营地，我们没有停下查看织物被撕扯成的怪异形状。向前没走多远，侧向甬道的尺寸和数量都有明显的增加，得出的结论是现已来到较高丘陵底下犹如蜂窝的区域。无可名状的异味里又掺杂了一种几乎同样刺鼻的怪味——我们无从猜测其真正来源，只让人联想到腐烂的生物组织或未知的地下真菌。走到这里，隧洞陡然开阔，我们大吃一惊，因为壁雕里没有这样的变化——地面依然平整，但宽度和高度同时增加，变成一个看似天然形成的椭球形洞穴，长约七十五英尺，高约五十英尺，内壁上有数不清的侧向甬道伸向神秘莫测的黑暗。

尽管洞穴像是天然形成的，但借助两支手电筒的光线查看一番后，我们认为这是修建者凿通多个相邻蜂窝隔室的产物。洞穴的内壁颇为粗糙，拱顶结满了钟乳石，坚实的地面被仔细磨平，完全没有碎石、岩屑甚至灰尘，干净得异乎寻常。除了我们所在的这条通道，以这里为起点的所有宽阔廊道的地面都是如此，这一独特的情况让人百思不得其解。继无可名状的异味后出现的古怪恶臭在这里特别浓烈，以至于彻底掩盖了其他的气味。不仅是抛光得几乎闪闪发亮的地面，这个洞窟中有某种东西比先前遇到的所有离奇事物都更让我们感到难以形容的困惑和恐惧。

正前方的通道形状非常规则，里面有大量企鹅粪便，为我们从无数大小相同的洞口之中指出了正确的线路。话虽如此，我们依然决定，一旦地形变得更加复杂，就继续用碎纸标出路径，因为靠尘土痕迹指引方向的办法已经行不通了。我们重新踏上征程，用一支手电筒的光束扫过隧洞墙壁——这段通道的壁雕发生了极为激烈的变化，惊得我们立刻停下脚步。虽然早就觉察到古老者的雕刻艺术在开凿这条隧洞时已有巨大的衰落，也注意到身后通道墙壁上的花饰明显拙劣得多，但此刻在洞窟的更深处，竟出现了一种完全无法解释的突兀转变，这种转变不但与艺术质量有关，更与其根本性质有关，体现出的技艺衰退异常严重，甚至是灾难性的，先前见到的衰败速率不可能让我们为此做好心理准备。

新出现的衰败作品简陋而放肆，完全丧失了精致的细节。这些横向镶板下沉得特别深，大体轮廓沿袭了早期壁雕中稀疏分布的旋涡饰线，但浅浮雕的高度没有达到墙面。丹弗斯认为这是二次雕刻的结果，也就是抹去既有图案后的重绘。就其本质而言，这完全符合传统的装饰性壁雕，由粗糙的螺旋线和折角构成，大致遵循了古老者的五分法数学传统，但看起来却更像是在嘲讽戏仿而非纪念发扬传统。我们无法从脑海中赶走一个念头，那就是雕刻技法背后的美学感觉中似乎多了一种细微但彻底陌生的因素——按照丹弗斯的猜测，要为煞费苦心的二次雕刻负责的正是这种陌生因素。它很像我们到目前为止认识到的古老者艺术，但又有着令人不安的不同之处，总是让我联想起血统混杂的怪物，就像按罗马风格制作的丑恶的巴尔米拉雕刻。那些异类也在不久之前关注过这段壁雕，因为其中特征最明显的一幅壁雕前的地面上，有一节用完的手电筒电池。

我们不可能耗费宝贵的时间深入研究，因此只能在匆忙一瞥后继续前进，不过沿途频繁用光束照亮墙壁，想知道壁雕是否还有进一步的变化。这方面我们没有更多的发现，壁雕在一些地方分布得更加稀疏，那是因为隧洞两侧有大量地面平整过的侧向甬道入口。我们看见和听见的企鹅越来越少，但似乎能隐约听见一群企鹅在遥远的地下深处齐声鸣叫。后来出现的难以解释的臭味浓烈得可怕，我们几乎闻不到另外那种无可名状的气味了。前方冒出了肉眼可见的成团蒸汽，说明温差正越来越大，而我们离深渊海洋那不见天日的崖岸也越来越近。就在这时，出乎意料的事情发生了，在前方的抛光地面上出现了某些障碍物——从形状看明显不是企鹅。确定那些物体完全静止后，我们点亮了第二支手电筒。

− 11 −

我的叙述再次来到了一个难以为继的地方。讲到这个阶段，我的心理应该已经变得足够坚强，但有些经历及其蕴含的意义会造成深得无法愈合的伤口，使人变得格外敏感，让记忆唤醒当时体验过的全部恐惧。如我所说，我们在前方的抛光地面上看见了某些障碍物。我不得不补充一句，几乎与此同时，那股压倒性的异臭忽然难以解释地浓烈起来，其中明显混杂了先于我们进入隧洞的异类留下的无可名状的怪味。第二支手电筒的光束赶走了关于障碍物真面目的最后一丝疑惑，我们之所以敢于靠近，只是因为哪怕隔着一段距离也看得清清楚楚，它们和雷克营地可怖的星状坟丘中发掘出的六个类似样本一样，已经丧失了所有的伤害能力。

事实上，和发掘出的大多数样本一样，它们缺乏的还有完整性——单看包围它们的深绿色黏稠液体就知道，变得不完整是晚近得多的事情。这里只有四具尸体，但根据雷克的简报，走在我们前面的那群异类应该不少于八名成员。以如此方式发现它们完全出乎意料，我们不得不思考黑暗中曾发生了什么样的恐怖争斗。

企鹅们群起围攻，用尖喙发动凶残的报复，而我们的耳朵能够确定前方不远处有个企鹅的聚居地。难道是那些异类侵入那里，招致血腥的追击？地上的尸体并不支持这一判断，因为雷克解剖时发现异类的身体组织异常坚韧，企鹅的尖喙无法造成我们走近后才看清楚的骇人伤口。另外，那些盲眼的巨大水鸟似乎生性平和。

那么，有可能是异类之间爆发了内讧吗？不见踪影的另外四只生物就是罪魁祸首？假如真是这样，它们去了哪里？会不会就在附近，对我们形成迫切的威胁？我们紧张地朝几条侧向甬道的光滑洞口张望，缓慢而不情愿地靠近尸体。无论那是一场什么样的争斗，都一定是惊动企鹅离开习惯活动范围的原因。冲突爆发之处无疑靠近我们在前方深渊里听见的那片企鹅栖息地，因为附近一带不存在企鹅居住的迹象。我们猜想，那或许是一场可怖的追击战，较弱一方想跑回存放雪橇之处，但终究没有逃过追逐者的毒手。不妨想象一下那地狱般的景象，无可名状的畸形生物逃出黑暗深渊，乌压压的一大群企鹅疯狂地吱嘎乱叫，紧追不舍。

我们走近了堆在地上的不完整障碍物，老天在上，但愿我们根本没有接近它们，而是以最快速度跑进那条渎神的通道，踩着光滑而平坦的地面，在模仿和嘲讽其取代之物的衰退期壁雕伴随下，在我们目睹即将看见的事物之前，在永远不会允许我们再次自如呼吸的东西烧灼意识之前，一口气逃回地面！

我们打开两支手电筒，照亮了丧失生命的异类，立刻意识到它们残缺不全的首要原因。尸体有遭到捶打、挤压、扭曲和撕裂的痕迹，而共同的致命伤害是失去头部。它们带有触须的海星状头部全都不翼而飞。凑近后发现摘除头部的手段不是普通的斩首，更像是被凶恶地扯断、连根拔起。一大摊刺鼻的深绿色体液蔓延出来，却被后来出现的那种更怪异的恶臭几乎掩盖，那气味在这里比一路经过的任何地点都要浓烈。直到非常靠近那些丧失生命的障碍物后，我们才看清楚难以解释的第二种恶臭究竟来自何处。就在揭开谜底的同时，丹弗斯回忆起某些栩栩如生的壁雕，它们描绘了一亿五千万年前二叠纪的古老者历史。他发出精神饱受折磨的一声尖叫，癫狂的叫声回荡在装饰着邪恶的二次雕刻的古老拱顶通道之中。

我本人也跟着他惊叫出声，因为我同样见过那些古老的壁雕，内心颤抖着赞美那位无名艺术家的精湛技艺，因为壁雕准确地画出了覆盖横死古老者的残缺尸体的丑恶黏液，而那正是在镇压大战中被可怖的修格斯屠杀并吸去头部的古老者的典型特征。尽管这些壁雕讲述的是亿万年前的往事,但它们依然如噩梦般不该存在于世间。因为修格斯和它们的行径不该被人类目睹,也不该被其他生物摹绘。《死灵之书》的疯狂作者曾经惶恐不安地发誓称这颗星球上从未繁育过这种东西,纯粹是迷幻药剂作用下的梦境产物。无定形的原生质,能够模仿和反映各种生物形态、内脏器官和生理过程;十五英尺高的弹性椭球体,拥有无穷无尽的可塑性和延展性;心理暗示的奴隶,巨石城市的建造者;演化得越来越阴郁,越来越聪慧,越来越水陆两栖,越来越会模仿主人——全能的上帝啊!到底是什么样的疯狂才能让渎神的古老者愿意使用和培育如此的怪物?

此时此刻,丹弗斯和我望着反射出虹彩亮光的黑色黏液厚厚地包裹着那些无头尸体,黏液散发出只有病态头脑才有可能想象的无名恶臭。它们不但黏附在尸体上,还有一些星星点点布缀在遍布二次雕刻的墙壁上的光滑之处,形成一组簇生的点阵图案——我们以无可比拟的深度理解了何谓无穷无尽的恐惧。恐惧的对象不是那四个失踪的异类,因为我们从心底里相信它们不再可能伤害我们了。可怜的怪物!说到底,它们并不是什么邪恶的魔鬼,只是来自另一个年代、另一个生物体系的人类。大自然对它们开了一个残忍的玩笑,在我们眼前上演的是它们的返乡悲剧。假如疯狂、无情和残忍驱使人类在死寂或沉睡的极地荒原继续挖掘,同样的命运也会落在其他个体头上。

古老者甚至不是野蛮的物种——想一想它们真正的遭遇!在

寒冷的未知纪元痛苦地醒来，也许遭到了疯狂吠叫的毛皮四脚兽的攻击，它们晕头转向地奋力抵抗，还要应付同样癫狂、装束怪异的白皮猿猴……可怜的雷克，可怜的吉德尼……可怜的古老者！直到最后它们依然秉持科学精神——假如换了我们，结果会有所不同吗？上帝啊，何等的智慧和坚持！它们面对的是何等不可思议的处境，与壁雕中它们的同族者和祖先面对过的事物也不遑多让！辐射对称，植物特征，奇形怪状，群星之子——无论它们是什么，也都是和人类一样的灵性生物！

它们翻越冰封的山巅，它们曾在山坡上的庙宇里敬拜，在蕨类植物的丛林中漫步；它们发现死亡的石城在诅咒下沉睡，和数日后的我们一样观看壁雕；它们尝试前往从未见过的黑暗深渊寻找存活的同胞——可是发现了什么？丹弗斯和我望着被黏液覆盖的无头尸体、令人厌恶的二次壁雕和新鲜涂抹的可怖点阵，所有这些念头同时闪过脑海。望着这一切，我明白了究竟是什么怪物最终获胜，栖息于企鹅环绕的永夜深渊里的水下巨石城市之中。就在这时，仿佛是在回应丹弗斯歇斯底里的尖叫，一团苍白的险恶浓雾忽然喷涌而出。

意识到了恶心黏液和无头尸体背后的元凶时，丹弗斯和我同时吓成了无法动弹的塑像，通过交谈才渐渐认清彼此当时的想法。感觉像是在那里伫立了千年万载，实际上顶多不过十到十五秒。可憎的苍白浓雾滚滚涌来，仿佛受到了某种庞然物体前行时的驱动——随后传来的声音颠覆了我们刚刚确定的大多数认知，同时也打破了禁锢我们的魔咒，让我们发疯似的跑过吱嘎乱叫的惊惶企鹅，沿着先前的路径返回城市，穿过沉没于冰下的巨石廊道，跑向开阔的环形建筑物，一口气爬上远古的螺旋坡道，不由自主地投向外界的理智气氛和白昼的光线。

如我所说，新出现的声音颠覆了之前达成的大多数认识，因为雷克的解剖让我们相信它出自刚被我们判定为死亡的那些生物。丹弗斯后来告诉我，那正是他在冰层上听见的、从小巷转角另一侧传来的声音，只是当时的声音无比模糊。它与我们在山巅洞穴附近听见的风笛声同样相似得惊人。我冒着被视为幼稚可笑的风险再补充一点，因为丹弗斯的印象与我惊人地一致。当然了，平日里的读物使得我们有可能做出如此诠释，但丹弗斯确实曾转弯抹角地提出过一些古怪的看法，认为爱伦·坡在一个世纪前写《亚瑟·戈登·皮姆》时曾经接触过某些不为人知的禁忌材料。大家或许记得，那篇离奇故事里有个意义不明的词语，拥有与南极洲有关的可怖而惊人的象征意义，那片险恶土地的核心地带居住着犹如幽灵的巨大雪鸟，永远尖叫着这个词语：

"Tekeli-li！Tekeli-li！"

不得不承认，我们自认听见的就是这个声音，它在不断前进的白色浓雾背后突然响起，正是音域格外宽广、拥有音乐性的阴森笛音。

早在那三个音符或音节完整响起前，我们就已经开始全力逃跑，但内心知道古老者有多么敏捷。只要它愿意，那些躲过屠杀，却被尖叫惊扰而追赶来的幸存者，能够在瞬间制伏我们。但我们也怀着一丝侥幸，希望我们没有敌意的行为和展示出相近的理性能让我们被俘后保住性命，哪怕仅仅是出于科学研究者的好奇。说到底，假如它没有任何需要害怕的，也就没有动机要伤害我们了。躲藏已经毫无意义，我们用手电筒匆匆照向背后，发现浓雾正在变得稀薄。难道终于要看见一个完整而活生生的异类样本了吗？阴森的笛音再次响起——"Tekeli-li！Tekeli-li！"

我们发觉已经拉开了与追逐者之间的距离，也许是因为那个生物受了伤。但谁也不敢冒险，因为它无疑是响应丹弗斯的尖叫而来，而非在躲避其他生物。时间紧迫，容不得半点犹豫，至于那更难以想象、更不可提及的梦魇，那散发恶臭、喷吐黏液、从未为人所见的原生质肉山，那征服了深渊、派遣陆生先锋队重新凿刻壁雕、蠕动着穿越山丘洞穴的怪物种族的成员，如今位于何方就不是我们能够猜想的了。丹弗斯和我压下发自肺腑的哀痛，抛弃这位多半已受重伤的古老者——它很可能是唯一的幸存者——让它单独面对再次被捉住的危险和无可名状的命运。

谢天谢地，我们没有放慢逃跑的步伐。滚滚雾气再次变得浓重，以越来越快的速度被推向前方。在我们背后游荡的企鹅吱嘎尖叫，表现出恐慌的迹象。考虑到之前我们跑过时它们根本无动于衷，此时它们的剧烈反应令我们惊恐不已。音域宽广的阴森笛声再次响起——"Tekeli-li！Tekeli-li！"看来我们大错特错了：那异类毫发无损，只是看见它倒下的同伴和尸体上方用黏液书写的可怕铭文，暂时停下了脚步。我们永远也不可能知道那条邪恶的消息究竟说了什么，但雷克营地的坟墓足以说明这些生物有多么重视死者。我们毫无顾忌地使用手电筒，此刻照亮的前方就是许多条通道汇聚的开阔洞窟，我们庆幸自己终于甩掉了那些病态的二次雕刻——尽管没有正面遇见，依然能体会到恐怖的感觉。

洞窟的出现还带来了另一个念头，那就是宽阔廊道的汇聚处足够错综复杂，或许可以借助它甩掉追逐者。这片开阔空间内有几只盲眼的白化企鹅，我们看得很清楚，它们对正在迫近的怪物恐惧到了无法描述的地步。假如将手电筒调暗到前行所需的最低亮度，只用它指向前方，那么巨型水鸟在雾气中的惊恐叫声也许能盖过我们的脚步声，遮蔽真正的逃跑路线，甚至将追逐者引入歧途。主通道的地面遍布碎石且不反光，但在螺旋上升的涌动浓雾中，它与抛过光的其他隧洞并没有多少区别。即便古老者拥有某些特殊感官，能够在紧急时刻部分摆脱光线的限制，根据我们的猜想，它在这里也同样难以分辨出哪条才是正确的线路。事实上，我们倒是不太担心会在匆忙之中迷失方向，因为早已决定要径直向前逃回那座死城。若是在山脚下的蜂窝迷宫里迷路，后果将是不可想象的。

我们活下来并重返世间的事实，足以证明那怪物选择了错误的路线，而我们在神意的护佑下跑进了正确的通道。企鹅本身不可能拯救我们，但在浓雾的共同作用下，它们却帮了大忙。

只有最仁慈的命运，才会让翻涌的水汽在正确的时刻突然变得浓密，因为雾气不停变幻飘动，随时都有可能消散一空。就在我们从遍布令人作呕的二次壁雕的隧洞跑进洞窟之前，雾气确实消散了短短的一秒钟。怀着绝望和恐惧，我们最后一次向背后投去视线，随后便调暗手电筒，混进企鹅群以期躲过追逐，但就是那一眼，使得我们第一次瞥见了紧追不舍的怪物。假如命运隐藏我们确实出于善意，那么允许我们隐约瞥见那一眼就完全是善意的反面了：极昏暗的光线下一闪而过的影像仅仅勾勒出恐怖魔物的半个轮廓，直到今天始终在折磨我的心灵。

回头张望的动机很可能不过是出于古老的本能，被追捕者想要观察环境和追捕者的行进路线；也可能是不由自主的反应，身体试图回答某个感官在潜意识里提出的问题。我们飞奔的时候，全副精神都集中在逃跑这个目标上，不可能冷静观察和分析各种细节。即便如此，休眠的脑细胞也肯定在疑惑鼻子向它们送去的信息究竟代表着什么。事后我们想通了其中的缘由：我们离无头尸体上的恶臭黏液越来越远，而紧追不舍的异类越来越近，但气味并没有合乎逻辑地发生改变。在失去生命的古老者附近，无法解释的第二种臭味完全占据了上风，但此刻它应该让位于从那些异类上散发出的无名怪味才对。然而事实却并非如此，后出现的那种更加难以容忍的恶臭已是铺天盖地，并且每分每秒都在变得更加浓烈。

因此我们才向后望去——似乎是两人同时，但肯定有一个人率先回头，另一个才下意识地模仿。向后张望的同时，我们将手电筒调到最亮，光束射穿了暂时变得稀薄的雾气。这么做可能只是出于想尽量看清追逐者的原始欲望，也可能是不太原始但同样下意识的举动：用强光迷惑追逐者，然后调暗手电筒，躲进前方迷宫中心的企鹅群。多么不明智的行为！就连俄耳甫斯和罗得的妻子都没有因为回头张望而付出如此惨痛的代价。令人惊骇、音域宽广的笛音再次响起："Tekeli-li! Tekeli-li!"

虽然难以忍受直白的描述，但我应该坦率地说出我们的经历，尽管当时丹弗斯和我甚至不敢向对方承认自己看见了什么。读者眼前的文字绝对不可能表现那幅景象的恐怖。它彻底摧毁了我们的神智，我都无法理解当时为何还有残存的理性，能够按计划调暗手电筒，冲进通往死城的正确通道。带着身体逃跑的无疑只是本能，大概比理性能够做到的还要好。但假如就是这一点拯救了我们，那付出的代价也未免过于高昂。至于理性，我们只剩下了最后的一丁点。丹弗斯彻底精神崩溃，剩余行程中我最清晰的记忆就是听着他意识模糊地吟唱歇斯底里的词语，我作为一名普通人类，在那些词语中只听出了疯狂和谵妄。他尖厉如假声的吟唱回荡在企鹅的吱嘎叫声中，回荡着穿过前方的拱顶通道，也回荡着穿过——感谢上帝——背后空荡荡的拱顶通道。他肯定不是从一开始就这么做的，否则我们肯定不可能活下来摸黑狂奔了。若是他的精神反应出现了些许偏差，那后果想一想都让我浑身颤抖。

"南站下——华盛顿站下——公园街下——肯德尔——中央站——哈佛……"可怜的家伙在吟唱波士顿至剑桥地铁那熟悉

的车站名称，这条隧道穿行于几千英里外新英格兰我们静谧的故乡地下。但对我来说，他的唱词既不引发思乡之情，也不脱离现实，而是只有恐怖，因为我非常清楚其中蕴含着多么荒谬而邪恶的类比。我们扭头张望，以为假如雾气足够稀薄，会看见一个恐怖得难以置信的移动物体，对于这个物体我们早已形成了清楚的概念。事实上我们却看见——由于雾气在险恶的命运摆布下变得过于稀薄——另一个完全不同的物体，比我们的想象更加丑恶和可憎无数倍。那是幻想小说家所谓"不该存在之物"的终极客观化身，与其最接近的类比就是你在站台上见到的一列飞驰而来的庞然地铁——它巨大的黑色前端从远处汹涌而来，闪烁着奇异的五色光彩，像活塞填充汽缸似的塞满了宽阔的隧道。

但我们的脚下不是站台，而是这个塑性柱状噩梦生物前进的轨道，它反射着虹彩的黑色恶臭躯体紧贴着十五英尺高的通道内壁，以可怖的高速滚滚涌动，驱使身前重新变得浓厚的苍白深渊雾气盘旋翻腾。这头无法用语言形容的恐怖怪物，比任何地铁都要庞大，它是原生质泡沫的无定形聚集体，身体隐约发光，塞满隧道的前端上有许多临时的眼睛不停生成和分解，犹如散发绿光的无数脓包。它向我们疾驰而来，碾碎了慌乱的企鹅，贴着闪闪发亮的地面蠕动，它和它的同类扫尽了通道中的所有碎石。令人生畏的嘲弄叫声继续传来——"Tekeli-li！Tekeli-li！"我们终于想起来了，这就是恶魔般的修格斯，古老者赋予它们生命、思想和可塑性的器官构造，但它们没有语言，只能通过点阵图案进行交流。它们也没有自己的声音，只能模仿早已逝去的主人。

−12−

我记得丹弗斯和我跑进壁雕装饰的半球形大厅，穿过巨石建造的房间和走廊返回死城。但那些记忆只有梦幻般的影像片段，不包括任何思想活动、详细情况和肢体动作，就仿佛我们在混沌世界或没有时间、因果和方向的其他维度中飘荡。见到环形开阔空间的灰色天光，我们稍微清醒了一些，但没有靠近那些雪橇，也没有再看一眼可怜的吉德尼和雪橇犬。他们已经有了一座庞大的怪异陵墓，希望直到世界末日也不要受到打扰。

我们挣扎着爬上巨大的螺旋坡道，第一次感觉到可怕的疲惫，在高原稀薄的空气中奔跑使得我们气喘吁吁。回到阳光和天空下的正常世界之前，我们虽然害怕会累得虚脱，但也没有停下脚步休息片刻。从这里逃离那些被埋葬的岁月倒是颇为适合，因为在我们喘着粗气攀爬高达六十英尺的石砌圆筒内壁时，身旁是连绵不断的史诗壁雕，展现了这个死亡种族早期尚未衰败的精湛技艺，犹如古老者在五千万年前写就的一封诀别信。

我们终于跌跌撞撞地爬到坡顶，发现自己站在一个倾覆巨石垒成的小丘上。更高处的弧形石墙向西铺展，巍峨山脉的阴郁巅峰在东方更破败的建筑物顶端露出头来。南极午夜的红色太阳低垂于南方的地平线上，在参差废墟的裂口中悄然窥视。在极地荒原那相对熟悉的地貌特征衬托下，噩梦石城的古老和死寂显得更加可怖。天空中有一团翻滚搅动的乳白色纤细冰雾，刺骨寒意抓住了我们的要害器官。我们疲惫地放下逃命时出于本能抱着的装备包，重新扣上厚实的御寒衣物，踉踉跄跄地爬下小丘，穿过万古死寂的巨石迷宫，走向停放飞机的山脚平地。我和丹弗斯一个字也没有提起究竟是什么迫使我们逃离了黑暗的地下世界和古老的秘密深渊。

不到十五分钟，我们就找到了通向山脚平地的那道陡峭斜坡——先前就是从这里下来的——在山坡上稀稀落落的废墟里看见了大型飞机的黑色身躯。向着目的地爬到一半，我们停下来喘息片刻，转过身再次眺望底下奇伟绝伦、超乎想象的第三纪巨石城市——未知的西方天空再次勾勒出它神秘莫测的轮廓。天空中的晨间雾霭已经消散，翻腾不息的冰雾正在飘向天顶，那充满嘲讽意味的线条似乎即将化作某些怪异的图案，但又不敢变得过于确定和清晰。

就在这时，怪诞的巨石城市背后极远处的白色地平线上，模糊地浮现出一排如梦似幻的紫色山峰，犹如针尖的峰顶在西方玫瑰色的天空中若隐若现。早已干涸的河道仿佛一条不规则的黑暗缎带，蜿蜒伸向远古高原那微光闪烁的边缘。有那么一秒钟，我们目瞪口呆地欣赏着这幅景象中那超越尘世的无穷壮美，可是无法言喻的惊恐很快悄悄钻进了灵魂深处。因为这道遥远的紫色线条无疑正是禁忌之地的可怖群山，也是地球上最高的山峰，是世间邪恶的聚集处，隐匿着无可名状的恐怖和埋藏万古的秘密，不敢用壁雕描绘其含义的古老者对它们敬而远之并顶礼膜拜，地球上没有任何活物曾涉足彼地，只有险恶的闪电频繁造访，在极地长夜向整个高原发射怪异的光束。毫无疑问，它们就是冰寒废土上令人畏惧的卡达斯的未知原型，位于弃绝之地冷原的另一侧，连渎神的远古传说也只敢闪烁其词地提及那片场所。我和丹弗斯是有史以来第一批亲眼看见它们的人类，我向上帝祈祷，希望我们也是最后一批。

假如那座先于人类的城市里的壁雕地图和绘景没有出错，那么这些神秘的紫色山峰至少距离此处三百英里，即便如此，它们模糊如妖魔的轮廓却明显超越了高原那白雪皑皑的遥远界限，就像一颗即将升上陌生天空的怪诞异星的锯齿状边缘。山峰的海拔肯定远远超出了所有已知的对比物，将峰顶一直送上了空气稀薄的大气高层，那里只有气态的幽魂出没，鲁莽的飞行员会遭遇无法解释的坠落，几乎没有谁能活下来讲述究竟见到了什么。望着它们，我不安地想起一些壁雕里隐晦提到那条早已干涸的大河曾从它们受诅咒的山坡上将某些东西带进巨石城市，如此有所保留地雕刻图像的古老者的恐惧中，究竟有多少理性和多少愚昧呢？我想到山脉的北侧尽头肯定离玛丽皇后地的海岸线不远，道格拉斯·莫森爵士的探险队无疑正在不到一千英里之外勘测，我衷心希望道格拉斯爵士和他的队员不会在厄运摆布下瞥见被沿岸山峦拦在另一侧的事物。这些念头足以说明当时我的精神状态有多么饱受折磨，而丹弗斯的情况似乎更糟糕。

不过，早在我们经过巨大的星状废墟并抵达飞机之前，我们的恐惧就转移了目标，回到了身旁相形见绌但依然巍峨的山脉上，重新翻越它们的重任就摆在面前。废墟林立的黑色山坡在东方从丘陵区域凄凉而可怖地拔地而起，再次让我们想起尼古拉斯·罗列赫那些怪异的亚洲绘画。想到山峰内部该受诅咒的蜂窝结构，想到散发恶臭的无定形恐怖怪物蠕动着爬向中空的最高尖峰，再想到那些引发无穷联想的朝向天空的岩洞，狂风在洞口吹出音域宽广、含有音乐性的邪恶笛声，我们就惊恐得不能自已。更可怕的是，袅袅雾气升腾而起，包裹着几座顶峰，可怜的雷克早些时候曾以为它们代表着火山活动，而我们战栗着想到刚刚逃离的那团类似的雾气，想到所有蒸汽的来源：孕育恐怖魔物的渎神深渊。

飞机一切正常，我们手忙脚乱地穿上厚实的飞行皮衣。丹弗斯没费什么工夫就发动了引擎，顺利起飞，越过噩梦般的城池，古老的巨石建筑物在脚下无边无际地伸展，与我们第一次见到它时毫无区别——仅隔了短短一段时间，但感觉上又那么遥远。我们开始爬升，调转机头测试风力，准备穿越隘口。高空的湍流肯定非常强烈，因为天顶的冰晶云正在变幻出各种奇异形状。来到两万四千英尺，也就是穿越隘口所需要的高度，我们发现飞行起来毫无障碍。靠近那些直插天空的山峰时，狂风吹出的怪异笛声再次出现，我看见丹弗斯抓着操纵杆的双手在颤抖。尽管我驾驶飞机的技术很业余，但在这个时刻，恐怕我比他更适合执行从山峰之间穿过的危险任务。我示意和他交换座位，代替他履行职责，他没有反对。我尽量搬出所有的技能和镇定，盯着隘口峭壁之间的那一小片暗红色天空，咬牙坚持不去看峰顶的团团雾气，打心底里希望能用蜡封住耳道，就像尤利西斯的部下经过塞壬栖息的海岸，禁止令人不安的呼啸笛声进入意识。

丹弗斯尽管卸下了驾驶的重任，神经却绷紧到了危险的程度，完全无法保持安静。我能感觉到他在座位上转身、扭动，时而望向背后越来越远的恐怖城市，时而看看前方遍布岩洞和方形建筑物的山峰，时而瞥向侧面白雪覆盖、墙垒点缀的荒凉丘陵，时而仰视充满奇形怪状云团的翻腾天空。就在我竭尽全力试图安稳地穿过隘口时，他疯狂的尖叫打破了我对自我的牢固控制，害我绝望地胡乱摆弄了好几秒钟操纵杆，险些导致机毁人亡。片刻之后，我的意志重新取胜，飞机安全地穿过了隘口，但丹弗斯只怕再也不会恢复原状了。

我说过丹弗斯不肯告诉我最终是什么样的恐怖让他发出了如此癫狂的惊叫——我不无悲哀地确信，这个恐怖之物要为他目前的精神崩溃担起首要责任。回到山脉的安全一侧后，我们缓缓下降，飞向营地。丹弗斯和我在呼啸风声和引擎轰鸣中叫喊着交谈过几次，但和先前准备离开噩梦古城时的谈话一样，主旨都是要如何严守秘密。我们一致同意，有些东西不该被人类知晓或者轻率地讨论——若不是为了不惜一切代价阻止斯塔克怀瑟-摩尔探险队和其他人出发，此刻我也不可能开口。这么做有着绝对的必要性,为了人类的和平与安全,我们不该去打扰地球某些黑暗的死寂角落和不可思议的深渊,否则就可能惊醒沉睡的畸形怪物,让亵渎神圣、存活至今的远古噩梦蠕动着爬出黑暗巢穴,在这个新时代踏上更疯狂的征服历程。

丹弗斯只肯闪烁其词地说出,最后吓得他大叫的是一幅蜃景。他坚称蜃景与我们当时正在跨越的疯狂群山毫无关系,与方形建筑物和笛音回荡的洞穴毫无关系,与山体内蒸汽缭绕、充满蜿蜒通道的蜂巢结构也毫无关系,奇特而可怖的景象在天顶翻腾的云团中一闪而逝,画面中是隐藏在西方诡异紫色群山背后的东西,古老者对其心怀恐惧、敬而远之。他见到的东西极有可能仅仅是纯粹的幻觉,催生幻觉的或许是我们先前承受的精神重压,或许是前一天在雷克营地附近目睹的蜃景,蜃景中的死亡城市当然存在,只是当时我们还不知道。无论丹弗斯认为他见到了什么,它都真实得让他饱受折磨,直至今日。

他偶尔会低声说一些支离破碎、仿佛呓语的话语,内容有"暗黑渊薮""凿刻边缘""原初修格斯""无窗的五维实心立体""无可名状的圆柱""远古航标"**"犹格-索托斯"**"原始的白色胶冻""空间之外的色彩""肉翼""黑暗中的眼睛""月梯""本源、永恒、不灭"和其他诡秘的概念。可每次恢复清醒,他就会否认所有这些,将其归咎于自己早年怪异而恐怖的阅读口味——倒也没错,丹弗斯是胆敢完整阅读大学图书馆锁藏的遍布蛀洞的《死灵之书》抄本的少数人之一。

我们飞越山脉时,高处的天空确实蒸汽缭绕、搅动不息。

尽管我没有望向天顶，也能想象出冰尘的旋涡有可能组合出怪异的形状。无休止翻腾的层层云团能够栩栩如生地反射、折射和放大遥远的景象，而一个人的想象力很容易就可以将其补充完整——丹弗斯的记忆还没有机会从过去的阅读中汲取材料，因此他也不可能呼喊出以上那些特定的恐怖之物。他在短短一瞥中绝对不可能看见那么多事物。

当时他的尖叫仅限于重复一个疯狂的词语，它的来源实在过于明显：

"Tekeli-li! Tekeli-li!"

墙中之鼠

1923年7月16日，最后一名工人完成了他的工作之后，我搬进了艾克森姆隐修院。重建隐修院堪称一项浩大的工程，因为这座荒弃的建筑物一度只剩下空壳般的废墟，但它毕竟是我祖上的府邸，因此我没有容许庞大的开支阻挡我的决心。自从詹姆斯一世在位期间，此处就一直无人居住，当时有一起极为丑恶的悲剧降临在屋主、他的五个孩子和几名仆人身上，事情的大部分细节始终没有得到合理的解释。怀疑和恐惧都落在屋主的三子头上，他是我的直系先辈，也是那条遭人厌恶的血脉仅有的幸存者。由于唯一的继承人被指控为杀人凶手，这片土地被收归国有，受指控的三子也没有尝试为自己辩护或取回他的财产。沃尔特·德·拉·坡尔，第十一世艾克森姆男爵，受到某种恐怖之物的严重惊吓，这对他的影响远远超过了良知或法律。他用行为表达了一个疯狂的愿望，那就是将这座古老的建筑物排除在视线和记忆之外：他逃往弗吉尼亚并在那里成家，一个世纪之后，他的新家庭发展成了德拉坡尔家族。

艾克森姆隐修院空置至今，尽管后来它被划归诺里斯家族，由于其独特的杂糅式建筑而受到了大量研究：哥特式塔楼坐落于萨克逊或罗曼式的建筑物上，而基座又体现出更早期乃至多个时代的风格：罗马，甚至德鲁伊或本土布立吞人——假如传说讲述的都是实情。它的基座确实独一无二，一侧与隐修院所在的石灰岩断崖连在一起，而隐修院在断崖上俯瞰位于安彻斯特村以西三英里的一条荒芜溪谷。建筑师和文物研究者很喜欢前来勘察这座从被忘却的时光残存至今的怪异遗迹，但附近乡村的居民都憎恶它。几百年前我的祖辈居住在这里的时候，他们就憎恶它，现在由于年久失修而遍覆青苔和霉斑，他们依然憎恶它。得知我出身于一个受诅咒的家族之前，我连一天都没有在安彻斯特待过。本周，工人炸掉了艾克森姆隐修院，忙着拆除基座的残垣断壁。

我对祖上的了解仅限于简单的事实，还有我在美国的第一代祖先来到殖民地时背负着怪异的传闻疑云，但完全不了解其中的细节，因为德拉坡尔一族将沉默奉为家训。与经营种植园的邻居不同，我们几乎不吹嘘参加过十字军的祖上或中世纪和文艺复兴时代的其他风云人物，也没有任何世代相传的传统，除了在内战之前，每一代家主都会给长子留下一个密封的信封，待他死后才能打开。我们珍视的荣耀是移民后取得的成就，是一个骄傲而重视荣誉，但有些内向、不善交际的弗吉尼亚家族的荣耀。

我们在内战期间耗尽了家财，位于詹姆斯河畔的家宅卡尔法克斯毁于大火，更是彻底改变了整个家族的生存境况。年事已高的祖父在那场纵火暴行中过世，与他一同逝去的还有将我们与过去联系在一起的那个信封。直到今天，我依然清楚地记得七岁时目睹的灾难，联邦士兵呼喝不已，女人尖叫哭喊，黑人咆哮祈祷。我父亲当时在军队里保卫里士满，我和母亲经历了许多烦琐手续之后，穿过战线去和他会合。战争结束，我们全家迁往母亲出生的北方。我长大成人，步入中年，最终变成了一个富有但木讷的北方佬。父亲和我都不知道世代相传的信封里到底装着什么，随着我日益融入马萨诸塞州那乏味的商业生活，我对隐藏于家族血脉深处的秘密也完全失去了兴趣。真希望我曾仔细琢磨过其中的真相，否则我肯定会乐于将艾克森姆隐修院留给青苔、蝙蝠和蛛网！

家父于1904年过世，但没有任何信封留给我或我的独子阿尔弗雷德。阿尔弗雷德当时十岁，已经失去了母亲，后来找回家族事迹的也正是这个孩子。我能说给他听的只有过去的趣闻轶事。1917年他在世界大战中以飞行员身份前往英格兰，反而写信告诉了我一些非常有意思的祖辈传说。德拉坡尔家族似乎拥有多姿多彩但阴云密布的历史。我儿子的一位朋友，皇家飞行队的爱德华·诺里斯上尉，曾居住在离我们家族府邸不远的安彻斯特，讲述了许多村夫之间流传的迷信传说，很少有小说家能想出这么疯狂和荒谬的故事。诺里斯本人当然不可能认真看待它们，但我儿子觉得很有意思，认为这些是给我写信的良好素材。正是这些传说最终将我的注意力引向了大西洋另一侧的祖产，使得我下定决心要回购和修复家族府邸。诺里斯向阿尔弗雷德栩栩如生地描述了它的荒弃现状，答应帮他谈一个合理得惊人的要价，因为那片土地目前就归他的叔叔所有。

1918年，我买下了艾克森姆隐修院，但几乎立刻就被迫中断了修复府邸的计划，因为阿尔弗雷德因伤致残，退役回国。他在世的最后两年里，我除了照顾他再也没有别的念头，连生意都托付给了商业伙伴。1921年，我痛失爱子和人生目标，成了一个不复年轻的退休制造商，于是决心将余生的重心转向新购置的产业。这年12月，我造访安彻斯特，诺里斯上尉招待了我。这位讨人喜欢、身材圆胖的年轻人对我儿子推崇备至，保证会帮助我搜集设计图纸和奇闻秘史，用于指导即将开始的修复工程。我对艾克森姆隐修院没什么感情，它在我眼中只是一片摇摇欲坠、满地狼藉的中世纪废墟，遍覆地衣和白嘴鸦的巢穴，危险地矗立在断崖上，楼层地板和其他内部结构都已侵蚀殆尽，只剩下与主体分离的塔楼的石墙还算完整。

随着我逐渐复原先祖在三个世纪前离开时这座建筑物的样子，我开始为修复工程雇用更多的工人，但每次都不得不远离附近区域才能找到人力，因为安彻斯特村民对这个地方怀有一种难以想象的恐惧和憎恶。这种情绪异常强烈，有时候甚至会感染我从外地找来的劳工，引发数不胜数的开小差事件。而情绪的发泄对象似乎包括了隐修院本身和几百年前居住于此的整个家族。

儿子曾告诉我，他在造访时多多少少受到了冷遇，因为他是德·拉·坡尔家族的一员，如今我发现自己也因为相似的原因而遭受了难以形容的排斥，直到终于说服那些农民，让他们相信我对祖辈的事情几乎一无所知。即便如此，他们依然不喜欢我，一见面就脸色阴沉，因此我不得不通过诺里斯这一媒介才搜集到了村子里的大多数古老传说。他们无法原谅的大概是我企图复原一个令人深恶痛绝的象征符号，因为无论是否符合理性，他们都将艾克森姆隐修院视为食尸鬼和狼人出没的场所。

我将诺里斯搜集来的故事拼凑起来，再加上研究过废墟的几位学者的叙述，推断出艾克森姆隐修院坐落在一座史前神庙的遗址上，那座神庙是德鲁伊教或德鲁伊教兴起前的建筑物，与巨石阵来自同一个年代。毋庸置疑，这里曾经举办过无法用语言描述的仪式，还有一些令人不快的传说称这些仪式后来并入了罗马人带来的库柏勒崇拜异教之中。下层地窖里依然清晰

的铭文中还能辨认出诸如

DIV…OPS…MAGNA MAT…

的文字,那是大母神(Magna Mater)的符号,罗马曾徒劳地禁止公民参与对她的黑暗崇拜活动。许多遗迹都能证明安彻斯特曾是奥古斯都第三兵团的营地,据说库柏勒的神庙曾经壮观非凡,挤满了崇拜者,在弗里吉亚祭司的主持下举行无可名状的祭典。传说还称那个古老宗教的衰落并没有终结神庙的祭祀仪式,祭司表面上转投了新的信仰,实质并没有真正的变化。据说那些仪式甚至没有随着罗马帝国的败亡而消失,萨克逊人的某些仪式与神庙的残余信仰合在一起,勾勒出后来绵延传承的信仰的基本轮廓,以其为核心建立起一支异教,七大王国的半数臣民都对它深感畏惧。公元1000年前后,编年史中提到过这个地方,称它是一座坚固的石砌隐修院,居住着一支法力强大的怪异教团。广阔的园林将其包围,附近的居民早已饱受惊吓,根本不需要城墙来阻挡他们。丹麦人始终没有完全摧毁这个组织,但诺曼征服还是导致它大幅度地减少了活动,因为1261年亨利三世将这片土地赐给我的祖先艾克森姆男爵一世吉尔伯特·德·拉·坡尔时,并没有遇到任何阻碍。

在此之前,我的家族从未传出过任何负面的消息,但那以后必定发生了一系列怪异的事情。有一部编年史在1307年时将德·拉·坡尔家族的一名成员称为"被上帝诅咒的人",而乡野传说提到在古老神庙和隐修院的地基上修建的城堡时，永远怀着恶意和癫狂的恐惧。炉边故事充斥着最令人毛骨悚然的描述，而惊恐所致的缄默和云遮雾罩的闪烁其词让一切变得更加骇人。故事将我的祖上描述成了一族世袭的恶魔，相比之下，连吉尔·德·莱斯和萨德侯爵都只是刚入门的学徒，故事还隐约暗示几代村民的无端失踪也是他们的责任。

其中最恶劣的人物似乎是诸位男爵及其直系后裔，至少绝大多数传闻都和他们有关。据说假如某位继承人出现了较为健康的发展倾向，那他就必定会神秘地早早死去，为另一名更符合家族典范的子嗣让路。家族内部似乎存在一个异教团伙，首领是家主，仅限于少数几名家族成员之间。这支异教的选择标准似乎是脾性而非血统，因为有几个因婚嫁进入家族的人也被纳入其中。来自康沃尔的玛格丽特·特雷弗女士，五世男爵次子戈弗雷的妻子，她成了附近村民吓唬孩童的最佳人选。有一首以这个女魔头为主题的古老恐怖歌谣直到今天还在临近威尔士边境的地区流传。以歌谣形式保留下来的还有玛丽·德·拉·坡尔女士的可怖传说，但故事的侧重点有所不同，她嫁给什鲁斯菲尔德伯爵后不久就被伯爵及其母亲联手杀害，听取两人告解的神父却赦免并祝福了他们，但谁也不敢向世人重述他们忏悔的内容。

这些传说和民谣无疑只是典型的粗鄙迷信故事，激起了我强烈的反感情绪。它们流传得经久不息，牵涉到我祖上如此之多的家族成员，这两点尤其让我烦恼。另外，那些怪异癖好的诋毁还令人不快地让我想到了本人亲属的一桩知名丑闻：我年轻的堂弟，卡尔法克斯的伦道夫·德拉坡尔，他喜爱和黑人厮混，从墨西哥战争中归来后，成了一名巫毒教祭司。

相比之下，另一些语焉不详的传说就不至于让我烦恼了，例如石灰岩峭壁下狂风呼啸的荒芜山谷里时而响起哀号和咆哮声；例如春雨过后往往会飘来犹如坟场的恶臭；例如约翰·克雷夫爵士的马匹某天夜里在一片偏僻土地上踩到了一个吱吱怪叫、挣扎翻滚的白色物体；例如一名仆人大白天在隐修院见到某些东西后当场发疯。这些只是老套的鬼故事，而我当时是一名公开承认的怀疑论者。农夫失踪的故事不太容易被斥为胡言乱语，但考虑到中世纪的习俗，也算不上有多值得重视。出于好奇的窥探就等于死亡，不止一次有被砍下的头颅挂在艾克森姆隐修院周围现已消失的棱堡上示众。

有几个故事讲得格外生动，我不禁希望自己年轻时多涉猎过一些比较神话学的知识。举例来说，一些人坚信有一群蝙蝠翼的恶魔每夜在隐修院举行巫妖狂欢祭典，这群恶魔也需要吃饭，从而解释了隐修院的广阔园林里为何种植着数量远超人口比例的粗劣蔬菜。其中最有板有眼的莫过于一篇关于鼠群的惊人史诗了：导致府邸废弃的悲剧发生三个月后，污秽的害兽大军浩浩荡荡地涌出城堡，这支精瘦、肮脏而贪婪的军队横扫挡在前方的一切，在怒火消退前吃光了村里的家禽、猫狗和猪羊，甚至还有两名不幸的人类。围绕这支令人难忘的啮齿类大军诞生了一整套完整的传说，因为老鼠最后分散进入村民家中，催生了数不尽的咒骂和惊恐。

　　类似的传说纠缠着我,而我怀着老年人的固执坚持推进恢复祖上府邸的浩大工程,说这些故事构成了我的主要心理环境也并非不可想象之事。另一方面,诺里斯上尉和从旁协助我的文物研究者不断地称赞和鼓励我。耗时两年的修复事业终于竣工,我打量着宏伟的厅堂、镶有护壁板的墙体、拱形的天花板、带竖框的高窗和宽阔的楼梯,内心的自豪足以补偿重建府邸的惊人开销。中世纪的所有特征都得到了精心复制,新建的部分与原先的墙壁和基座完美地融合一体。父辈的府邸重新变得完整,我期待能够挽回本将随我而逝的这条血脉的名声。我打算定居于此,证明德·拉·坡尔(我换回了姓氏的原先拼法)未必都是食尸鬼。更加令我愉快的是,尽管我按照中世纪风格重建了艾克森姆隐修院,但它的内部结构焕然一新,不可能像以前那样存在害兽和鬼魂的栖身之处。

　　如前所述,1923年7月16日,我搬进了府邸。这个新家有七名仆人和九只猫。我特别喜欢猫,最老的猫叫"尼格尔曼",今年七岁,和我一起从马萨诸塞州波尔顿远涉重洋而来,另外几只是我为重建隐修院而暂住诺里斯上尉家中时陆续收养的。搬进新家的前五天,我们的日常生活极为平静,我把时间主要花费在整理家族旧资料上。到这时候,我已经掌握了有关最后那场悲剧和沃尔特·德·拉·坡尔逃离故国的大量间接证供,我猜葬身于卡尔法克斯火海的家传文书大概也是围绕这些内容。我的祖先发现了某些令人震惊的事情,彻底改变了他的行为方式。两周后他在四名仆人同谋的协助下，趁家中其他成员熟睡时将他们悉数杀害，这就是他受到的指控。然而，除了那些拐弯抹角的暗示以外，无论逃跑前后，他都没有向仆役帮凶外的其他人透露，他究竟发现了什么。

这场蓄意屠戮夺走了他父亲、三个兄弟和两个姐妹的生命，却得到了村民的一致宽恕，连执法人员都网开一面，允许凶手带着尊严、未受伤害和不加伪装地逃往弗吉尼亚。民间传闻普遍认为他清除了自古以来就施加于那片土地的诅咒。我无论如何也想象不出什么样的发现能够引发那么可怕的行为。沃尔特·德·拉·坡尔肯定在好几年前就知道了有关家族的险恶传闻，因此单凭那些事情不可能让他忽然爆发出如此冲动。那么，他会不会是目睹了某些骇人听闻的古老祭典，或者在隐修院附近偶尔看见了某些揭示性的可怕象征呢？他在英国是个出了名的羞涩文雅的年轻人。来到弗吉尼亚，他也没有变得冷酷或刻毒，反而显得精神疲惫、心怀忧惧。另一位绅士冒险家，贝尔维尤的弗朗西斯·哈利在日记中提到他时，称他品性公正无与伦比、讲求荣誉、举止优雅。

第一桩事情发生在7月22日，当时谁也没有把它放在心上，但联系起后续的事件来看，却有着异乎寻常的重要意义。事情本身非常简单，几乎可以忽略不计，在当时的情况下也不可能引起注意。请务必牢牢地记住，这幢建筑物只保留了原先的墙壁，其他东西全都是重新建造和购置的，还有一群健康稳重的仆役包围着我。虽说这个地方有着种种离奇的传说，但要让我感觉到恐惧和忧虑，就实在太荒谬了。事后回忆起来，我只记得那只老黑猫（它的脾性我了如指掌）明显异常警觉和焦躁，完全不符合本来的性格。它从一个房间走到另一个，表现得不安而紧张，不时嗅闻府邸里构成哥特式建筑的古老墙壁。我知道这种事听起来非常老套，就好像鬼故事里必然有条狗，总是在主人看见披着白床单的幽魂之前就咆哮不已，但事实如此，不以我的意志为转移。

第二天，一名仆人来书房找我，抱怨说家里所有的猫都躁动不安。书房位于二楼，是个向西的通层房间，有穹棱式的拱顶和黑橡木的镶板，哥特风格的三重大窗俯瞰着石灰岩峭壁和荒芜的山谷。就在他说话的时候，我看见尼格尔曼那乌黑的身影正沿着府邸西墙潜行，不时抓挠覆盖在古老石壁上的新镶板。我对仆人说，旧石墙肯定散发出某种独特的气味，人类感官无法觉察到，但猫的嗅觉非常灵敏，哪怕隔着新的木镶板也能闻到。我确实这么认为。仆人说会不会是墙里有耗子，我说鼠类在这里已经绝迹了三百年，连附近乡野的田鼠都很少出现在这些高墙内，从来没听说过它们会钻进府邸内。当天下午我向诺里斯上尉求证，他向我保证，田鼠以如此突兀和前所未有之势滋扰隐修院是非常难以想象的事情。

那天晚上，我照例在一名男仆的陪同下巡视了府邸，然后来到我选作卧室的西侧塔楼房间，通过一段石阶和一条短走廊与书房相连，石阶有一部分来自古老的建筑物，短走廊则完全是推倒重建的。卧室是个圆形房间，天花板非常高，没有镶护墙板的墙上挂着我亲自在伦敦挑选的织锦壁毯。尼格尔曼跟着我。我关上厚重的哥特式房门，在巧妙伪装成蜡烛的电灯的灯光下回到床上，熄灭电灯，深深躺进罩盖帷幔的四柱雕纹大床，老猫横躺在我的脚上，那是它习惯了的休息之处。我没有拉上窗帘，只是望着面前的北侧窄窗。天空中有一丝若有若无的异光，掩映着窗棂上的精致雕纹，看得人心旷神怡。

我肯定在某个时候睡了过去，因为我清楚地记得一种感觉：黑猫从休息之处猛然惊起，迫使我离开了怪异的梦境。借着暗淡的异光，我看见它绷紧身体，向前伸出头部，前爪抓着我的脚踝，后腿向后拉直。它目光灼灼地盯着墙上窗户以西的一个位置，我的眼睛没有在那个位置看见任何东西，但全部注意力还是被引向了那里。我望着墙壁，知道尼格尔曼不会无缘无故地紧张起来。我说不清壁毯究竟是不是真的动了，至少我认为是的，极度轻微地动了一下。但我敢发誓听见了从壁毯后传来老鼠飞跑的细微而独特的声响。片刻之后,老猫纵身跳上遮蔽墙壁的挂毯,用体重将它拽到地上,露出一面潮湿的古老石墙,墙上有不少修复时打上的补丁,却不见任何啮齿类小兽的踪影。尼格尔曼在那面墙壁前的地面上跑来跑去,抓挠落在地上的壁毯,甚至想把爪子插进墙壁和橡木地板之间的缝隙。它什么都没有找到,闹了一阵后就疲惫地趴回我的脚上。我躺在床上没有动弹,那天夜里再也未能入睡。

第二天上午,我询问了所有仆人,得知他们谁也没有注意到任何不寻常的事情,只有厨娘记得睡在她房间窗台上的猫有些异常。半夜某个时候,那只猫从喉咙深处呜呜低吼,厨娘惊醒时恰好看见猫像是发现了什么目标,冲出打开的房门,跑向楼下。中午我睡了一觉,下午再次去拜访诺里斯上尉,他对我讲述的内容极感兴趣。这些琐碎的事件尽管微不足道,但确实非常怪异,让他回忆起了本地流传的好几个恐怖传说。老鼠的存在让我们陷入困惑,诺里斯给了我一些捕鼠夹和巴黎绿[1]。回到家后,仆人把它们放置在府邸内关键的位置上。

我感到极其困倦,因此早早上床休息,却受到了平生仅见的恐怖噩梦的滋扰。梦中我似乎在极高之处俯瞰微光映照的洞窟,洞窟里的污物积到齐膝深,白胡子的恶魔猪倌用拐杖驱赶着一群肥软如海绵的牲畜,它们的模样让我从心底里泛起难以言喻的厌恶。猪倌停下休息,打起瞌睡,数不清的老鼠像下

---

[1] 一种翡翠绿色粉末,毒性极强,通常用于灭鼠、杀虫,亦可作为颜料。

雨似的掉进臭气熏天的深渊，开始啃食那群牲畜和那个人。

和平时一样趴在我脚上的尼格尔曼忽然跳了起来，将我拉出这个可怕的场景。这次我不需要琢磨它为什么会呜呜低吼、嘶嘶威胁，也不需要思考是什么样的恐惧会让老猫用爪子攥紧我的脚踝，完全忘了它们有多么锋利。房间的所有墙壁都在发出那种令人作呕的异响：贪婪巨鼠匆匆跑动的可恶声音。今天没有异光照亮壁毯，昨日被尼格尔曼拽下来的壁毯已经挂回原处，幸好我还不至于害怕到不敢开灯的地步。

灯泡绽放光芒，我看见整块壁毯都在骇人地抖动，本就颇为奇异的图案因此跳起了独特的死亡之舞。片刻之后壁毯的抖动立刻停止，异响也随之消失。我跳下床，抓起放在一旁的暖床器的长柄，挑起一块壁毯看看底下隐藏着什么。除了修补过的石墙，壁毯底下什么都没有，猫也卸下了它对异常事物的警惕感觉。我查看了放置在房间里的环形捕鼠夹，发现张开的弹簧都合上了，然而被逮住却又逃脱的害兽没有留下任何踪迹。

继续睡觉是不可能的了，于是我点燃一支蜡烛，打开房门，沿着走廊朝连接书房的石阶走去，尼格尔曼紧跟着我。没等我们踏上石阶，猫忽然一跃冲向前方，跑下古老的楼梯，消失在我的视线之外。我独自走下石阶，忽然听见底下的大房间里传来清晰可辨的声音，你绝对不可能弄错这些声音的源头。橡木镶板下的石墙里满是老鼠在飞奔、乱窜，而尼格尔曼怀着受挫猎手的狂怒跑来跑去。我来到楼梯口，打开电灯，这次异响没有因此消失。老鼠的骚动仍在继续，极为有力且清晰的脚步声让我将它们的活动和一个确切的方向联系在了一起。这些生物的数量似乎无穷无尽，正在进行大规模的迁徙，从难以想象的高处朝地下或者可以想见或者不可思议的深处而去。

我听见走廊里响起脚步声，片刻之后，两名仆人推开了厚重的房门。他们在府邸里搜寻未知的骚动源头，所有的猫都陷入恐慌，呜呜低吼，冲下几段楼梯，蹲在下层地窖紧闭的门口号叫不已。我问他们有没有听见老鼠的声音，他们都说没有。我转身让他们听护墙板里的声音，不料那些声音已经平息。我和仆人来到下层地窖的门前，看见猫群早已散去。我决定要去底下的地窖一探究竟，在此之前先检查一遍捕鼠陷阱。所有弹簧都已合上，但没有抓住任何猎物。确认除了猫和我之外谁也没有听见老鼠的声音后，我在书房里一直坐到天亮，陷入深深的思索，回想与我栖身的这座建筑物有关的每一个离奇传说。

中午前，我躺在书房舒适的沙发椅里睡了一会儿。尽管我选择以中世纪风格装饰府邸，但不可能放弃这么舒适的一把椅子。醒来后我打电话给诺里斯上尉，他过来陪我探查下层地窖。我们没有发现任何令人不快的东西，但得知这个地窖的建造出自罗马人之手，还是让我们难以抑制激动的心情。低矮的拱门和巨大的廊柱全都是罗马式的，不是萨克逊蠢货拙劣仿造的罗曼风格，而是帝国全盛期那精确而和谐的古典主义风格。是的，墙壁上随处可见铭文，反复考察这座府邸的文物研究者肯定会觉得非常眼熟，其中能分辨出下列文字：

P.GETAE. PROP··· TEMP···DONA···
L. PRAEC···VS···PONTIFI···ATYS···

阿提斯（Atys）这个名字使得我不寒而栗，因为我读过卡图卢斯的著作，知晓拜祭这个东方神祇的部分恐怖仪式，对他的崇拜与对库柏勒的崇拜混杂得难分难舍。有一些不规则的矩形石块似乎曾被用作祭坛，诺里斯和我借着提灯的照明，尝试解读石块上几乎已被磨尽的怪异图案，却什么都看不出来。其中一个图案是放射光芒的太阳，学者认为它们并非源于罗马文明，意味着这些祭坛来自同一个地点但更古老，甚至属于原住民的神庙，罗马时代的祭司只是拿来继续使用而已。其中一块巨石上有一些棕色污渍，我不由浮想联翩。最大的石块位于房间中央，表面能分辨出与火接触留下的特殊纹理，说明很可能在此焚烧过祭祀的牺牲品。

我们见到的情况就是这些，但一想到猫确实曾蹲在地窖门口号叫过，诺里斯和我决定在这里过夜。仆人将沙发抬进地窖，我吩咐他们不要干涉猫在夜间的异常活动，并且把尼格尔曼留在身边，它既是我的帮手，也能和我做伴。我们决定关上厚实的橡木大门，这扇门是现代的仿制品，开有通风用的狭缝。关门后，我们坐进沙发，没有熄灭提灯，等待有可能会发生的事情。

地窖位于隐修院基座的极深处，无疑已经深入地底，靠近俯瞰荒芜山谷的石灰岩悬崖的峭壁。鼠群那令人费解的匆忙迁徙的目标地肯定是这里,但个中原因就无从猜测了。我们躺在沙发上默默等待,我发觉自己的警醒时而混入半成形的梦境,与此同时老猫趴在我的脚上,它不安的动作每每将我唤醒。这些梦境并不完整,但与前一晚的噩梦有着恐怖的相似性。我再次看见微光映照的洞窟,猪倌驱赶着无法形容的绵软牲畜在污物中打滚。我望着这些可憎的东西,觉得它们似乎变得越来越近、越来越清晰——清晰得我几乎能看清它们的样貌。我仔细打量一头牲畜的肥软轮廓,吓得发出了一声尖叫,陡然被猛地惊起的尼格尔曼拉出梦境。诺里斯上尉没有睡,他见状笑得前仰后合。要是他知道了是什么吓得我发出如此惊叫,天晓得他会笑得更加开心还是再也笑不出来。隔了很久我才回忆起自己究竟梦到了什么。极端的恐惧时常会仁慈地中断我们的记忆。

异常现象开始时,诺里斯从同一个恐怖噩梦里唤醒了我。他轻轻地摇晃我的身体,叫我留心群猫的动静。能听见的响动不可谓不多,因为紧闭大门外的石阶尽头吵得可怕,几只猫不停号叫和抓挠,尼格尔曼对它在门外的同类置之不理,只顾激动地沿着光秃秃的石墙跑来跑去。我听见从石墙里传来嘈杂的鼠群奔跑声响,与昨天夜里惊扰我的声音一模一样。

我心中升起一种剧烈的恐惧,因为这是正常原因不可能解释的离奇怪事。这些老鼠,假如不是只有我和群猫共同罹患的疯病的产物,那就肯定在罗马人留下的石墙里挖洞和奔跑,而我以为这些石墙是坚实的石灰岩质地……也许水流在一千七百多年里侵蚀出了蜿蜒曲折的通道，啮齿类动物继而啃噬和扩大……即便如此，怪异的恐怖感觉依然没有减退，因为假如它们是活生生的害兽，那么诺里斯为什么没有听见它们令人作呕的骚动声响呢？他为什么只叫我看尼格尔曼的异常举止、听群猫在外面弄出的响动？又为什么还在胡乱瞎猜是什么惊扰了它们？

我尽可能理性地组织语言向他讲述我认为听见了什么，这时我的耳朵告诉我鼠群飞奔的声音正在渐渐远去，退向比下层地窖最深处还要深得多的地底之处，到最后我觉得脚下的整个悬崖里都装满了四处觅食的老鼠。诺里斯不像预计中那样怀疑我，而是倍受震撼。他提醒我注意，门口群猫的闹腾已经停止，像是放弃了早已远去的老鼠，而尼格尔曼却爆发出新一轮的躁动，疯狂抓挠房间中央巨石祭坛底部的边缘，相比之下那里更靠近诺里斯的沙发。

此时我对未知事物的恐惧已经极度膨胀。某种令人震惊的事情已然发生，我望着比我年轻、健壮，也自然更不信鬼神的诺里斯上尉，他显然和我一样深有所感——或许是因为他从小就知道本地的各种传说，有着身临其境的熟悉感。我们有好一阵完全无法动弹，只能呆望着老黑猫怀着逐渐衰退的热情抓挠祭坛底部，偶尔抬头对我喵喵叫，仿佛希望我帮它一把。

诺里斯拿起提灯凑近祭坛，仔细查看尼格尔曼正在抓挠的地方。他轻手轻脚地跪下，扒开几百年来将前罗马时代的巨石与拼花地砖连接在一起的地衣，没有发现任何东西。但就在他即将放弃努力的时候，我注意到一个微小的细节，尽管其含义没有超出我已猜想到的事，但依然让我不寒而栗。我告诉他后，两人一起注视着它几不可察的表象，这个发现让我们目不转睛地看得入迷。事情非常简单，只是放在祭坛旁的提灯的火焰在气流吹拂下微弱但确凿地轻轻闪动，而气流无疑来自地板与祭坛之间、地衣刮开后露出的缝隙。

我们在灯光通明的书房度过了那个夜晚余下的时间，紧张地讨论下一步应该采取什么行动。在这座受诅咒的府邸底下，居然还存在比已知最深的罗马人修建的巨石祭坛还要更深的洞窟，三个世纪以来，好奇的古文物专家甚至没有怀疑过这样的地下室有可能存在，即便没有那些阴森可怖的背景故事，仅仅这一发现本身就足够令人激动了。考虑到目前的情况，它的魅惑力又增加了一倍。我们有些犹豫，不知是该听从迷信的告诫，放弃眼前的探索，永远离开隐修院，还是应该满足人类对冒险的渴望，用勇气战胜在未知深处等待我们的所有恐怖。天亮时我们得出了折中的结论，决定去伦敦召集一组适合研究这个谜团的考古学家和科研人员。有一点需要说明，那就是在我们离开下层地窖前，曾徒劳尝试过移动房间中央的祭坛，以为那是通往无可名状的可怖深渊的大门。需要什么样的秘诀才能打开这扇门，这个问题就留给比我们更聪明的人去解答吧。

诺里斯上尉和我在伦敦待了许多天，向五位声名显赫的权威展示我们掌握的事实、推断和民间传说，假如在未来的探索中发现了什么家族秘密，这些值得信赖的学者也会表示尊重。他们大多数人没有一笑置之，反而表现出强烈的兴趣和真诚的共鸣。

我没必要列举他们所有人的姓名，但请允许我强调威廉·布林顿爵士也在其中，他在特罗阿德主持的挖掘工作曾震惊了整个世界。我们一同搭乘火车前往安彻斯特，我感觉自己站在了某些恐怖真相的边缘上。恰逢世界另一侧的美国总统意外逝世，弥漫在许多美国人之间的哀悼气氛似乎也是这种感觉的象征。

8月7日傍晚，我们来到艾克森姆隐修院，仆人向我保证最近没有发生任何不寻常的事情。群猫始终温和平静，连老猫尼格尔曼都不例外。府邸内没有任何一个捕鼠夹弹起过。我们计划从第二天开始探险，我请诸位客人住进布置好的房间，然后回到自己的塔楼卧室休息，尼格尔曼依然趴在我的脚上。我很快就睡着了，但骇人的噩梦纠缠着我。我梦到仿佛特里马乔举办的罗马盛宴，带遮盖的大盘里摆放着某种恐怖之物。紧接着又是那个重复出现的该死噩梦，猪倌在微光映照的洞窟驱赶污秽的牲畜。我醒来时天色已经大亮，底下的屋子里传来日常生活的声音。老鼠，无论是活物还是鬼怪，都没有来打扰我。尼格尔曼也睡得非常香甜。下楼的时候，我发现同样的静谧笼罩着所有地方，除了我们召集来的一位学者——名叫桑顿，专门研究心灵学——却颇为荒谬地声称这个情形只是某些力量存心呈现给我看的。

一切准备就绪，上午11点，我们一行七人带着大功率电子探照灯和挖掘工具走进下层地窖，然后从房间里锁上了地窖的大门。尼格尔曼跟着我们，因为研究人员都认为它的应激反应不容忽视，而且我们也希望有只猫陪在身边，免得在黑暗中遇到成群结队的啮齿类害兽。我们只是短暂地看了几眼罗马时代的铭文和陌生的祭坛图案，因为有三位学者已经见过它们，其他人也很熟悉这些特征。我们将注意力主要放在巨大的中央祭坛上，不到一个小时，威廉·布林顿爵士就找到办法让它向后翘起，运用我不熟悉的某种配重机制保持平衡。

若不是早就做好准备，出现在眼前的恐怖景象足以吓得我们手足无措。拼花地板上打开一个近乎正方的洞口，底下的石阶磨损得非常厉害，中间部分已经近乎于一道坡面，骇人地堆积着人类或类人生物的骨头。有一些骨架还没散开，呈现出惊恐万状的姿势，啮齿类动物啃噬的痕迹随处可见。从头骨可以推断出，这些生物是患有严重呆小症的低能人类或原始的半猿动物。遍布骸骨的恐怖石阶之上，是一条向下的拱形通道，似乎是从山岩中开凿出来的，一股气流从中徐徐送出。那不是封闭地窖突然打开时涌出的恶臭气流，而是带着一丝新鲜气息的凉爽微风。我们没有犹豫太久，便颤抖着开始在石阶上清理道路。威廉爵士仔细研究通道的墙壁，得出一个怪异的结论：根据凿痕的方向来看，通道是从下而上开凿出来的。

现在我必须非常谨慎，再三斟酌我的用词。

在被老鼠啃咬的骸骨中走下几级台阶后，我们发现前方有亮光。不是捉摸不定的磷光，而是从外面透进来的阳光，只可能来自俯瞰荒谷的峭壁上不为人知的缝隙。没有人注意到这些缝隙也不足为奇，因为山谷里完全无人居住，悬崖高耸、向外突出，只有乘坐航空器才有可能看清峭壁的立面。又走了几级台阶，眼前的景象夺走了我们的呼吸能力。心灵学调查员桑顿当场昏厥，倒在身旁同样头晕目眩的伙伴的怀里。诺里斯红润丰满的面颊变得苍白而松弛，口齿不清地连声惊呼。我记得自己遮住双眼，不是猛然吸气就是从齿间挤出"嘶嘶"的声音。我背后的男人，队伍中唯一比我年长的学者，沙哑地喊出一声了无新意的"上帝啊"。我从来没听见过这么沙哑的声音。在七位有教养的绅士之中，只有威廉·布林顿爵士保持住了镇定。更加值得敬佩的是队伍由他带领，因此首先目睹这一幕景象的就是他。

这个微光映照、洞顶极高的洞窟，延伸到视线有可能容纳的范围之外。这是一个充满了无限神秘和恐怖意味的地底世界，有房屋和其他建筑物的残垣。我惊恐地扫视一圈，见到了形状怪异的坟冢、原始的巨石阵、低穿顶罗马神庙的废墟、蔓生的萨克逊式建筑群和英格兰早期的木质大屋。但比起地面上呈现出的恐怖景象，所有这些都渺小得不值一提。从石阶前几码的地方开始，铺展着彼此纠结的无数骨头，来自人类，或者至少和石阶上那些一样类似人类。它们绵延伸展，犹如泛着白沫的海洋，有些骨架已经散开，有些依然完整或部分关节还彼此相连。较为完整的那些无一例外地呈现出可怖的狂乱姿态，不是正在抵抗某种威胁，就是紧抱着其他骨架，表现出啃咬同类的意图。

人类学家特拉斯克博士蹲下为头骨分类，这些退化生物的混杂让他彻底陷入了困惑。从演化角度衡量，它们绝大多数比皮尔当人更加低级，但无疑都已经进入了人类的范畴。许多个体的演化阶段较高，少数一些甚至属于高度发达、拥有智能的品系。所有骨头都被啃噬过，大部分齿痕来自鼠类，但也有其他半人类留下的。这些骨骼中还有许多啮齿类动物的细小骸骨——那部古代史诗结尾时现身的致命大军中失足跌死的成员。

真不知道我们之中有谁在经历过这一天的恐怖发现后，还能神智健全地生活下去。就连霍夫曼和于斯曼也构思不出比我们七人踉跄穿行的微光洞窟更加疯狂和不可思议、更加癫狂和惹人厌恶、更加哥特和光怪陆离的景象。每个人的每次磕绊都会带来新的启示，我们尽量暂时不去思考三百年、一千年、两千年甚至一万年前的这里曾发生过什么事情。这里就是地狱的前厅，特拉斯克说有些骨骼的主人经历了二十代甚至更多代的繁衍，已经变成了四足行走的动物，可怜的桑顿闻言再次昏厥过去。

我们尝试分析建筑物的残垣，一层又一层的恐怖叠加在每个人的心头。那些四足行走的动物和时而加入其中的两足种类，它们曾经被关在石砌的兽栏里，直到最后因为饥饿或对老鼠的恐惧而陷入谵妄，终于冲破兽栏逃了出来。这些不同的种群曾经数量庞大，靠粗劣的蔬菜养肥，因为周围有几座比罗马还要古老的巨型石砌料仓，在底部还能找到这种恶心饲料的残余物。我现在知道我的祖辈为何需要那么大的花园了——真希望我能忘记啊！至于这些牲畜的用途，我根本不必思考。

威廉爵士手提探照灯站在罗马建筑的废墟里，大声翻译我这辈子听过的最骇人听闻的祷词，讲述崇拜库柏勒的祭司发现并混入本身信仰的远古异教的餐食习惯。诺里斯虽然上过战场，但走出一幢英格兰建筑物时连路都走不稳了。那里是屠宰场和厨房，尽管早有预料，但见到熟悉的英式厨具出现在这么一个地方，见到近至1610年的英语涂鸦，那种感觉实在超出了忍耐。我无法走进那幢建筑物，因为正是我的祖先沃尔特·德·拉·坡尔用匕首终结了那些恶魔般的行径。

我壮着胆子走进低矮的萨克逊建筑物，它的橡木大门已经脱落。我在这里见到了一排恐怖的石砌牢房，共有十间，栏杆锈迹斑斑。三间牢房里曾关有牲畜，骨骼全属于演化程度较高的人类，其中之一的食指骨头上套着一枚印章戒指，而戒指上刻着我们家族的盾徽。威廉爵士在罗马礼拜堂的底下发现了一个地下室，里面的牢房要古老得多，全都空着。牢房之下是个低矮的地窖，里面有几箱排列整齐的骨骼，部分箱子上刻着可怖的铭文，文字包括拉丁语、希腊语和弗里吉亚语。与此同时，特拉斯克博士已经打开了一个史前坟冢，取出的头骨比大猩猩更接近人类一点，上面刻着难以形容的象形文字。我的猫泰然自若地在所有这些恐怖物品之间漫步，甚至骇人地蹲坐在白骨垒成的小山上，真不知道它那双黄色的眼睛背后隐藏着什么秘密。

对这片微光区域（它一再以可怕的预兆形式出现在我的噩梦中）蕴含的恐怖略有认识之后，我们将注意力转向从悬崖缝隙漏进来的亮光无法穿透的洞窟深处，那里犹如午夜一般漆黑，仿佛没有边界的深渊。我们永远也不可能了解有何等暗无天日的幽冥世界等待在那一小段距离之外，因为我们认为那种秘密不适合人类知晓。近在咫尺的距离内，已经有许多东西能够吸引我们的视线了,因为还没走多远,探照灯就照亮了受诅咒的无数深坑,老鼠曾在其中享用盛宴,突如其来的食物短缺让贪婪的啮齿类大军首先扑向饥肠辘辘的牲口群,继而从隐修院涌上地面,造成了附近村民至今依然记得的那场浩劫。

上帝啊!这些令人作呕的黑暗深坑堆积着被锯断剔净的股骨和敲破倒空的头骨!噩梦般的裂隙历经无数个渎神的世纪,填充着岁月积累的猿人、凯尔特人、罗马人和英国人的骸骨!其中一些坑已被塞满,谁也说不清它们究竟有多深;另一些连我们的探照灯都照不到底,栖息着无可名状的幻想。我不禁心想,在黑暗中探索阴森的地域深渊时不幸跌进这种深坑的老鼠会有什么下场呢?

我在一个可怖深坑的坑口失足滑倒,一时间陷入了狂躁的恐惧。我肯定已经走神很长时间了,因为除了矮胖的诺里斯上尉,探险队的其他成员都不在视线之内。就在这时,更远处漆黑的无涯深处响起了一种似曾相识的声音,我看见老黑猫从身旁蹿了过去,仿佛长着翅膀的埃及神祇般,径直冲向未知的无尽深渊。我立刻跟了上去,因为第二个声音驱走了全部的怀疑。那是食尸鬼诞下的老鼠疾跑时发出的阴森足音,它们永远在寻觅新的恐怖,决心将我引向地心深处咧嘴狞笑的洞窟,那里有疯狂的无面之神**奈亚拉托提普**,在两个无定形也无智力的吹笛手伴奏下盲目号叫。

我的探照灯熄灭了,但我依然在奔跑。我听见交谈,听见哀号,听见回音,但盖过这些的是一种越来越响的声音:亵渎神圣、阴森恐怖的鼠群疾跑声，慢慢地越来越响、越来越响。浮肿的僵硬尸体缓缓浮出油腻的河流，河流穿过数不清的缟玛瑙石桥，汇入散发腐臭的黑暗海洋。有什么东西撞到我——柔软而肥胖的东西。肯定是老鼠，黏腻、贪婪的凝胶状大军，无论尸体还是生者都一概吞噬……既然德·拉·坡尔家族的成员可以吃禁忌之物，老鼠为什么不能吃德·拉·坡尔家族的成员？……战争吞噬了我的孩子，他们都该死……北方佬用火焰吞噬了卡尔法克斯，烧死德拉坡尔祖父，焚毁那个秘密……不，不，我告诉你，我不是微光洞窟中的恶魔猪倌！肥软如海绵的牲畜没有长着爱德华·诺里斯的胖脸！谁说我是德·拉·坡尔家族的后代！他活着，而我的孩子死了！……为什么德·拉·坡尔家族的土地会落在诺里斯家族成员的手上？……那是巫毒，我告诉你……带花斑的蛇……我诅咒你，桑顿，听我说我的家族都干了什么，叫你昏厥过去！…Sblood, thou stinkard, I'll learn ye how to gust…wolde ye swynke me thilke wys? …Magna Mater! Magna Mater! …Atys…Dia ad aghaidh's ad aodann…agus bas dunach ort! Dhonas's dholas ort, agus leat-sa![1]
……啊……啊……唔……咻咻……

据说这就是三小时后他们在黑暗中找到我时我说的话。

---

[1] 这段文字使用了历史上不同时期的语言，意思分别是：神血在上，汝这臭猪，待吾教尔等享受这滋味（十七世纪英语）……尔当如此为我献身！（中世纪英语）……大母神！大母神！……阿提斯……神厌憎你并诅咒你……愿死亡的阴影笼罩你……邪恶和哀痛降临在你身上！（古盖尔语）

当时我正趴在诺里斯上尉那被啃食了一半的肥胖身体上，身旁的猫跳来跳去，撕扯我的喉咙。后来他们炸毁了艾克森姆隐修院，从我身边夺走尼格尔曼，将我关进汉威尔疯人院的铁笼房间，心怀畏惧地悄声讨论我的家族遗传和人生经历。桑顿就在我隔壁的房间里，但他们禁止我和他交谈。他们还尽量隐瞒了有关隐修院的绝大多数事实。每次我提起可怜的诺里斯，就会被指责犯下了不可饶恕的凶残罪行，但他们肯定知道那不是我做的。他们肯定知道其实是老鼠，那些窜动疾跑的老鼠，它们的脚步声让我永远无法入睡。那些恶魔般的老鼠，在房间墙壁的挂毯背后飞奔，它们召唤我深入比我知晓的更加巨大的恐怖。那些他们无论如何也听不见的老鼠。老鼠，墙中之鼠。

SOUTHWICK ST.
PIERCE ST.
MARTIN ST.
CHURCH ST.
ROWLEY RD.
HANCOCK
BANK
FALLS
FALLS PAINE
FALLS STATE
BABSON ST.
To New

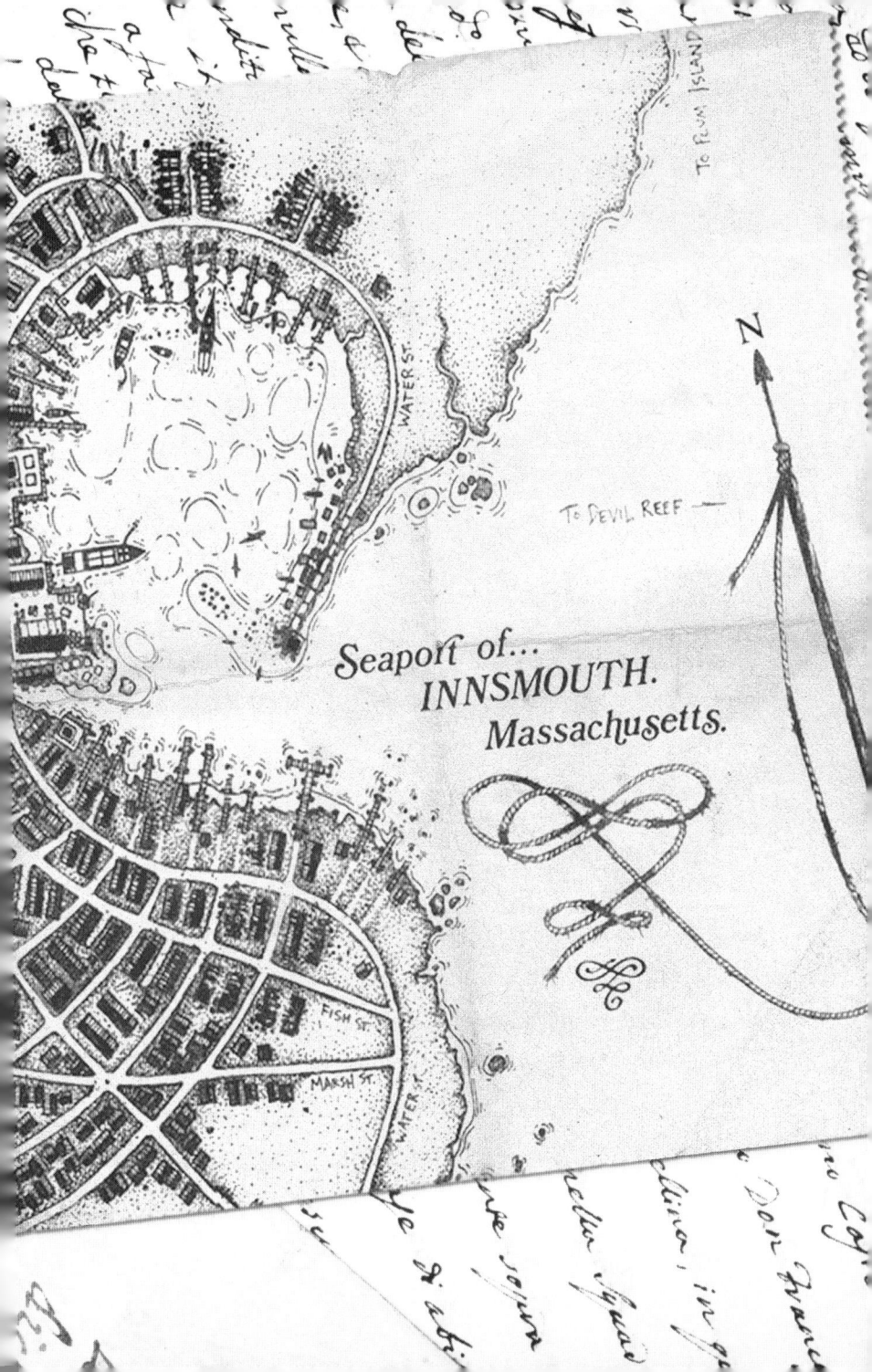

Seaport of...
INNSMOUTH.
Massachusetts.

To Rum Island
To Devil Reef
N

Water St.
Fish St.
Marsh St.
Water St.

印斯茅斯小镇的阴霾

– 1 –

1927年年末至1928年年初的那个冬天，针对马萨诸塞州古老海港印斯茅斯的某些特定情况，联邦政府的官员展开了一场奇异的秘密调查。公众最早得知此事时已是2月。当月，政府发动了一系列大规模的搜查和逮捕，接着在采取了适当的防护措施后，有计划地焚烧和爆破了废弃码头附近的海量房屋，这些房屋本就行将坍塌、蛀痕累累，按理说应该无人居住。缺乏好奇心的普通人并没有把这件事放在心上，认为它无非是时断时续的禁酒战争中的一场重大冲突。

但心思更敏锐的报刊读者却有所疑虑，因为受到逮捕的人数多得出奇，投入行动的执法人员数量同样异乎寻常，而囚犯的处理措施则严格保密。没有审判的消息见报，甚至没有提出明确的指控，也没有人在全国上下的普通监狱中见过任何一名被捕人员。坊间有一些关于疫病和集中营的模糊报道，后来又有囚犯被分散关进海军和陆军监狱的说法，但没有形成任何定论。印斯茅斯经历了这件事之后几乎成了无人之地，直到最近才逐渐显露出缓慢复苏的迹象。

多个自由主义组织发表抗议，政府还以漫长的闭门讨论，并请代表前往某些集中营和监狱参观。结果，这些团体立刻噤若寒蝉。新闻记者虽然更难对付，但最后大部分人都与政府合作了。唯独一家小报称有一艘深海潜艇朝紧邻恶魔礁的海底深渊发射了数枚鱼雷，不过他们的办报方针荒诞不经，向来不受重视，而这条消息又是在一个水手聚集的场所偶然收集到的，更加显得牵强附会，因为从那片黑色礁岩到印斯茅斯港足有一英里半的距离。

附近乡村和城镇的居民在私底下有诸多说法，但极少向外部世界开口。他们议论印斯茅斯的死亡和凋零荒芜已近一个世纪，近期流传的风言风语不可能比他们多年前转弯抹角悄声暗示的事情更加疯狂和丑恶。许多过往的例子教会了他们保守秘密，因此现在根本不需要施加额外的压力。另外，他们知道的实际上并不多，因为印斯茅斯过于荒凉，人口稀少，与内陆之间又隔着宽阔的盐沼地，挡住了附近居民的脚步。

然而，最终我还是决定要打破对此事保持缄默的禁忌。政府在印斯茅斯的行动非常彻底，假如稍微透露一下在那些可怖的扫荡中究竟发现了什么，我确信除了会引起公众的震惊和厌恶之外，不可能造成任何真正的伤害。再说，发现的情况很可能拥有不止一种解释。我自己也不知道对整件事情到底了解多少，诸多原因打消了我深入探究的愿望。我与整个事件的联系比其他任何一名局外人都要紧密，烙刻在我心灵上的印象直到今天依然迫使我采取种种激烈的预防措施。

1927年7月16日清晨，正是本人发疯般逃出印斯茅斯，也正是本人惊恐地恳请政府着手调查和采取行动，从而引出了后来见诸报端的整个事件。情况刚发生、尚无定论的时候，我更愿意保持沉默。但现在它已经成了陈年旧事，公众的兴趣和好奇早已消散，我不由产生一种怪异的渴望，想要吐露我在那个被刻毒谣言和邪恶阴影笼罩、充斥着死亡和渎神怪物的海港度过了多么恐怖的短短几小时。仅仅讲述此事就足以帮助我对自己重拾信心，可以安慰我，让我知道自己并不是第一个屈服于传染性噩梦幻境的凡人，也能帮助我下定决心，在面临可怖抉择时迈出关键的一步。

在第一次也是到目前为止最后一次见到印斯茅斯以前，我从未听过这个地名。当时我在游览新英格兰，观光、访古、追溯家族谱系，庆祝自己的成年，原计划从古老的纽伯里波特直接前往我母亲家族繁衍生息的阿卡姆。我没有汽车，只能一路搭乘火车、电车和公共汽车，总在寻找最省钱的路线。纽伯里波特的居民告诉我，去阿卡姆必须坐蒸汽火车。来到火车站的售票室，高昂的价格让我望而却步，这时我得知了印斯茅斯的存在。售票员身材矮胖，一脸精明，听口音不是本地人，对我力图节省开支的做法表示感同身受，提出了其他人都没有提到过的建议。

"要我说,你可以搭旧班车,"他神色中带着某种犹豫,"但附近的居民都不会考虑它,因为途经印斯茅斯——你大概听说过这个地名——所以人们不喜欢它。经营者是个印斯茅斯人,乔·萨金特,但在这里拉不到客人,我猜在阿卡姆也一样。真不知道它为什么还能经营下去,估计是因为足够便宜吧,但我从来没见车上超过两三个人——只有印斯茅斯本镇人才肯上车。每天上午10点和傍晚7点从广场发车,在哈蒙德药店门口,除非最近改了时间。那车破得能把骨头颠散了,我从来没上去过。"

这是我第一次听说阴影笼罩的印斯茅斯小镇。听见别人提到普通地图没有标注或近期出版的导游书未曾列出的小镇,总会勾起我的兴趣,而售票员话里有话的古怪暗示激起了我真正的好奇。一个小镇能够在附近引起这么强烈的厌恶情绪,肯定有什么异乎寻常之处,值得游客前去一探究竟。假如去阿卡姆的路上会途经那里,那就下车去看一看。于是我请售票员给我讲讲这个地方,他表现得似乎早有准备,言语间带着一丝居高临下的感觉。

"印斯茅斯?唔,那是个古怪的镇子,位于马努克赛特河的入海口。曾经繁华得像座城市,1812年战争前是个相当忙碌的港口,但在过去一百来年里完全垮掉了。现在没有火车经过,波缅铁路根本不考虑那个方向,从罗利去的支线列车也停开好些年了。

"我猜镇上空置的房屋比活人还要多,除了捕鱼和龙虾,完全没有值得一提的产业。居民都来这儿、阿卡姆或伊普斯威奇买卖东西。他们曾经有不少工坊，现在都歇业了，只剩下一家黄金精炼厂还在苟延残喘。

"不过，那家精炼厂曾经是一家大公司，厂主马什老先生肯定比克罗伊思还有钱。但老家伙性格古怪，一天到晚待在家里。晚年好像得了什么皮肤病，要么据说哪儿畸形了，所以根本不出来见人。他爷爷是奥贝德·马什船长，这家公司的创始人。母亲好像是什么外国人，据说是个南海岛民，所以五十年前他和一个伊普斯威奇姑娘结婚的时候，所有人闹得那叫一个沸沸扬扬。大家对印斯茅斯居民总是这样，我们镇上和附近的居民都要努力掩饰身上的印斯茅斯血统。但我见过马什的儿孙，看起来和其他人没什么不一样。他们来这儿的时候，有人指给我看过——说到这，似乎很久没看见他那几个年长的孩子了。老先生本人我一次也没见过。

"为什么大家这么不喜欢印斯茅斯？唉，年轻人，你可千万别把这附近的人说的话太当回事。他们很难接受任何观念，而一旦接受了又会死咬住不松口。他们一直在传印斯茅斯的闲话——大多数人只是在私底下说——已经传了有上百年吧，我觉得他们倒不是有别的想法，最主要还是害怕。有些故事你听了肯定会发笑，说什么马什船长和恶魔做了交易，将小魔鬼带出地狱，来到印斯茅斯生活；还说1845年前后，有人在码头地区撞见了什么恶魔崇拜仪式和可怕的祭祀活动——但我这个来自佛蒙特州的潘顿，可不会被这种故事吓倒。

"不过呢,你还是应该听一听老人家怎么说那块黑色礁石——他们管它叫恶魔礁。大多数时候它都露在海面上,就算被淹也不会没得太深,但既然会被淹,那就没法叫岛了。据说偶尔能在那儿看见一整群的恶魔——要么懒洋洋地躺着,要么进出于靠近礁石顶部的一些洞穴。那块礁石起伏不平,形状不怎么规则,离岸边足有一海里多,海运鼎盛期快结束的时候,水手宁可兜大圈绕远路,也不愿意靠近它。

"我指的是来自印斯茅斯以外的水手。他们特别讨厌马什船长,原因之一是据说有时他会趁夜里潮位低的时候登上那块礁石。也许他真的去过,因为有一点我敢打包票,就是那块礁石的构造非常有意思,说不定他在找海盗的宝藏,搞不好还真被他找着了。但别人都说他和那儿的魔鬼有来往。其实呢,要我说,坏名声是老船长传给那块礁石的。

"这些都是1846年大瘟疫之前的事情,瘟疫带走了印斯茅斯的一大半居民。人们一直没搞清楚到底出了什么事,不过多半是海船从遥远的东方某国或其他什么地方带来的陌生疾病。情况非常糟糕,爆发了不止一次骚乱,还有各种各样恐怖的暴行,但消息没有流传到镇子外面来。劫难后的印斯茅斯简直一塌糊涂,而且再也没有恢复过来。如今顶多只有三四百人还住在那儿。

"但附近居民会采取那种态度,原因其实很简单,只是纯粹的种族偏见——当然了,我也不会责怪抱着偏见的那些人。我自己同样讨厌印斯茅斯的居民,同样不愿意去他们镇上。听口音我猜你是西海岸人，但你应该知道以前曾有很多新英格兰的海船去非洲、亚洲、南海等各种地方的偏僻港口做生意，时常会带回来一些稀奇古怪的人种。你大概听说过有个塞勒姆人带了个异国老婆回家，或许也知道科德角有个什么地方住着一群斐济岛民。

"对，印斯茅斯人肯定有类似的古怪血统。沼泽和溪流把那地方与附近的村子完全隔开，我们不太确定事情的前因后果，但有一点很清楚，二三十年代的时候，马什船长有三条船跑远洋运输，肯定带回来了一些乱七八糟的人种。印斯茅斯现在的居民绝对有什么地方不对劲——我不知道该怎么解释，总之就是你见了保证会毛骨悚然。你乘坐萨金特的公共汽车就会注意到一些特征。他们有些人的脑袋窄得奇怪，鼻梁扁平，眼睛凸出，直勾勾地盯着你，似乎永远不会闭上。脖子两侧全都是褶子或者皱皮。还有啊，他们年纪轻轻就秃了，年纪越大越难看——说起来，我好像从没见过他们那儿真正的老人。估计镜子照着照着就把自己吓死了！连动物都讨厌他们——汽车出现之前，他们那儿经常闹出马匹受惊的麻烦事。

"无论是这儿还是阿卡姆或伊普斯威奇，居民都不愿意和他们扯上任何关系。他们来我们镇上或其他人去他们那儿打鱼的时候，他们也总是表现得非常冷漠。说来也奇怪，印斯茅斯港的渔汛永远那么好，而其他地方根本什么都捕不到——但你千万别琢磨去那儿打鱼，否则你看他们怎么撵你！他们以前会坐火车来这儿——支线列车取消后，他们先走到罗利，然后再坐火车——但现在他们只坐公共汽车了。

"对了,印斯茅斯有一家旅馆,叫吉尔曼客栈,但恐怕不是什么好去处,我可不建议你住。你最好在这儿过夜,搭明早10点的公共汽车去印斯茅斯,然后坐晚上8点的夜班车去阿卡姆。前两年有个工厂检查员住过吉尔曼,他对那地方评价了许多不怎么令人愉快的话。他说那儿住着一群奇怪的人,因为他听见其他房间里有人说话——不过大多数房间都空着——说话的声音吓得他直打哆嗦。他觉得他们说的是外国话,但真正可怕的是一个偶尔开口的嗓门,听起来特别不正常,像是液体喷溅的声音,他甚至不敢脱衣服睡觉,而是睁着眼睛坐在那儿,天一亮就夺门而出。他说那些人交谈了一整夜。

"那家伙叫凯西,他对印斯茅斯人如何戒心重重地盯着他有很多说法。他在一个偏僻的地方找到了马什精炼厂,是个古老的作坊,位于马努克赛特河的下游。他说的话完全符合我听说的情况。账记得很糟糕,没有任何清楚的交易明细。你要知道,马什家精炼的那些黄金的来路一直是个谜。他们似乎不怎么采购,但多年前发出过大量的金锭。

"以前有人说他们有一种古怪的外国珠宝,水手和精炼厂的工人偶尔会在私底下出售,别人也在马什家女人的身上见过一两次。大家猜测大概是奥贝德老船长从什么野蛮人的港口换来的,尤其因为他经常成批订购玻璃珠和小饰品,就是远洋船员拿去和土人交易的那种东西。也有人认为他在恶魔礁上发现了古老的海盗宝藏,到现在还有人这么认为。有一点很有意思。

老船长过世已经六十年了，内战结束后连一艘像样的大船都没从那儿出发过，但马什家的人还是在少量地订购和土人交易的那些东西，据说主要是玻璃和橡胶做的便宜货。搞不好就是印斯茅斯人自己喜欢戴着玩儿呢，天晓得他们是不是已经快变成南海食人族和几内亚野人了。

"1846年的大瘟疫肯定消灭了那地方最像样的血统。总而言之，他们现在成了一群非常可疑的人，马什家还有其他有钱人也好不到哪儿去。就像我说过的，整个镇子别看有那么多街道，但居民顶多只有四百来号。我猜他们就是南方人所谓的'白种垃圾'吧，无法无天，奸诈狡猾，搞各种各样的秘密勾当。他们打上来的鱼和龙虾多得要用卡车往外运。你说奇怪不奇怪，鱼只往他们那儿跑，别的地方连影子都见不着。

"谁也弄不清楚他们到底都是些什么人，州政府教育部门和普查人口的职员气得要死。猜也猜得到，伸头探脑的陌生人在印斯茅斯肯定不受待见。我听说不止一次有生意人或政府人员在那儿失踪，还有传闻说一个人去过以后就疯了，如今关在丹弗斯精神病院。他们肯定把那家伙吓得不轻。

"所以啊，假如我是你，绝对不会选择晚上去印斯茅斯。我本人没去过也不打算去，但觉得还是白天去更好，而且这附近的人一定会劝你干脆别去。不过呢，假如你喜欢观光，想看点旧时代的东西，印斯茅斯倒是挺合你。"

就这样，我在纽伯里波特的公共图书馆度过了那个晚上，查找有关印斯茅斯的各种资料。我在商店、餐厅、修车铺和消防站试图向本地人打听情况，却发现比售票员估计的还要难以撬开他们的嘴巴，最后终于意识到我不该浪费时间去劝说他们克服出于本能的沉默。他们有一种难解的疑心，就好像一个人对印斯茅斯太感兴趣就肯定不怎么对劲。我去基督教青年会过夜，职员只是劝我不要去那么一个阴沉衰败的地方。图书馆的工作人员也表露出了相同的态度。很显然，在受过教育的人士眼中，印斯茅斯仅仅是个文明过度衰落的典型实例。

图书馆书架上的埃塞克斯郡史里没有多少资料，只说印斯茅斯镇建于1643年，独立战争前因造船业而闻名，十九世纪初曾是个繁荣的海港，后来以马努克赛特河为动力，形成了一个小型工业中心。郡史对1846年的瘟疫和骚乱一笔带过，就好像它们使得全郡蒙羞似的。

郡史对小镇衰败的前因后果同样鲜有提及，但较晚时期一些档案的重要性却毋庸置疑。内战结束后，印斯茅斯的工业只剩下了马什精炼厂，除了自古以来从事的捕鱼业，金锭销售成了全镇唯一的贸易活动。随着食品价格降低和大企业涉入竞争，捕鱼业的收益越来越少，但印斯茅斯港附近从来不缺乏渔汛。极少有外国人在印斯茅斯定居，除了某些经过精心掩饰的证据表明，曾有相当数量的波兰人和葡萄牙人做过尝试，最终以异常激烈的方式落荒而逃。

最值得玩味的是一条简略的附注，说的是与印斯茅斯有着隐约联系的那种怪异珠宝。它们显然给整个新英格兰留下了深刻的印象，因为记录提到阿卡姆的米斯卡托尼克大学博物馆和纽伯里波特历史协会的陈列室都收藏了样本。有关这些东西的零星描述枯燥无味，却让我感觉到一种挥之不去的潜在违和感。它们的某些特性似乎格外怪异，撩起了我的好奇心，我无法将它们赶出脑海。尽管时间已经不早，我还是下定决心，只要还有可能安排，我就要看一眼本地收藏的样本。据称那是一件大型珠宝，比例古怪，应该是一顶冕饰。

图书管理员为我写了张字条给历史协会的物品管理人安娜·蒂尔顿小姐，她就住在附近。经过一番简单的解释，由于时间还不算晚得失礼，这位年长而和蔼的女士领我走进了已经闭馆的陈列室。藏品本身确实值得一看，但当时的情绪使得我无心欣赏其他物品，眼里只容得下角落立柜里在灯光下熠熠生辉的那件怪异珠宝。

来自异域的华丽珠宝如梦似幻，搁在紫色天鹅绒衬垫上，不需要有特别敏感的知觉也能领会到其中蕴含着超凡脱俗的怪异美感。即便到了今天，我依然难以描述当时究竟见到了什么，只能说它和记载中的一样，确实是一顶冕饰。它前部较高，周径宽阔但形状奇特，像是为椭球形轮廓的畸形头部而设计。它的材质似乎以黄金为主，又散发着不寻常的浅色光泽，似乎用某种同样美丽但难以识别的金属混成了奇特的合金。它保存得近乎完美，你可以一连几个小时欣赏那令人惊叹又困惑、不遵循传统的花纹：有些纯粹是几何图案，有些明显与海洋有关。这些高浮雕花纹经雕镂或铸造而成，工艺精湛和优雅得难以置信。

我越是欣赏这件珠宝，就越是因其魅力而沉醉，然而这份魅力中有一种令人不安但难以界定或描述的奇特因素。刚开始我认为是冕饰那超越尘世的怪异艺术特质。我见过的其他艺术品或者属于某个已知种族或国家的流派，或者来自有意挑战为公众认可的所有艺术流派的现代主义，但这个冕饰与两者都截然不同。打造它的技法早已定型，极为成熟，堪称完美，而这种技法彻底区别于我听说过或见识过其范例的一切流派——无论是东方还是西方、古典还是现代。这种工艺就好像来自另一颗星球。

然而，我很快就发现不安的情绪来自第二个很可能同样重要的源头，它存在于奇异花纹的图案和数学手法蕴含的意义之中。所有图案都隐然指向时空中遥远的秘密和无法想象的深渊，浮雕那无处不在的海洋意象变得近乎险恶。这些浮雕刻画了奇形怪状、饱含恶意的骇人怪物——似乎是半鱼半蛙的混合体——令人难以摆脱某种虚假记忆带来的不安感觉，就仿佛它们从保持着遗传下来的原始功能的深眠细胞与组织中唤醒了某些影像。我不时会陷入幻想，觉得这些渎神鱼蛙的每一处身体轮廓都满溢着非人类的未知邪恶的终极精粹。

蒂尔顿小姐讲述了这顶冕饰的来历，故事简短而无趣，与其外表相去甚远。1873年，一名醉醺醺的印斯茅斯人以可笑的价钱将它抵押给斯泰特街的一家当铺，随即在街头争吵中被杀。协会直接从当铺老板手中买下它，立刻以相称的隆重态度举办展览。它被标为有可能来自东印度或印度支那，但仅仅是尝试性的推测而已。

蒂尔顿小姐比较了有关其来源和现身新英格兰的缘由的种种假说，倾向于认为这件异国珍宝来自奥贝德·马什船长发现的海盗赃物。马什家族得知它在协会手中后就频繁许以高价购买，即便协会始终坚称绝不出售，他们直到今天也依然未曾放弃努力。如此情形无疑使得蒂尔顿更加确信她的看法。

这位和蔼的女士领我出门，表示马什家的财富来自海盗宝藏的推测在附近地区的受教人士之间颇为流行。至于她对阴影笼罩的印斯茅斯（她从未亲自去过）持有的看法，无疑是深恶痛绝于一个社群竟能在文明层面上堕落到如此地步。她还向我保证，印斯茅斯的恶魔崇拜传闻并非完全无中生有，有一个秘密异教曾在那里兴起，吞噬了所有的正统教会。

她说那个异教名叫"大衮密教"，是一个世纪前印斯茅斯捕鱼业濒临衰竭时自东方舶来的低劣邪教。考虑到优质鱼群突然回归且经久不衰，这一邪教能在头脑简单的镇民心中扎根也实属正常，很快就变成印斯茅斯镇上最强大的影响力量，完全取代了共济会，将新堂绿地的旧共济会礼堂占作总部。

对虔诚的蒂尔顿小姐来说，这些就足以让她对那个破落荒凉的古老小镇敬而远之了，但在我眼里反而又添一层新的诱惑。在对建筑和历史的兴趣之外，我对人类学方面的热忱也被唤醒。回到青年会狭小的房间里，我兴奋得辗转反侧，消磨着夜晚的时光。

– 2 –

第二天上午将近10点,我拎着小提箱来到旧贸易广场的哈蒙德药店门口,等待前往印斯茅斯的班车。随着班车抵达时间的临近,我注意到左近的闲人不是沿街走向其他地方,就是钻进了广场另一侧的理想餐厅。售票员所言非虚,当地人确实非常厌恶印斯茅斯及其镇民。没多久,一辆极为破旧肮脏的灰色小公共汽车沿着斯泰特街"叮叮咣咣"地驶来,拐弯后在我身旁的路边停下。我立刻感觉到这就是我在等的班车,风挡玻璃上的模糊标牌,很快证实了我的猜想:

> 阿卡姆 ➡ 印斯茅斯 ➡ 纽伯里波特

车上只有三名乘客,都是肤色黝黑、衣冠不整的男人,个个表情阴郁,能看出一丝年轻人的影子。汽车停稳后,他们笨拙地蹒跚下车,沿着斯泰特街走远,沉默的神态中透着一丝鬼祟。司机跟着下车,我望着他走进药房买东西,心想他肯定就是售票员说的乔·萨金特。还没等我注意到任何细节,一股厌恶的情绪就油然而起,完全不受控制,也没有原因。我忽然明白了,当地人不愿乘坐这个男人驾驶的汽车,尽可能不造访他及其同胞的栖息之处,全都是自然而然的反应。

司机走出药店,我更仔细地打量他,想搞清楚心中恶感的来源。他体形瘦削,肩膀耸起,身高接近六英尺,穿破旧的蓝色便服,戴一顶磨得开线的灰色高尔夫帽。他年约三十五岁,颈部两侧生着很深的古怪皱纹,不看他毫无表情的迟钝面容,你会觉得他比实际年龄老得多。他头部狭长,水汪汪的蓝眼睛向外突出,仿佛从不眨眼。鼻梁扁平,前额和下巴向后缩,耳朵的发育特别滞后。他的嘴唇又宽又厚,毛孔粗糙的暗灰色面颊上几乎没有胡须,只有几撮零碎的黄色稀疏卷毛。这张脸有些地方似乎不规则得离奇,像是皮肤病造成表皮脱落。他的双手很大,遍布青筋,肤色呈非常不自然的灰蓝色。与手臂相比,他的手指短得惊人,似乎总是弯曲紧贴巨大的手掌。他走向公共汽车,我观察着他特殊的蹒跚步态,发现他的双脚大得不成比例。越是端详那双脚,就越是难以想象他怎么能买到合脚的鞋子。

让我越发不喜欢他的是一种特别的油腻感。他显然常在捕鱼码头工作或闲逛,因此浑身散发着码头的标志性气味。他有什么外国血统也无从猜测,但那怪异的相貌肯定不像亚洲、波利尼西亚、地中海或黑人血统,我也看得出大家为什么觉得他是异类。在我眼中,与其说他有异邦血统,不如说是生物学上的退化样本。

发现车上没有其他乘客,我内心有些惶恐。不知为何,我不怎么愿意和这位司机单独相处。然而随着发车时间的临近,我克服了胸中的不安,跟着他上车,递给他一张一块钱的钞票,嘴里只嘟囔了四个字:"印斯茅斯。"他好奇地盯着我看了一秒,然后一声不响地找给我四十美分的零钱。我坐在离他很远的座位上,选择了与他相同的一侧,因为想在行程中欣赏海岸风光。

随着猛地一抖,破旧的汽车终于启动。它拖着一团尾气,"叮叮哐哐"地驶过斯泰特街古老的红砖建筑物。我望向人行道,觉察到众人的目光都奇怪地避开这辆车,至少是不愿明显地注视它。汽车左转拐上高街,开得比刚才平稳了一些,驶过共和国早期庄严的古老宅邸和更古老的殖民地时期农庄,经过低谷绿地和公园河,最后开始了景色单调的漫长路程,车窗外是开阔的海岸乡村。

阳光很好,天气温暖,汽车一路前行,沙地、莎草和矮小灌木丛构成的风景变得越来越荒凉。我们离开通往罗利和伊普斯威奇的公路,驶上一条狭窄的小路,这时离海滩已经非常近了,隔着车窗能看清蓝色的大海和普兰姆岛的沙滩。视线内没有房屋,从道路的状态看得出,这条路鲜有车辆经过。饱经风霜的小电线杆上只有两条电缆。偶尔驶过横跨潮沟的粗糙木桥,沟壑蜿蜒深入内陆,使得这片地区更显得与世隔绝。

流沙中偶尔能见到枯死的树桩和风化坍塌的墙基,我想起读过的古老史料,据说这里曾经是一片土地肥沃、居民众多的乡村,剧烈的变化与1846年的印斯茅斯瘟疫同时发生,头脑简单的乡民认为它与某种邪恶的隐秘力量有着阴暗的联系。事实上,导致剧变的是人们大肆砍伐近海森林,这种愚蠢的行径夺去了土壤的最佳保护,狂风吹来的黄沙得以长驱直入。

从车上渐渐看不见普兰姆岛了，左侧风景只剩下一望无际的大西洋。狭窄的小路爬上陡峭的山坡，我望着前方孤寂的坡顶，车辙累累的路面在那里与天空相接，一种怪异的不安感觉爬上心头。就好像公共汽车将会一直向上爬升，离开正常的世界，融化于未知的上层大气和神秘的天空里。大海的气味带来了不祥的预兆，司机一言不发，他弯曲僵硬的脊背和狭窄的头部越来越让我厌恶。我发现他的后脑勺和面具一样缺少毛发，灰色的粗糙头皮上只有几撮零散的黄色卷毛。

公共汽车爬到坡顶，我看见底下向外伸展的河谷，漫长的峭壁在金斯波特角达到顶点，然后转弯拐向安妮角，马努克赛特河在这段峭壁的北方汇入大海。遥远的地平线上雾气弥漫，只能勉强分辨出金斯波特角的模糊轮廓，海角顶端的奇异古屋是许多民间传说的主角。但此刻更吸引我注意力的是脚下更近处的景象。我意识到自己终于面对面地见到了笼罩在传言阴影中的印斯茅斯。

这个镇子占地广阔，建筑密集，但透着缺少生命迹象的怪异气氛。烟囱林立，却连一丝烟火气都看不见，三座油漆剥落殆尽的尖塔在海平面的映衬下孤独耸立。一座尖塔的顶部已经开始崩塌，和另一座尖塔原本安装钟面的地方只剩下了敞开的黑色窟窿。层层叠叠的复斜屋顶和山墙沉陷下去，清晰地散发出虫蛀和朽烂的令人不快的气息。汽车开始下坡，我看见许多屋顶已经完全垮塌。镇上还有一些方方正正的乔治王朝式大宅，带有坡形屋顶、小塔楼和栏杆围筑的所谓"望夫台"。它们大都远离海滨，其中一两幢似乎还保养得不错。锈迹斑斑、杂草丛生的废弃铁路从房屋之间穿过，朝着内陆方向延伸。歪斜的电线杆上不再挂着线缆，通往罗利和伊普斯威奇的旧马车道隐约可见。

滨海之处最为衰败，就在那一带的正中央，我看见了一座白色的钟楼，附属于一幢状况良好的红砖房屋，看起来像是一家小型工厂。港口早已被泥沙堵塞，古老的乱石防波堤环绕着它。我逐渐辨认出几个坐在那里的渔民的微小身影，防波堤尽头似乎是已经消失的灯塔的基座。河流在屏障内侧冲出了一道沙嘴，我看见上面有几个破旧的棚屋、泊岸的平底小船和零星的龙虾篓。马努克赛特河经过带钟楼的房屋向南，在防波堤尽头汇入大海，那里似乎是附近唯一的深水区。

到处能看见残破的码头，从岸边伸进大海，末端往往朽烂成模糊的一团，最南边的码头衰败得最严重。潮位很高，我在遥远的海面上看见了一道长长的黑线，几乎没有浮出水面，隐约透着怪异的险恶气息。那肯定就是恶魔礁。我注视着它，微妙而奇特的悸动感觉似乎在厌憎之外油然而生。说来奇怪，比起它带给我的第一印象，这种感觉似乎更加令人不安。

一路上没有遇到任何人，汽车开始经过破败程度不同的荒弃农庄。我注意到有几幢房屋尚有人居住，破布挡着损坏的窗户，贝壳和死鱼扔在凌乱的院子里。有一两次我看见没精打采的人们在贫瘠的田地上劳作，或在散发腥味的滩涂上挖蛤蜊，面目似猿的肮脏孩童在杂草丛生的家门口嬉闹。这些人比阴森的建筑物更加让我不安，因为几乎每个人的样貌和举止都有几分古怪，尽管我说不清也参不透这种感觉，但本能地心生厌恶之情。有一瞬间，这种典型体态让我联想起了在某种惊恐或忧伤的情形下见过的一些图画，很可能是在一本书里。但虚假记忆来得快去得也快。

汽车来到地势较低之处，我在反常的寂静中听见了持续不断的水瀑声。油漆完全剥落的歪斜房屋变得越来越密集，林立于道路两侧，显得比背后那片区域更像城市。前方只剩下了街景，我在一些地方看见了曾经存在的鹅卵石路面和青砖人行道。房屋显然都已荒弃，房屋之间偶有间隙，从翻覆的烟囱和地窖的断壁看得出，那里的建筑物早已坍塌。你能想象出的最让人反胃的鱼腥味笼罩着一切。

没多久，交叉的道路和十字路口开始出现。左侧的道路通往海边毫不掩饰的贫穷和破败之处，而右侧的道路还能看出几分往昔的繁华。到现在我还没有在镇上见到任何人，只能从各种迹象看出这里还居住着稀少的人口：时而有窗户挂着帘幕，偶尔有破旧的汽车停在路边。马路和人行道的界限越来越分明。尽管大多数房屋非常古老，以十九世纪初的砖木结构为主，但显然都修缮得适合居住。我的业余爱好是研究古物，置身于从过去留存至今的丰富遗迹之中，我几乎忘记了嗅觉上的不适、嫌恶与厌弃的感觉。

在抵达目的地之前，有一个地方给我留下了异常强烈的可憎印象。公共汽车来到一处开阔的广场或道路交汇中心，两侧建

有教堂，中央是一片环形绿地的残破遗迹。我望着右前方十字路口的巨型柱饰会堂，曾经覆盖建筑物的白漆已变成灰色，剥落的痕迹处处可见，山墙上黑色与金色的徽标严重褪色，好不容易才辨认出"大衮密教"这几个字。原来那就是被堕落异教占领的共济会礼堂。就在我努力读解铭文的时候，街道对面忽然响起了喑哑的钟声，我立刻扭头望向身旁的车窗。

钟声来自一座石砌的低伏教堂，它的落成比大多数房屋都要晚近，却拙劣地模仿了哥特式的建筑风格，基座高得不成比例，百叶窗将窗户遮得严严实实。教堂侧面的大钟缺少指针，不过听得出喑哑的钟声正在敲响11点。忽然，一幅极有冲击力的景象将我对时间的念头一扫而空，在看清那究竟是什么之前，难以描述的恐惧攫紧了我的心灵。教堂地下室的大门突然打开，显露出一片长方形的黑暗。就在我的注视下，一个物体穿过或似乎穿过了那片黑暗，它在我的脑海里烙刻下了噩梦般的刹那印象，而更加疯狂的是理性分析无法从中找出任何接近噩梦的特质。

那是一个活生生的物体。自从汽车开进镇上建筑密集的区域，那是我见到的除司机外的第一个活物。假如我的情绪更加稳定，我根本不会觉得这个物体有任何恐怖之处。片刻后，我醒悟过来，那显然就是教堂的祭司：他裹着某种古怪的袍服，肯定是大衮密教更改当地教会的仪式后引入的装束。我下意识的第一眼捕捉到了一件东西，大概正是它催生了那种怪异的恐怖感觉——他戴在头上的冕饰。它和蒂尔顿小姐昨晚向我展示的冕饰几乎完全相同。在想象力的帮助下，冕饰为底下那张模糊不清的面容和裹着长袍的蹒跚人影增添了无可名状的险恶气质。不过我很快断定，那并不是我被邪异的虚假记忆吓得不寒而栗的原因。一个扎根于穷乡僻壤的神秘异教会让教团成员戴上样式独特的头饰，而这种头饰本来就以某些奇特的方式为当地民众所熟悉（比方说海盗的宝藏），这难道不是自然而然的事情吗？

人行道上逐渐出现了非常稀少的行人，都是年轻的男女，面目可憎，有的形单影只，有的三三两两，一律沉默不语。一些岌岌可危的房屋的底层开着小店，门口的招牌肮脏破旧。公共汽车"叮叮咣咣"地驶过街道，我看见了一两辆停着的卡车。水瀑的声音越来越清晰，一道颇为陡峭的河谷出现在前方，镶有铁栏杆的公路桥横跨其上，对面是个开阔的广场。汽车隆隆驶过公路桥，我望出两侧车窗，看见绿草如茵的断崖和沿路而下的地方有几幢厂房建筑。深谷中的水流相当充沛，我在右边的上游方向看见了两条奔腾的瀑布，下游方向也至少有一条。来到这里，水瀑的声音响得震耳欲聋。过河后，汽车驶进半圆形的开阔广场，在右边一幢高大的建筑物前停下。这幢建筑物的顶上建有塔楼，黄色的油漆尚未完全剥落，几乎被岁月磨平的标牌宣称它就是吉尔曼客栈。

我很高兴能够离开那辆公共汽车，下车后立刻走进旅馆，将手提箱存放在大堂里。视线所及的范围内只有一个人，他上了年纪，没有我在心中称之为"印斯茅斯脸"的那种相貌。想起其他人在这家旅馆里的怪异经历，我决定不向他询问困扰着我的那些问题。我走出旅馆，来到广场上，公共汽车已经开走。我仔细打量眼前的景象，试图做出自己的判断。

铺着鹅卵石的开阔场地一侧是笔直的河流，另一侧是围成半圆形的几幢斜屋顶红砖房屋，大约修建于十九世纪初。几条街道以广场为中心向东南、南和西南伸展出去。路灯稀少，而且都很小，全是低瓦数的白炽灯，显得非常压抑。尽管我知道今晚的月光会很亮，但还是庆幸自己计划在天黑前就离开这里。附近的建筑物状况不错，有十来家店铺正在营业，包括一家"第一国民"连锁百货店、一家惨兮兮的餐厅、一家药店和一家鱼类批发商的办公室。广场最东头靠近河边的地方是镇上唯一一家工厂的办公室：马什精炼公司。我看见十来个人、四五辆轿车和卡车零散地停在附近。不需要别人告诉我就能看出，这里是印斯茅斯的镇中心。向东望去，一线蓝色的海港映衬着三座乔治王朝风格的尖塔，它们曾经富丽堂皇，现在只剩下了朽败的残骸。望向河流对岸,我看见了那座白色的钟楼,底下应该就是马什精炼公司的厂房。

出于种种原因,我决定先去连锁百货店打听一下情况,那里的工作人员多半不是印斯茅斯本地人。店里只有一个十七岁左右的小伙子在照看生意,我愉快地发现他为人开朗而友善,因此应该能提供一些有用的消息。他似乎格外渴望与人攀谈,我很快就看出他不喜欢这个镇子,尤其是它无处不在的鱼腥味和鬼祟诡秘的居民。能和外来者聊天对他来说是一种放松。他是阿卡姆人,寄住在一户伊普斯威奇人家里,只要有假期就会回家。他父母不希望他在印斯茅斯工作,但连锁店非要派他来,而他又不愿放弃这份工作。

按照这个小伙子的说法,印斯茅斯没有公共图书馆和商会,想认路就只能靠自己了。我刚走过来的那条街叫联邦大道,西侧是优雅的老居民区:宽街、华盛顿街、拉法耶街和亚当斯街。东侧向海边去则是贫民窟。沿着主大道走,能在贫民住宅之间找到几座乔治王朝时代的古老教堂,但早已荒弃。去了这种地方,尤其是河流的北边,最好别太招摇,因为那里的居民往往性格阴沉,充满敌意。之前甚至出过外地人一去不返的事情。

镇上的某些地点几乎算是禁地,他付出了不小的代价才弄清楚这一点。比方说,你绝对不能在马什精炼厂附近无所事事地逗留太久,类似的地点还有尚在使用的那些教堂和新堂绿地的大衮密教会堂。那些教堂非常古怪,其他地区的同宗教派全都言辞激烈地与之断绝关系。它们的仪式和袍服极为怪异,教义神秘而背离正统，宣称凡人能通过奇异的变形在尘世得到某种形式的肉体不朽。小伙子自己的牧师，阿卡姆的亚斯伯里卫理公会的华莱士博士，曾郑重其事地告诫他，千万不要加入印斯茅斯的任何教会。

至于印斯茅斯的居民，小伙子几乎不知道该怎么评价他们。这些人举止鬼祟，很少露面，就像生活在地洞里的动物。除了隔三岔五出港打鱼，天晓得他们靠什么消磨时间。从他们消耗的私酿烈酒的数量来看，多半在酩酊大醉中度过几乎整个白天。这些阴沉的人似乎联合在一起，结成某种伙伴关系或达成某种共识：憎恶这个世界。就好像他们有办法投身于另一个更美好的现实。他们的外表无疑相当骇人，特别是从不眨动也从未有人见过他们闭上的瞠视双眼，而他们的声音简直令人作呕。夜里听他们在教堂吟唱完全是一种折磨，到了他们的"年节"和"奋兴日"尤其可怕，分别是每年的4月30日和10月31日。

他们格外喜爱水，时常在河里和港口游泳。游到恶魔礁的比赛仿佛家常便饭，你见到的每一个人都能完成这项耗时费力的运动。说到这个，你在公众场合见到的基本上只有年轻人，而上了年纪的老人往往模样最为丑恶。例外当然也有，有些人完全没有反常的迹象，例如旅馆前台的那位老先生。你不得不思考在大部分老年居民的身上究竟发生了什么，还有所谓的"印斯茅斯脸"会不会是一种潜伏性的古怪疾病，随着年龄的增长变得越来越严重。

只有一种非常罕见的病症才有可能给成年个体带来如此巨大

而剧烈的身体结构变化，甚至连头骨形状之类的基本骨骼特征都会受到影响，但即便如此，也还是不如他们所患疾病的外在特征那样令人困惑，简直闻所未闻。小伙子含蓄地说，这件事恐怕不可能形成任何定论，因为无论你在印斯茅斯住上多久，都不可能真正地了解当地的居民。

小伙子很确定镇上还有比抛头露面者更加可怕的病例，关在某些地方的室内。人们有时会听见极为怪异的声音。据说河流以北那些临近海滨的破烂棚屋连接着隐秘的隧道，通往人们见所未见的畸形怪物的秘密巢穴。假如这些造物确实有外族人的血统，你也不可能说清楚那究竟是一种什么血统。每次有政府职员和其他外部世界的访客来到镇上，他们就会阻止最容易激起反感的那些人进入视线之内。

为我提供信息的小伙子说，向当地人打听有关这里的事情只会白费力气。唯一愿意开口的是一位年纪很大但相貌正常的老人，住在镇子北部边缘的贫民区，消磨时间全靠四处闲逛，尤其是在消防站附近转悠。这位老先生叫扎多克·艾伦，已有九十六岁，不但和全镇人一样爱喝酒，脑子也有点毛病。此人性格古怪，举止鬼祟，时不时扭头张望，像是在提防什么，清醒的时候无论怎么劝都不肯和陌生人交谈，但无论谁请他喝酒，一律来者不拒。两杯黄汤下肚，他就会开始低声吐露记忆中最令人惊诧的支离片段。

但另一方面，你也很难从他嘴里得到多少有用的情报，因为他讲述的故事都是不完整的痴人梦话，暗示着不可能存在的奇迹和恐怖事物，源头只可能是他自己的凌乱狂想。从来没有人相信过他，但本地人不喜欢见到他喝醉了和外地人交谈，而且被发现向他打听情况，对你也未必安全。那些流行一时的离奇传闻和妄念，多半就是从他嘴里传出来的。

几位非本地出身的居民时不时会声称见到了恐怖的东西，但考虑到老扎多克说的故事和奇形怪状的镇民，见到这样的幻觉似乎也不足为奇。这些非本地出身的居民会在外面待到深夜，坊间普遍认为这么做不太明智。再说镇上的街道也阴暗得令人厌恶。

至于生意，虽然渔汛丰富到了荒谬的地步，但靠它挣钱的当地人越来越少。更有甚者，水产的价格连年下跌，竞争越发激烈。印斯茅斯镇的真正产业无疑是精炼厂，它的商务办公室也在广场上，从我们所在之处向东几个门牌号就到。马什老先生从不露面，只偶尔会乘一辆车门紧闭、拉上窗帘的轿车去公司。

关于老马什如今的相貌有着各种各样的传闻。他曾经是个花花公子，据说现在依然爱穿爱德华七世时代精致的礼服大衣。为了适应某些特定的畸形，衣物也做了相应的怪异修改。他的儿子们已经正式接管了广场上的办公室，但最近也很少抛头露面，将繁重的工作托付给了更年轻的下一代。他的儿子和他们的姐妹的相貌已经变得非常怪异，尤其是年纪较大的那几位，据说他们的健康状况也每况愈下。

马什的女儿之一，面容仿佛爬行动物，性格令人厌恶。她喜欢佩戴大量的怪异珠宝，与那顶奇特的冕饰显然出自同一种异域文化。为我提供信息的小伙子曾多次注意到那种冕饰，听说它们来源于一批秘密宝藏，原先的主人不是海盗就是魔鬼。这里的修士（或者神甫，天晓得他们现在如何称呼自己）总是将它们戴作头饰，但你很少会见到他们。小伙子没有见过其他种类的珠宝，据说在印斯茅斯附近多有存在。

镇上除马什外还有三个显赫的家族，分别是韦特、吉尔曼和艾略特，同样极少露面。他们住在华盛顿街上的豪宅里，据说有一些已经上报和登记了死亡的家族成员还藏匿在家中，他们的面貌实在不适合出现在公众眼前。

小伙子提醒我，镇上的大多数路牌已经遗失，他煞费苦心为我画了一张简略但足够细致的示意图，指明了镇上的主要地标。端详片刻之后，我确定这张示意图能派上很大的用场，将它装进衣袋，发自肺腑地感谢小伙子的好意。我已经见过镇上唯一的餐厅，那里肮脏得让人心生反感，所以买了一大堆芝士脆饼和姜汁华夫充当午餐。我计划好了接下来的行程：沿着主要街道走一圈，遇到外地人就搭讪攀谈，最后搭8点的公共汽车去阿卡姆。在我眼中，印斯茅斯镇是一个被放大了的社群衰败的典型范例，但我毕竟不是社会学家，因此我的考察将仅限于建筑学领域。

就这样，我踏上印斯茅斯那狭窄而阴暗的街道，开始了系统性的、但多少有些不辨方向的观光旅程。我穿过公路桥，听着河流下游瀑布的隆隆声响走向前方，紧贴着建筑物经过马什精炼厂，里面很奇怪地没有发出任何生产的喧嚣声。工厂坐落于陡峭的河岸悬崖上，附近有一座桥和街道汇聚的开阔场地，我猜那里是印斯茅斯最早的市民中心，独立战争后被如今的镇广场取代。

沿着主大道桥再次过河，走进一片彻底荒弃的区域，这里不知为何让我毛骨悚然。行将坍塌的复斜屋顶鳞次栉比，构成了参差不齐、光怪陆离的天际线，在此之上升起一座古老教堂的尖塔，顶端早已折断，显得阴森可怖。主大道两旁的一些房屋有人居住，绝大多数的门窗都被木板钉死。顺着没有铺砌的小巷望去，我看见许多黑洞洞的窗户，由于部分地基沉降，不少废弃的简陋小屋已经歪斜到了不可思议的危险角度。那些窗户像幽灵一般盯着我，必须鼓起勇气才能向东朝海滨走去。废弃房屋的数量足以构成一座荒芜的城市，带来的惊骇以几何级数放大，而不是简单的算术叠加。看不到尽头的街道两旁，空虚和死亡茫然瞪视，数不清的黑暗房间彼此连接，已经臣服于蜘蛛网、记忆和征服者爬虫[1]，发自本能的恐惧和厌恶油然而生，最刚勇的哲学思想也无法驱散它们。

鱼街和主大道一样荒凉，区别在于这条路上有许多砖石结构的仓库依然保存完好。水街几乎是鱼街的翻版，不同之处是靠海一侧有几处宽大的缺口，那些地方曾经建有码头。除了远处防波堤上零星几个捕鱼人，视线内见不到任何活物；除了海港的浪花拍岸声和瀑布的咆哮声，耳朵里听不见任何声音。这个镇

---

1. 典出埃德加·爱伦·坡的同名诗作。

子让我越来越惶恐不安，我走向年久失修的水街桥，不时偷偷地扭头张望。根据小伙子画的示意图，鱼街桥已经化作废墟。

来到河流的北侧，我看见了一些惨淡生活的痕迹：水街上有几家鱼类包装作坊还在营业，偶尔能看见几根正在冒烟的烟囱和经过修补的屋顶，时而有来自难以判断其源头的声音飘进耳朵，在萧条的街道上和没有铺砌的小巷里不时能看见一两个蹒跚的人影，但我觉得这比河流南侧的荒芜更加让人心情压抑。不说别的，这里的居民比镇中心的居民还要丑恶和畸形，让我不止一次地联想到某些极为怪异、难以形容的邪恶之物。印斯茅斯人身上的外来血统无疑比内陆人口的血统更为强大。假如所谓的"印斯茅斯脸"并非血统，而是一种疾病，那么生活在这里的晚期病患就显然多于滨海地区。

有一个细节让我心烦意乱，那就是传入我耳中的一些微弱声响的分布情况。按理说，它们应该完全来自明显有人居住的房屋，实际上却在被木板封死的墙面内更加响亮。有吱吱嘎嘎的行走声，有咚咚咚的疾跑声，有刺耳的可疑怪声，使我不安地想到了百货店小伙子所说的隐秘隧道。忽然间，我不禁开始琢磨这些居民的说话声会是什么样子。自从踏上这片区域，我还没有听见过任何人说过话，也莫名地不愿听见。

我只在主大道和教堂街稍作停留，观赏了两座精美但已沦为废墟的古老教堂，然后就匆忙离开了滨海的贫民窟。下一个目的地本该是新堂绿地，但不知为何，我无法驱使自己再次走向来时见到的那座教堂，当时我瞥见一名头戴奇异冕饰的神甫或牧师走出他的地下室，他的身影莫名其妙地让我感到惊恐。另外，百货店小伙子也提醒过我，外来者最好不要靠近镇上的教堂和大衮密教的礼堂。

因此，我沿着主大道继续向北走，来到马丁街后朝内陆方向转弯，远远地从绿地以北穿过联邦街，走进北面的富豪区。宽街、华盛顿街、拉法耶街和亚当斯街围成的上等区域已经破落，华美的古老街道变得坑洼不平、肮脏凌乱，但榆树掩映下的贵族气概还没有彻底消亡。一幢又一幢高宅大院吸引着我的视线，大多数年久失修，四周的园地无人照管，木板封死了府邸的门窗。不过每条街上都有一两座建筑物显露出有人居住的迹象。华盛顿街上有一排四五幢房屋保养得很好，草坪和花园修剪得整整齐齐。其中最华丽的一幢建有梯级式的花坛，向后一直延伸到拉法耶街，我猜那就是精炼厂主人老马什的住宅。

所有这些街道上都见不到任何活物，说来奇怪，猫狗在印斯茅斯居然彻底绝迹。还有一件事情同样让我困惑和不安，那就是许多房屋的三楼和阁楼的窗户都遮得密不透光，连保养得最好的几幢豪宅也不例外。鬼祟和隐秘在这座充满了异类和死亡的寂静小城中无处不在，左右两侧似乎都有永不闭合的狡诈眼睛正在监视我，我无法摆脱这种感觉。

左边的钟楼敲响三声，喑哑的声响让人不寒而栗。我太记得响起钟声的这座低伏教堂了。我顺着华盛顿街走向河流，往日的工业和商业区迎面而来。我看见前方有一家工厂的残骸，类似的废墟相继出现，旧火车站的存在痕迹依稀可辨，铁路廊桥在我右侧跨过河谷。

前方的这座桥看起来不太牢靠，还立着一块警示牌，但我还是冒险从桥上过河，回到了生命迹象再次出现的河流南岸。蹒跚的鬼祟身影偷偷摸摸地望着我，相对正常的面孔投来或冷淡或好奇的视线。印斯茅斯变成了我不堪忍受的地方，我转身顺着佩因街走向广场，气氛凶险的公共汽车还有很久才发车，真希望能搭上一辆开往阿卡姆的顺风车。

就在这时，我看见了行将倒塌的消防站，一个老人坐在消防站前的长椅上，正和两位衣冠不整但相貌正常的消防员聊天，他脸膛通红，胡须蓬乱，两只眼睛水汪汪的，无疑就是扎多克·艾伦，一个半疯的九旬老酒鬼。他口中关于老印斯茅斯和笼罩它的阴影的故事，是那么丑恶，令人难以置信。

—3—

肯定有什么邪异的鬼魅作祟，或是某种隐秘的黑暗力量不怀好意地推了我一把，否则我绝对不可能改变原本的计划。从一开始我就决定将考察范围限制在建筑领域内，此刻甚至已经在快步走向广场，希望能搭上更早出发的交通工具，离开这个被死亡和衰败占领的溃烂市镇。可是，看见扎多克·艾伦却在我心中掀起波澜，让我犹豫着放慢了脚步。

百货店的小伙子向我保证过，这位老先生只会转弯抹角地讲些支离破碎、疯狂离奇的传说故事，还警告过我，被当地人看见我和他交谈，对我来说未必安全。可是，想到这位老人见证了这个镇子的衰败，他的记忆可以回溯到航运和工业兴旺发达的时代，其中的诱惑就不是任何级别的理性能够抵抗的了。说到底，最怪异和癫狂的神话也无非是基于现实的象征和影射，而老扎多克目睹了过去九十年间印斯茅斯发生的所有事情。好奇心熊熊燃烧，胜过了理性和谨慎，我毕竟年少轻狂，幻想或许能在纯威士忌的帮助下，从他滔滔不绝的混乱话语中找出埋藏其中的真实历史。

我知道不能在这个时间、这个地点向他搭话，因为消防员无疑会注意到并插手干涉。考虑之后，我觉得应该做好准备，先去百货店小伙子告诉我的地方买些私酿烈酒，然后在消防站附近看似漫不经心地晃来晃去，等老扎多克习惯性地起身乱逛后上去和他套近乎。小伙子说老扎多克是个坐不住的人，很少在消防站附近待上一两个小时。

紧靠广场的艾略特街上有一家破破烂烂的杂货店，很容易就在这家店的后门买到了一品脱威士忌，不过价钱可不便宜。卖酒给我的是个脏兮兮的家伙，稍微有点双眼圆瞪的"印斯茅斯脸"，待人接物还算客气，大概是因为招待惯了喜欢纵情狂欢的外来者——偶尔会有卡车司机或黄金买家之类的人来到镇上。

回到广场上，我发现运气站在我这一边。从吉尔曼客栈的拐角处慢吞吞地走上佩因街，第一眼看见的就是老扎多克·艾伦身穿破衣烂衫的瘦高身形。我按照计划行事，炫耀刚买到的烈酒，借此吸引他的注意力，然后拐上韦特街，走向我能想到的最荒凉的地方，立刻发现他满怀希望地跟了上来。

我根据百货店小伙子画给我的示意图制定路线，走向南面先前去过的荒弃滨海区域。那里唯一能看见的活人是远处防波堤上的渔民。向南再走几条马路，我就能避开他们的视线，找个废弃的码头坐下来，不受打扰地好好盘问一番老扎多克。快要走上主大道的时候，我听见背后传来气喘吁吁的轻声呼喊："喂，先生！"我放慢脚步，让老先生赶上来，然后请他灌了几大口威士忌。

我们一起走到水街，向南转弯，道路两边尽是歪斜倾覆的废墟。我开始试探他的口风，却发现老人的话匣子不像我想象中那样容易打开。走着走着，我看见崩裂的砖墙之间有一块面向大海、杂草丛生的空地，空地前方伸进大海的土石码头上爬满野草。水边有几堆遍覆青苔的石块，勉强可以充当座位，北面有个废弃的仓库，遮蔽了有可能存在的一切视线。我心想，若是想长时间地私下交谈，这里是个颇为理想的地点，于是领着我的同伴拐下小径，在石块中找到地方坐下。死亡和荒弃的气氛令人畏惧，鱼腥味大到几乎无法忍耐，但我决心不让任何事情阻挡我。

假如我想搭8点的公共汽车去阿卡姆，那就还有四个小时可供交谈，于是我一边继续灌老酒鬼喝威士忌，一边吃我的廉价午餐。劝酒归劝酒，我很小心地不让他喝过量，因为我只希望扎多克变得酒后话多，而不是酩酊大醉不省人事。一小时后，他的鬼祟和沉默显示出要消失的迹象，但让人失望的是，他依然在回避我的问题，不肯谈及印斯茅斯和它那阴影笼罩的过去。他东拉西扯地谈论时事，证明他广泛阅读各种报纸，喜欢用简明扼要的村夫口吻品头论足。

第二个小时行将结束，我心想我那一品脱威士忌只怕还不足以问出个所以然来，考虑要不要把老扎多克留在这儿，自己再去买些烈酒。但就在这时，运气创造了我的问题没能打开的突破口。气喘吁吁的老先生踱来踱去，忽然转了个方向，我俯下身子，警觉地仔细倾听。我背对散发鱼腥味的大海，他面对大海，出于某种原因，他散漫的视线落在了远处恶魔礁贴近水平面的轮廓上，此刻的恶魔礁清楚而几近魅惑地显露在波涛之上。这个景象似乎令他不悦，因为他无力地发出一连串咒骂，最后结束于诡秘的低语和心照不宣的睨视。他朝我弯下腰，揪住我的大衣领口，咬牙切齿地吐出一些不可能有其他意思的只言片语。

"一切都是从那里开始的——深海的起点，受诅咒的地方，充满邪恶。地狱的大门——陡峭地径直而下，任何探深绳都碰不到底。怪只怪奥贝德老船长——他在南海群岛发现了太多对他有好处的东西。

"那时候大家都过得不好。贸易一落千丈，作坊没生意可做，新建的厂子也一样。镇上最优秀的汉子不是在1812年战争中死在私掠船上，就是跟双桅船'伊丽莎白号'和轻驳船'漫游者号'一起沉到底了——后面这两艘都是吉尔曼家的。奥贝德·马什有三艘船——双桅帆船'哥伦布号'、双桅船'海蒂号'和三桅帆船'苏门答腊女王号'。当时只有他还在坚持跑东印度和太平洋贸易航线,不过埃斯德拉斯·马丁的三桅船'马来骄傲号'直到1928年还出过一次海。

"从来就没有人喜欢过奥贝德船长——撒旦的老走狗!咳,咳!我还记得他怎么说那些遥远的地方,说大家都是蠢蛋,因为他们去参加基督教集会,默默承受各自的重负。说他们应该像印度人那样,崇拜一些更好的神灵——能用好的渔汛报答献祭的神灵,真正会回应人们祈祷的神灵。

"马特·艾略特,他的大副,也说了很多胡话,但他反对人们做异教徒的事情。他说奥大赫地东面有座岛,岛上的巨石废墟比任何人知道的都要古老,有点像波纳佩和加罗林群岛的那些东西,而雕像的面孔更像复活节岛的巨型石像。那附近还有个小火山岛,岛上也有遗迹,但雕刻的内容完全不同——废墟被腐蚀得很厉害,就像曾经泡在海里,上面刻满了恐怖怪物的图像。

"哎呀,先生,马特说那附近的土人有打不完的鱼,喜欢戴手镯、臂环、头饰,用一种怪异的黄金打造,上面雕着怪物,和刻在小岛废墟上的怪物一模一样——像鱼的蛙类或者像蛙的鱼类,什么样的姿势都有,就好像它们是人类。谁也问不出他们是从哪儿搞到这些东西的,其他土人也不清楚他们怎么有那么多的鱼,而紧挨着的其他小岛几乎没鱼可捕。马特很疑惑,奥贝德船长也是。不过船长注意到了一点,那就是每年都有英俊的年轻人消失得无影无踪,而且岛上也没多少老人。另外,他觉得有些当地人的长相变得很怪异,哪怕对南海岛民来说也绝不正常。

"最后正是奥贝德从异教徒嘴里问到了真相。不知道他是怎么办到的,刚开始无非是拿东西换他们身上那些像是黄金的饰物。他问这些东西是从哪儿来的,能不能搞到更多,最后一点一点从老酋长嘴里掏出了整个故事——瓦拉几亚,老酋长叫这个名字。只有奥贝德敢相信那个黄皮老魔鬼,但船长他看人比读书还准。咳,咳!现在我说这些,谁也不相信我,年轻人啊,我看你也不会——说起来我越是看你,就越是觉得你有一双和奥贝德一样的犀利眼睛。"

老人的低语声变得越来越轻,尽管他讲述的只可能是酒后呓语,但语气中那种可怖而险恶的不祥意味还是让我不寒而栗。

"唉,先生,奥贝德知道了这个世界上存在一些东西,绝大多数人从来没有听说过它们,就算听说了也不会相信。那些岛民似乎将族内的年轻男女献祭给住在海底的某种神灵,得到的回报是各种各样的恩惠。他们在那个满是怪异废墟的小岛上遇见这些东西,半蛙半鱼怪物的可怕图像描绘的正是它们。搞不好就是这种生物引出了美人鱼的故事。海底有各种各样的城市,这座小岛正是从海底升起来的。小岛突然浮出水面的时候,它们还有一些住在石砌的房屋里,所以岛民才会知道它们活在海底下。克服恐惧之后,土人开始写写画画和它们沟通,没多久就谈成了交易的条件。

"它们喜爱活人祭品。很久以前它们曾经得到过，但后来和地面世界失去了联系。至于它们对牺牲品做了什么，那就轮不到我来说了，我猜奥贝德也不太想问清楚。但那些异教徒不觉得有什么问题，因为他们过得很艰苦，渴望能够得到一切帮助。他们尽可能有规律地把一定数量的年轻人奉献给海底怪物，一年两次，分别在五朔节和万圣节。怪物答应的回报是大量的鱼群——从海里的四面八方驱赶过来，偶尔还有几件像是黄金的首饰。

"哎呀，就像我说的，土人去那座小火山岛见这些怪物，乘着独木舟送活人祭品去，带着得到的黄金饰品回来。刚开始这些怪物从不登上人类居住的大岛，但过了一段时间，它们就随心所欲、想来就来了。它们似乎很喜欢和当地人混在一起，在五朔节和万圣节这两个大日子举行祭祀仪式。你要明白，它们有没有水都能生活——这就是所谓的两栖类吧。岛民告诉它们，要是其他岛的居民听说它们在这儿，多半会想要消灭它们，但它们并不在乎，因为假如愿意，它们能够抹掉整个人类——除非有人类掌握了失落的古老者曾经使用过的某些符号。但它们懒得费劲，所以每次外人到访，它们就会躲藏起来。

"癞蛤蟆似的鱼类怪物提出要交配，岛民有点畏缩，但他们得知了一些情况，于是整件事就完全不一样了。似乎人类本来就和那种海生怪物有什么关系——所有活物都从水里来，只需要一点变化就能回去。那些怪物告诉土人说假如双方混血，孩子刚开始更像人类，但长大后会越来越像怪物，直到最终回到水里，加入海底深处它们的大家庭。还有一点很重要，年轻人，等他们变成鱼类怪物回归大海，就永远也不会死亡了。只要不被暴力杀害，那些怪物是永生不死的。

"哎呀，先生，奥贝德遇到那些岛民的时候，他们就已经有了深海怪物的鱼类血统。随着年纪越来越大，这种血统逐渐显露出来，他们会藏起来不见外人，直到最终离开陆地、回归大海。有些人受到的影响比其他人更大，有些人始终无法完成变化、进入水中生活，不过大部分人就像那些怪物说的一样。有些人生下来就更像那些怪物，他们会早早发生变化。而更像人类的会待在岛上，直到七十岁以后，往往会在入海前先下去试游几趟。进入大海的岛民经常会回来看看，因此一个人可以和几百年前离开陆地的五代祖交谈。

"除了和其他岛屿的居民开战时的死者和献祭给水底海神的牺牲品，还有在回归大海前被毒蛇咬伤、患上瘟疫或急病而死的岛民，他们根本不知道死亡为何物，而是急切地盼望着身体出现变化——时间长了，这种变化也就不可怕了。他们认为自己得到的好处完全配得上失去的东西——奥贝德仔细琢磨老瓦拉几亚的故事时大概也是这么想的。不过，瓦拉几亚恰好是没有鱼类血统的极少数人之一，因为他属于皇族，只和其他岛屿的皇族通婚。

"瓦拉几亚向奥贝德展示了与海底怪物有关的诸多祭祀仪式和吟诵咒文，让他会见了村庄里几个已经改变得失去人类形态的岛民。不知为什么，他没有允许奥贝德面见来自海底的怪物。最后，他给了奥贝德一件很有意思的小东西，是用铅之类的金属铸造的，说它能从水里召唤那种鱼类怪物，只要附近有它们的巢穴就行。用法是将它扔进大海，配合正确的祷词。瓦拉几亚向他透露说，那种怪物遍布全世界，因此只要你愿意，就一定能找到巢穴并召唤它们。

"马特对这种事情深恶痛绝，劝告奥贝德远离这座岛屿，但船长急着想发财，发觉他不需要付出什么代价就能搞到那些像是黄金的首饰，可以只靠这一门生意过日子。奥贝德就这么过了好几年，积累了足够多的类似黄金的金属，于是收购了韦特家倒闭的洗涤作坊，开设了他的精炼厂。他不敢按原样出售那些饰品，因为人们看见了肯定会问东问西；他的船员尽管发誓要保持沉默，但还是不时能弄到一两件出来卖掉；另外，他也会挑出一些比较符合人类习惯的饰品，让他家的女人穿戴。

"哎呀，时间来到1838年，那年我七岁，奥贝德发现在他的两次航行之间，那个岛上的居民被屠杀了个干净。其他岛屿的居民听说了那个岛上的事情，决定亲手解决问题。猜想他们肯定懂得那种古老的魔法符文，就像海底怪物说的，那是它们唯一害怕的东西。等海底下次再抛出一个小岛，上面的遗迹比大洪水还要古老，到时候天晓得那些岛民愿意为了上去看一眼而付出什么代价。那真是一群虔诚的家伙，他们将大岛和小火山岛上的东西砸得稀烂，只留下一部分实在大得没法毁坏的废墟。他们在一些地方留下了小块的石头——有点像符咒——上面刻着如今被称为'万字符'的标记。说不定那就是古老者的符号。

岛民被杀了个干净,找不到半件像是黄金的首饰,附近的土人连一个字都不肯透露,甚至矢口否认那个岛上曾经有人居住。

"奥贝德自然大受打击,因为他的正经生意非常不景气。事情对印斯茅斯镇的打击也很大,在航海年代,船主和船员是按一定比例分配利润的。绝大多数镇民面对苦难都像绵羊一般听天由命,而他们真的活得很惨,因为鱼群越来越稀少,工厂也同样每况愈下。

"就在这时,奥贝德开始辱骂镇上的人是愚钝的羔羊,只会向基督教的上帝祈祷,而上帝根本不理睬他们。他说他知道有些人向某些神灵祈祷,得到的回报非常丰厚。假如有足够多的人支持他,他说不定能够掌握某种力量,召唤来大量的鱼群和相当多的黄金。'苏门答腊女王号'的船员去过那个岛屿,当然明白他在说什么。但不明白他在说什么的人有点动心,问他需要怎么做才能让他们皈依那种能够带来结果的信仰。"

说到这里,老人支支吾吾地嘟囔起来,闷闷不乐地陷入忧虑和沉默。他紧张地扭头张望,然后转回来,着迷地望着远处的黑色礁石。我对他说话,他没有回答,因此我知道必须让他喝完那瓶酒。这通疯狂的胡话极大地吸引了我,我猜测其中包含着某种粗糙的象征,它源自印斯茅斯的怪异,经过富有创造性的想象力的加工,充满了异域传说的零散细节。我连一瞬间也没有相信过这个故事存在任何现实性的基础,虽说他的叙述蕴含着一丝真正的恐怖,但只是因为其中提到的奇特珠宝类似我在纽伯里波特见过的诡异冕饰。或许那些饰品确实来自某个怪诞的海岛，而这些稀奇古怪的故事是已故的奥贝德本人的谎言，不是眼前这位老酒鬼的杜撰。

我把酒瓶递给扎多克，他喝光了最后一滴烈酒。说来奇怪，他居然能承受这么多威士忌，气喘吁吁的尖细嗓音里没有一丝口齿不清。他舔净瓶口，把酒瓶塞进衣袋，一下一下地点着头，压低声音自言自语。我弯下腰，希望能听到一两个清晰的单词，我觉得在脏兮兮的蓬乱胡须里看见了讽刺的笑容。对，他确实在倾吐字词，我能听清其中很大一部分。

"可怜的马特……马特他一直反对这件事……想说服镇民支持他，找牧师长谈……完全没用……他们赶走了公理会的人，卫理公会的人主动离开……浸信会的'坚毅者'巴布科克一去不返……耶和华的烈怒……我是个微不足道的小人物，但我有耳朵能听，有眼睛能看……大衮和亚斯她录……彼列和别西卜……金牛，迦南人和非利士人的偶像……巴比伦的可憎邪物……弥尼，弥尼，提客勒，乌法珥新[1]……"

他再次停下。看着他水汪汪的蓝眼睛，我担心他醉得已经快要不省人事了。我轻轻摇晃他的肩膀，他转身瞪着我，警觉得令人诧异，吐出一连串更加晦涩的话语。

"你不相信我，是不是？咳，咳，咳——那么年轻人，请你告诉我，为什么奥贝德船长会带着二十几个人半夜三更划船去恶魔礁大声吟唱？只要风向正确，整个镇子都能听得清清楚楚。

1.《圣经·旧约》"但以理书"，伯沙撒王宴会时出现在墙壁上的预言。

请你告诉我，嗯？还有，你告诉我，为什么奥贝德时常将沉重的东西扔进礁石另一侧的深水？那里的岩壁陡峭得像是悬崖，深得超过你能测量的限度。告诉我，瓦拉儿亚给了他一个形状古怪的铅制玩意儿，他拿那东西做了什么？你说啊，小子？还有，他们在五朔节和万圣节都在折腾什么？还有新教堂的那些人——他们就是以前的水手——身穿怪异的长袍，头戴奥贝德带回来的像是黄金的首饰？你说啊！"

水汪汪的蓝眼睛透出几近凶蛮和癫狂的深情，脏兮兮的白胡子像触电似的根根竖起。老扎多克大概看到了我的惊恐，因为他开始邪恶地咯咯怪笑。

"咳，咳，咳，咳！开始明白了吗？也许你该变成那时候的我，半夜三更站在屋顶上望着大海。哎，告诉你吧，小孩子耳朵最好使，我从来不会漏掉奥贝德带着那群人去恶魔礁的任何一句传言！咳，咳，咳！比方说有天夜里我带着老爸的船用望远镜上屋顶，看见恶魔礁上挤满了各种黑影，月亮才爬出来就纷纷跳进了大海。奥贝德和那帮人划着一艘平底小船，但那些黑影从恶魔礁的另一侧跳进深水，再也没有浮上来……你想变成那个浑身颤抖的小孩吗？他一个人半夜站在屋顶上看着一群不像人类的黑影……听懂了吗？……咳，咳，咳，咳……"

老人越来越歇斯底里，无可名状的惊恐让我开始颤抖。他用骨节嶙峋的手爪按住我的肩膀，我感到这只手的颤抖并非完全因为狂笑。

"假如一天夜里你看见奥贝德的小渔船划到恶魔礁的另一

头，扔下什么沉重的东西，然后第二天听说一个年轻人从家里失踪了。你说说看？有人见过海勒姆·吉尔曼的哪怕一根头发吗？见过吗？还有尼克·皮尔斯，还有卢艾利·韦特，还有阿多尼拉姆·索斯维克，还有亨利·盖瑞森。你说说看？咳，咳，咳，咳……黑影用手语交谈……它们有真正的手……

"哎呀，先生，就是在这个时候，奥贝德的生意又兴旺起来了。镇民看见他的三个女儿戴着像是黄金的首饰，以前从来没人看见她们戴过，而精炼厂的烟囱里又冒出了黑烟。其他人的日子也越来越好过，鱼群涌到港口等着被捞上船，天晓得我们向纽伯里波特、阿卡姆和波士顿运出了多少海货。然后奥贝德想办法让镇上通了支线铁路。有些金斯堡的渔民听说渔汛喜人，成群结队地开船赶来，结果全都失踪了，再也没有人见过他们。这时候我们的镇民组织起了大衮密教，向'各各他管理会'购买了共济会礼堂……咳，咳，咳！马特·艾略特是共济会成员，他反对出售礼堂，但很快就消失得无影无踪了。

"记住，我可没说奥贝德打算照搬南海小岛那些人做的事情。我不认为他从一开始就想混血，也不想养育长大了会回归大海、永生不死的孩子。他只想要他们的黄金，愿意付出沉重的代价，我猜其他人有段时间也挺满意的……

"来到1846年，镇上的人见过了不少，也思考了很多。失踪人口实在太多，星期日集会的狂乱宣教有些过分，恶魔礁的流言传得沸沸扬扬。这里面大概也有我的一份功劳，因为我把我在屋顶上看见的事情告诉了市政委员莫雷。一天夜里，有一帮人跟着奥贝德的人去了恶魔礁,我听见两艘渔船之间响起了枪声。第二天,奥贝德和另外三十二个人被关进监狱,所有人都在讨论镇上打算用什么罪名控告他们。天哪……真希望有人的眼光能长远一点……两个星期以后,足足两个星期,没有任何祭品被扔进大海……"

扎多克显露出惊恐和疲惫的迹象,我让他沉默片刻稍作休息,自己担心地看了一眼手表。潮水已经调转方向,此刻正越涨越高,波浪的声音似乎惊醒了他。涨潮让我颇为高兴,因为在高水位之下,鱼腥味或许就没这么浓烈了。我再次凑近老人,聆听他的低声述说。

"那个可怕的夜晚……我看见了它们……我在屋顶上……它们成群结队……蜂拥而至……爬上恶魔礁,顺着海港涌入马努克赛特河……上帝啊,那天夜里在印斯茅斯的街道上都发生了什么……它们敲我们家的门,但老爸不肯开门……他带着火枪从厨房窗户爬出去,找莫雷委员看看他能做什么……尸体和垂死的人堆积成山……枪声和尖叫声……老广场、镇广场和新堂绿地,到处都是喊叫声……监狱的大门被撞开……公告……叛乱……外地人来发现我们少了很多人,宣称是一场瘟疫……除了奥贝德和那些怪物的支持者,剩下的人若是不保持沉默就被消灭……再也没听见过我老爸的消息……"

老人大口喘息,汗出如浆。他抓住我肩膀的手更用力了。

"第二天早晨,镇子清扫一空——但还是留下了痕迹……奥贝德开始掌权,说一切都会改变……异类将在集会时间和我们一起礼拜，我们要腾出一些房屋供客人使用……它们想和我们混血，就像以前和南海岛民那样，他根本不想阻拦它们。太出格了，奥贝德……他在这件事上完全是个疯子。他说它们带给我们渔汛和财宝，因此有权得到它们渴求的东西……

"表面上情况没有任何变化，但假如我们知道好歹，就应该远离外地来的陌生人。我们被迫立下'大衮之誓'，后来有些人还立了第二誓和第三誓。特别愿意帮忙的人会得到特别的奖赏——黄金之类的东西——反抗毫无意义，因为水底下有它们数以百万计的同族。它们并不想离开深海，抹掉全人类，但假如迫不得已，它们会为此做出许多事情。我们不像南海岛民那样拥有能消灭它们的古老符文，而南海岛民绝对不会公开他们的秘密。

"假如它们需要，我们必须提供足量的祭品、血腥的玩物和镇内的居所，这样它们就不会来滋扰我们了。不能和外来者搭话，免得走漏风声——当然了，前提是外来者别问东问西。所有人都必须皈依大衮密教，新出生的孩童将永生不死，而是回归我们的起源：母神许德拉和父神**大衮**——咿呀！咿呀！C̨thulhu fhtagn! Ṗh'nglui mglw'nafh C̨thulhu R'lyeh wgah-nagl fhtagn——"

老扎多克陷入了彻底的胡言乱语，听得我屏住了呼吸。可怜的老家伙——烈酒，还有他对围绕身边的朽败、异化和疾病的憎恶，将他那颗富有想象力的大脑送进了何等令人怜悯的妄境！他又开始呻吟，泪水沿着面颊上的沟壑流进浓密的胡须。

"上帝啊，从十五岁到现在，我都目睹了什么啊——弥尼，弥尼，提客勒，乌法珥新！——镇民陆续失踪，还有人自杀——他们把事情告诉了阿卡姆和伊普斯威奇以及其他地方的人，但都被骂作疯子，就像你现在对我这样——但是啊上帝，我都目睹了什么——我知道得太多，他们早该杀死我了，但我向奥贝德立下了大衮的第一和第二誓言，因此受到保护，除非它们的评议会证明我蓄意透露了我知道的事情……但我不会立第三誓言——我宁可死，也不会立——

"内战期间，情况愈加恶化，1846年以后出生的孩子开始长大——不，其中的一些孩子。我非常害怕——自从那个恐怖夜晚之后，我再也不敢打听，这辈子直到现在都再也没见过——它们中的一员。不，我说的是再也没见过纯种的它们。我参军去打仗，假如我有足够的勇气或理智，就应该一去不返，换个地方定居。但本地人写信说情况没那么糟糕了。我猜那是因为政府的征兵人员从1863年开始入驻镇上。战争结束，情况重新恶化。人们开始离开——工厂和商店纷纷关门——船运停止，港口淤塞——铁路废弃——但它们……它们依然从该死的恶魔礁出入河口——越来越多的人家用木板钉死阁楼窗户，应该无人居住的房屋里响起了越来越多的奇怪声音……

"外面的人对我们有各种各样的说法——从你提的问题来看，你肯定听过了不少——有些说的是他们偶然间见到的东西，有些说的是没有被熔成金锭的来路不明的怪异首饰——但没有任何定论。谁也不会相信真实的情况。他们说像是黄金的首饰是海盗宝藏，认为印斯茅斯镇民有异域血统或脾气乖戾或别的什么。另外，居住在镇上的人会尽可能赶走外来者，浇灭剩下那些人的好奇心，尤其是到了晚上。牲畜也害怕它们——马匹比骡子更容易受惊——但后来有了汽车，也就很少出事故了。

"1846年，奥贝德船长娶了第二任妻子，镇上没人见过她——有人说他并不情愿，是那些异类强迫他娶的——她生了三个孩子，两个很小就失踪了，只剩下一个女孩，看起来和普通人一样，去欧洲接受教育。奥贝德后来哄骗一个毫无戒心的阿卡姆男人娶了她。但如今外面的人都不肯和印斯茅斯扯上任何关系了。现在管理精炼厂的是巴拿巴·马什，他是奥贝德的孙子，他父亲阿尼色弗是奥贝德与第一任妻子生的长子，但母亲是另一个从不抛头露面的女人。

"巴拿巴即将彻底变化。眼睛已经闭不上了，身体也快要变形了。据说他还穿衣服，但用不了多久就会下水。也许他已经试过了——他们有时候会先下水待一阵，然后才永远离开。他已经有九年还是十年没在公众场合露面了。天晓得他可怜的老婆有什么想法——她是伊普斯威奇人，五十多年前巴拿巴追求她的时候，她家里人险些私刑处死他。奥贝德死于1878年，他的儿女都不在了——第一任妻子的孩子死了，至于其他的……天晓得……"

涨潮的声音越来越响，老人的情绪逐渐从伤感和悲痛变成了警惕和恐惧。他时常暂停片刻，紧张兮兮地扭头张望或抬头眺望礁石，尽管他的故事是那么疯狂和荒谬，但他的隐约忧虑也还是感染了我。扎多克的嗓门变得越来越尖厉，似乎想用更响亮的声音激发自己的勇气。

"喂,你,为什么不说话?你愿意住在这么一个镇子上吗?所有东西都在腐烂和死去,无论你走近哪一幢木板钉死窗户的房屋,都有怪物在黑黢黢的地下室和阁楼里爬行、哀鸣、吠叫、蹦跳!喂,你希望每天夜里都能听见教堂和大衮密教礼堂响起的号叫,而且还心知肚明那些号叫意味着什么吗?你想听一听每年五朔节和万圣节从那恐怖的礁石上传来的声音吗?喂,你以为我是个疯老头,对吧?哎呀,先生,让我告诉你吧,这些都还不是最可怕的!"

扎多克已经在尖叫了,声音里的癫狂和愤怒让我深深地感到不安。

"该死,你别用他们那样的眼神瞪着我——我说过奥贝德·马什会下地狱,他会永远待在地狱里!咳,咳……地狱里,我说!抓不住我——我什么都没做过,也没对任何人说过——

"哦,你,年轻人?哎呀,就算我以前没告诉过任何人,今天我也非说不可了!小伙子,你给我坐好了仔细听着——我绝对没对任何人说过……我说过天黑以后我从不到处乱看——但我还是发现了不该发现的事情!

"你想知道真正的恐怖是什么吗,想知道吗?好,听我说——不是那些蛙鱼魔鬼做了什么,而是他们打算做什么!它们将各种东西从原先居住的海底搬进镇子——已经持续了十几年,直到最近才慢下来。它们住在河流以北,水街和主大道之间住满了它们——水底魔鬼和它们带来的东西——等它们做好准备……

听我说，等它们做好准备……你听说过修格斯吗？……

"喂，你听见我说话吗？我说我知道那些是什么东西——有天夜里我看见了，那次……呃——啊啊啊啊啊——啊！啊啊啊啊啊——"

老人的可怕尖叫声突然响起，充斥着非人类的惊恐，吓得我几乎晕厥。他的视线越过我，望着散发恶臭的海面，眼睛都快从眼眶里弹出来了。他的面容刻满了畏惧，足以放进希腊悲剧。他瘦骨嶙峋的手爪掐住我的肩膀，身体愣在那里一动不动，我扭头去看他究竟见到了什么。

但我没有看见任何东西，只有越涨越高的潮水，不过有一道涟漪比漫长的防波堤更靠近我们。扎多克使劲晃动我的身体，我转过身，见到被恐惧凝固的面容正在融化。他眼皮抽搐，牙龈颤抖。他的声音重新出现——但已经变成了战栗的耳语。

"快离开这儿！快离开！它们看见我们了——为了你的小命，快跑吧！什么都别等了——它们已经知道了——跑——快跑——逃出这个镇子——"

又一阵大浪打在废弃码头业已松动的基石上，疯癫老人的耳语声再次变成让我血液凝固的非人类号叫。

"呃——啊啊啊啊啊！……啊啊啊啊啊啊！……"

没等我收拾起混乱的头脑，他已经松开我的肩膀，发疯般地跑向街道，绕过仓库的断壁向北而去。

我扭头望向大海，但海面上什么都没有。我走到水街向北望去，扎多克·艾伦早已无影无踪。

— 4 —

经历了这件令人心烦意乱的事情，我很难形容自己的情绪。这次谈话既疯狂又可悲，既怪异又恐怖。百货店小伙子的话让我做好了心理准备，但现实中的遭遇依然给我留下了惶惑和不安。老扎多克的故事尽管幼稚可笑，但他疯狂的真诚和恐惧还是让我越发不安，与先前对这个镇子及其难言的阴影笼罩下的荒芜产生的憎恶交织在一起。

以后我可以慢慢梳理这整个故事，从中提取出历史事实，但现在我只想将它抛诸脑后。时间已经晚得危险，我的手表显示是7点15分，去阿卡姆的公共汽车8点从镇广场出发，因此我尽量让思绪恢复平静、切合实际，同时快步穿过空无一人的街道，在残缺的房顶和倾斜的屋舍之间走向我寄存手提箱的旅馆，取出行李后就去寻找要乘坐的公共汽车。

傍晚的金色阳光为古老的屋顶和破败的烟囱添加了一分神秘而平和的迷人魅力，但我还是忍不住时常回头张望。我很高兴能够离开被恶臭和恐惧笼罩的印斯茅斯，希望除了面相险恶的萨金特驾驶的那辆车之外，还有其他车辆可供乘坐。不过，我并没有落荒而逃，因为每个死寂的街角都有值得一看的建筑学细节。按照我的估算，半小时内肯定能走完这段路。

我打开百货店小伙子画的地图，找到一条先前未曾走过的路线，走马什街而不是联邦街前往镇广场。来到瀑布街的路口，我看见三三两两的人在鬼祟地窃窃私语。等到终于来到镇广场，

209

我发现几乎所有闲人都聚集在吉尔曼客栈的门口附近。领取行李的时候，似乎有许多双水汪汪的、从不眨动的突出眼睛奇怪地盯着我，希望我的同车旅伴里没有这种令人不快的生灵。

公共汽车来得挺早，不到8点就"叮叮当当"载着三名乘客到站了，人行道上有个相貌邪恶的男人对司机说了几个含混不清的单字。萨金特扔下一个邮袋和一摞报纸，自己走进旅馆。乘客就是当天上午我看见在纽伯里波特下车的那几个人，他们蹒跚着踏上人行道，用含混的喉音和一名闲逛者交谈了几句，我敢发誓他们使用的绝对不是英语。我登上空无一人的公共汽车，找到先前坐过的同一个座位，但还没坐定，萨金特就再次出现，用格外令人厌恶的喉音嘟嘟囔囔地说了起来。

看起来，我的运气非常不好。汽车发动机出了问题，尽管从纽伯里波特来得很准时，但无法完成前往阿卡姆的行程了。不行，今晚肯定修不好，也没有其他交通工具可以带我离开印斯茅斯去阿卡姆或其他地方。萨金特说他很抱歉，但我只能在吉尔曼客栈过夜了。店员或许能给我安排一个比较好的价钱，但除此之外他也无能为力。突如其来的变化惊得我头晕目眩，我强烈地恐惧黑夜降临在这个光线昏暗的衰败小镇。我下车重新走进旅馆大堂，夜班服务员是个相貌古怪的阴沉男人，他说我可以住离顶楼差一层的428房间。房间很大，但没有自来水，房费只要一块钱。

尽管在纽伯里波特听过这家旅馆的不好传闻，但我还是在登记表上签字并付了一块钱，并且让服务员帮我拎包，跟着这个孤僻而阴郁的家伙爬上三层吱吱嘎嘎响的楼梯,穿过积着灰尘、全无生气的走廊。房间位于旅馆后侧,气氛阴森,有几件毫无装饰的廉价家具,两扇窗户俯瞰着在低矮砖墙包围下的肮脏庭院,成片破败的屋顶向西延伸,再过去则是沼泽乡野。浴室位于走廊尽头,破旧得令人生畏,有古老的大理石水槽和铁皮浴缸。电灯的灯光暗淡,包裹水管的木镶板已经霉烂。

天还没黑,我下楼走进广场,寻找能够吃饭的地方。畸形的闲逛者向我投来诡异的视线。百货店已经打烊,我只能光顾先前不愿走进的那家餐厅。店员有两个,一个是个窄脑袋的佝偻男人,眼睛一眨不眨地盯着我;另一个是个扁鼻梁的女人,两只手厚重笨拙得难以想象。服务在柜台完成,看见他们的餐点来自罐头和包装食品,我不禁松了一口气。一碗蔬菜汤和几块脆饼就足以果腹,我很快回到了吉尔曼客栈里那个压抑的房间。旅馆前台旁有个摇摇欲坠的报刊架,我向相貌邪恶的服务员要了一份晚报和一本沾着苍蝇粪便的杂志。

暮色渐深,我打开电灯,廉价铁床上方只有一颗光线微弱的灯泡,我尽我所能继续阅读报刊。必须让大脑忙得不可开交,否则它就会在我依然身处阴影笼罩的古老镇子之内时,去思索这里各种不寻常之处。听老酒鬼讲完他疯狂离奇的故事,我不指望今晚能做什么美梦,只求他那双水汪汪的癫狂眼睛离开我的脑海。

另外,我绝不能细想工厂检查员向纽伯里波特火车站售货员讲述的事情,他声称在吉尔曼客栈听见了夜间住客的怪异交谈声——不，绝对不能想这个，也不能想黑色教堂大门里冕饰下的面孔。那张脸为什么会激起我的恐惧，我的意识无法解释这个难题。假如这个房间不是散发着难闻的霉味，我大概也会更容易让思绪远离那些令人不安的事情吧。但房间里呛人的霉味和镇上无处不在的鱼腥味可怖地混合在一起，迫使我时时刻刻想到死亡和衰败。

还有一件事情也让我心生不安，那就是房门没有插销。从门板上的痕迹看得出曾经也装着插销，但最近被人为卸掉了。插销无疑是坏了，和这幢衰老的建筑物里的许多其他东西一样。我紧张地东张西望，发现衣柜上有个插销，与门板上的痕迹看起来似乎是同一个尺寸。为了暂时排解紧张的情绪，我花了些时间将这个插销移到门上，使用的是我拴在钥匙环上的三合一便携工具里的螺丝刀。新装上的插销很好用，我稍微松了一口气，因为知道可以在睡觉前锁紧房门了。倒不是说我真的需要它，但身处这么一个环境，任何象征着安全的东西都有备无患。通往两侧房间的门上也有插销，我同样插紧了它们。

我没有脱衣服，决定阅读报刊直到睡意降临再躺下，而且只脱掉大衣、硬领和皮鞋。我从手提箱里取出便携式手电筒放进裤袋，半夜在黑暗中醒来时可以看表。但睡意迟迟不来，待到我停止分析自己的思绪时，竟不安地发现我实际上在无意识地侧耳倾听——等待某种令我恐惧但无法言喻的声音。检查员的故事对我的影响超乎我的想象。我再次尝试阅读，发现怎么都读不进去。

过了一段时间，我似乎听见楼梯上和走廊里响起了像是脚步踩出的有节奏的吱嘎声，心想或许其他房间也陆续有客人入住。但我没有听见说话声，不禁觉得那吱嘎声里隐约有某种鬼祟的气息。我不喜欢这种感觉，开始考虑我究竟该不该睡觉。这个镇子住着一些古怪的人，无疑也发生过不少失踪事件。这家旅馆会不会是那种谋财害命的黑店？当然了，我并不像什么有钱人。或者镇民对好奇的外来者真的深恶痛绝到了极点？我不加掩饰地左顾右盼，时不时低头查看地图，会不会引来了对我不利的关注？我忽然想到，我的精神肯定极为紧张，几声不相干的吱嘎声也会让我疑神疑鬼——但还是很希望自己带着武器。

后来，与睡意毫无关系的疲惫感逐渐袭来，我插上新装好的插销，锁紧通往走廊的门，关灯躺在高低不平的硬板床上，连大衣、硬领和皮鞋都没有脱。黑暗中，夜间的所有微弱声响似乎都被放大，令人不快的念头加倍涌来，淹没了我。我后悔刚才关掉了电灯，但又过于疲惫，懒得起床打开。过了很长一段沉闷的时间，我首先听见了楼梯上和走廊里响起的微弱吱嘎声，然后是一种绝对不会听错的、微弱但可怕的声音，仿佛我所有的忧虑都化作了险恶的现实。不存在哪怕一丝疑问，有人在试着用钥匙打开我的门锁，小心翼翼，鬼祟隐秘。

由于先前经受过模糊的恐惧感的洗礼，此刻意识到真正的危险正在降临，我反而不怎么慌张了。尽管不知道具体的原因，我也早已本能地提高了警惕——无论新发生的危机究竟是什么，这样的反应都帮助我占据了先机。话虽这么说，但当威胁从隐约的兆头变成迫在眉睫的现实时，我依然受到了强烈的震撼，仿佛是有形的一击落在我身上。我根本没考虑过门外的摸索会不会仅仅是弄错了房间，能想到的只有险恶的用心。我像尸体似的保持安静，等待企图闯入者的下一步行动。

过了一会儿，小心翼翼的摸索声停止了，我听见向北的房间被万能钥匙打开。紧接着，有人在轻轻拨弄连接我房间的侧门上的锁。插销插得很牢，对方未能得逞，我听见地板吱嘎作响，鬼祟人物走出房间。没多久，又是一下轻微的咔哒声响，我知道那人进了向南的房间。对方再次拨弄连接门上的锁，然后又是那人走出房间的吱嘎脚步声。这次，吱嘎声顺着走廊前行并下楼，我知道鬼祟人物发觉我房间的三扇门都锁得很紧，因此暂时放弃了努力，至于他究竟是长时间放弃还是去去就来，那就只有之后才能见分晓了。

我立刻开始行动，大脑仿佛早已做好准备，证明我的潜意识肯定从几小时前就在畏惧某种威胁，甚至考虑过了有可能的逃生途径。从一开始我就感觉到那个未曾露面的闯入者意味着一种危险，我无法直面也不可能应付它，只能尽可能迅速地逃之夭夭。现在我要做的只有一件事，那就是以最快速度活着逃出这家旅馆，但不能走主楼梯穿过大堂，而是必须通过其他什么途径。

我轻轻起身，用手电筒照亮开关，想打开床头的电灯，挑选几件个人物品装在身上，将手提箱留在房间里，然后立刻离开。但灯没有亮，我明白电源肯定被切断了。显然，某种神秘而邪恶的行动正在大规模展开，具体是什么就不知道了。我站在那里冥思苦想，一只手还按着已经毫无用处的电灯开关。这时我听见从楼下隐约传来脚踏地板的吱嘎声响，似乎还有多个难以分辨的说话声正在交谈。听了一会儿，我不再确定那种更低沉的声音是说话声了，因为那沙哑的吠叫声和音节松散的呱呱声与我知晓的人类语言几乎没有相似之处。我忽然想到工厂检查员在这幢朽败大楼里过夜时听见的声音，顿时悚然心惊。

借着手电筒的亮光，我挑了几件必要物品塞进衣袋，戴上帽子后蹑手蹑脚地走到窗口，研究能不能从窗户爬到地面。尽管本州有安全规定，但旅馆的这一侧并没有防火楼梯，我发现从房间窗口到铺着鹅卵石的庭院是径直的三层楼高度。旅馆左右两侧都是古旧的红砖商业大楼，从我所在的四楼或许能够跳到它们的斜屋顶上。但无论要跳到哪一侧的屋顶，我都必须先去离这里两扇门以外的房间——向北或向南都行——我的大脑立刻开始计算成功的可能性。

我得出结论：不能冒险进入走廊，否则他们肯定会听见我的脚步声。赶到我想去的房间将难比登天，一路上必须穿过客房之间不怎么牢靠的连接门，必须以蛮力克服门锁和插销的阻碍，用肩膀像攻城槌似的撞开它们。这幢房屋及其内部构件都已破旧不堪，要做到这件事应该并不困难，但不可能不发出任何声音。我必须依靠敏捷的动作，在敌对力量用万能钥匙打开正确的那扇门之前跳出窗户。我用衣橱加固了自己房间的正门，一点一点挪动衣橱，尽量少发出声音。

我自知逃脱的机会微乎其微，准备好了迎接一切灾难性的结果。即便我能跳上另一幢大楼的屋顶，问题也依然不会完全解决，因为还需要回到地面上并逃出印斯茅斯镇。有一点对我有利，那就是邻近的建筑物均已废弃、无人居住，每个屋顶上都有为数众多的天窗露出黑乎乎的洞口。

按照百货店小伙子绘制的地图，逃出印斯茅斯镇的最佳路线是向南走，因此我首先望向了房间南侧的连接门。房门的设计是朝我这一侧打开，但拉开插销后，我发现房门的另一侧还有某种锁具，使用蛮力撞门恐怕对我不利。我放弃了这条路线，小心翼翼地将床架搬过来顶住门，抵挡稍后或许会从隔壁房间发动的攻击。房间北侧的门是从我这一侧向外打开的，尝试之下我发现它的另一侧上了锁或是插销，但我知道逃跑路线必然是这一条。假如我能跳上佩因街那些建筑物的屋顶，成功地回到地面上，就有可能飞奔穿过庭院和隔壁的建筑物跑上华盛顿街，或者穿过马路对面的建筑物跑上贝茨街，或者从佩因街向南绕到华盛顿街。总而言之，我的目标是以某种手段跑上华盛顿街，然后以最快速度离开镇广场所在的区域。我希望能避开佩因街，因为消防站可能彻夜有人驻守。

我考虑着这些事情，眺望朽败屋顶构成的褴褛海洋，满月后不久的月光照亮了底下的情形。在我的右边，黑色的幽深河谷划破眼前的景象，废弃厂房和火车站像藤壶似的附着在河谷两侧。再过去，锈迹斑斑的铁轨和罗利路穿过沼泽平原而去，平原上点缀着长有灌木丛的干燥高岛。我的左边，溪流蜿蜒穿过的乡野离我更近，通往伊普斯威奇的狭窄道路在月色下闪着白光。从旅馆我所在的一侧看不见向南的道路，那条路通往我本来想去的阿卡姆。

当我犹豫不决地思考着应该在什么时候去撞开北侧的连接门、如何能够最大限度地降低响动时，我发觉楼下模糊的交谈声消失了，取而代之的是又一阵更沉重的楼梯吱嘎声。摇曳的光线从气窗照进房间，巨大的负荷压得走廊地板吱嘎呻吟。也许是说话声的发闷声音逐渐接近，最后，我的房门上响起了重重的敲门声。

有那么一瞬间，我只是屏息等待。漫长如永恒的时间悄然过去，周围空气中令人反胃的鱼腥味似乎突然加重了无数倍。敲门声再次响起——持续不断，坚持不懈。我知道必须采取行动了，于是拨开北侧连接门上的插销，鼓足力量准备开始撞门。敲门声越来越响，我希望它的音量足以盖住撞门的响动。一次又一次，我用左肩撞击并不厚实的门板，对惊恐和疼痛置之不理。连接门比想象中坚固，但我没有放弃。与此同时，门外变得越来越喧闹。

连接门终于被撞开，我知道外面不可能没有听见那一声巨响。敲门声立刻变成了猛烈的撞击声，左右两侧房间面向走廊的门上同时不祥地响起了钥匙插进锁眼的声音。我跑过刚撞开的连接门，成功地在门锁被打开前插好了北侧房间走廊门上的插销，随即听见有人用万能钥匙开第三个房间的走廊门，而我正打算从这个房间的窗户跳向底下的屋顶。

那一刻我感觉到了彻底的绝望，因为我被困在了一个不可能通过窗户逃脱的房间里。手电筒照亮了企图从这里闯进我房间的入侵者在灰尘中留下的可怖而难以解释的独特印痕，异乎寻常的恐惧如波涛般吞没了我。尽管已经丧失了希望，但我在恍惚中不由自主地冲向了下一扇连接门，盲目地试着推了一把，希望能穿过这扇门，在走廊门从外面被打开前插上插销——当然了，前提是门上的锁具和此刻所在这个房间的锁具一样结实。

运气给我的死刑判了缓期执行，因为这扇连接门不但没有上锁，事实上只是虚掩着。片刻之后，我穿过这扇门，用右膝和肩膀抵住正在向内徐徐打开的走廊门。我显然打了对方一个猝不及防，因为这一推就把门关上了，我转身就插上了依然完好的插销，赢得了片刻喘息之机。另外两扇门上的砸门声逐渐停止，而我用床架顶住的连接门上响起了不明所以的拨弄声。大部分追逐者显然已经进入南侧的房间，正准备发动下一波攻击。与此同时，北侧隔壁房间的门上响起了万能钥匙开锁的声音，我知道更近的危险就在身边。

向北的连接门已经打开，但我没有时间去考虑走廊门上即将打开的门锁，能做的只有关上并插好这扇和对面那扇连接门，用床架顶住一扇，用衣橱顶住另一扇，再用脸盆架顶住走廊门。我只能寄希望于这些临时的堡垒能够保护我，直到我跳出窗户，站上佩因街那些大楼的屋顶。然而，尽管身处这个生死攸关的时刻，最让我害怕的却不是薄弱的防御措施。我之所以浑身颤抖，是因为那些追逐者只以不规律的间隔可怖地喘息、咕哝和隐约吠叫，没有从嘴里发出任何清晰或我能理解的声音。

搬动家具和跑向窗户的时候，我听见走廊里传来了奔向北侧房间的可怖脚步声，意识到南侧房间的撞门声已经停止。很显然，敌人打算集合优势力量，对薄弱的连接门发动攻击，因为他们知道，打开这扇门就能直接抓住我。月光照亮底下那些房屋的房梁，窗户下的落脚点位于陡峭的斜屋顶上，跳下去将极为危险。

权衡情况之后，我选择从两扇窗户中靠南的一扇逃生，计划落在底下屋顶向内的坡面上，然后径直奔向最近的天窗。进入那幢古老的红砖大楼后，我就必须应对敌人的追赶。一旦回到地面，我希望能靠阴影下庭院里的那些门洞躲过追逐者，最终跑上华盛顿街，向南一路逃出印斯茅斯。

北侧连接门上的咔哒声响得令我胆寒，我看见薄弱的门板已经开裂。攻击者显然搬起了某种沉重的物体，将其当作攻城槌使用。但床架卡得很牢，因此我还有一丝微弱的机会能够安全逃脱。打开窗户时，我发现两侧各有一条厚实的天鹅绒帷帘用铜环挂在窗帘杆上，窗外还有个用于固定百叶窗的大号挂钩。我想到了一个办法，这么做就不需要冒着危险直接跳下去了。我使劲将帷帘和窗帘杆一起拽下来，把两个铜环卡在挂钩上，将帷帘扔出窗户。厚实的帷帘一直垂到旁边一幢大楼的屋顶上，铜环和挂钩应该能承受我的体重，于是爬出窗户，顺着临时绳梯爬了下去，将充满病态恐怖的吉尔曼客栈永远抛在身后。

我安全地踏上陡峭屋顶的松脱瓦片，成功地跑到黑乎乎的天窗前，脚下一次也没有打滑。我抬头望向刚才逃出的那扇窗户，发现房间里依然一片漆黑，而沿着风化崩裂的诸多烟囱望向北方，我看见大衮密教礼堂、浸信会教堂和记忆中令我不寒而栗的公理会教堂都射出了不祥的光线。底下的庭院似乎空无一人，我希望能在引起大规模的警觉前逃出镇子。我点亮手电筒，照进天窗，发现里面没有通向下方的楼梯。还好屋顶并不高，我爬进天窗，跳了下去，落在满是破纸箱和木桶的积灰地板上。

这里看上去阴森可怖，但我早已不在乎这种观感了，拔腿跑向手电筒照亮的楼梯——匆忙间我看了一眼手表，发现此刻是凌晨2点。楼梯吱嘎作响，但似乎还算结实，我跑过可能是仓房的二楼来到底层。大楼里空无一人，只有回音在响应我的脚步声。我终于跑到了门厅，另一头是个微微发光的矩形，那就是通往佩因街的大门。我选择了另一个方向，发现后门同样敞开着，我冲出后门，跑下五级石阶，踏上了野草丛生的鹅卵石庭院。

月光没有照进庭院，但我不需要手电筒也能大致看见逃生之路。吉尔曼客栈那一侧有几扇窗户透出了微弱的光线，我仿佛听见旅馆里传出了纷乱的声响，所以蹑手蹑脚地走向庭院靠近华盛顿街的一侧，看见几扇敞开的门，选择了离我最近的一扇门。里面的走廊漆黑一片，走到尽头我发现通往街道的大门封死了。我决定换一幢建筑物试试运气，摸索着按原路返回庭院，但在接近门洞时停下了脚步。

吉尔曼客栈的一扇侧门中涌出了一大群可疑的黑影，提灯在黑暗中上下跃动，可怖的嘶哑嗓音配上低沉的吼声彼此交谈，使用的语言绝非英语。那些黑影犹豫不决地左右移动，我意识到他们不知道我的去向，不禁松了一口气。即便如此，我依然被吓得浑身颤抖。我看不清他们的面容，但佝偻的身形和蹒跚的步态都无比令人厌恶。最可怕的是，其中一个黑影身穿怪异的罩袍，头上无疑戴着我非常熟悉的高耸冕饰。那些黑影在庭院里散开，我的恐惧开始强烈。要是在这幢建筑物里找不到通往街道的出口怎么办？鱼腥味让我反胃，我害怕自己会被它呛得晕厥过去。我再次摸索着走向街道，推开走廊上的一道房门，走进一个空荡荡的房间，房间里的窗户没有窗框，百叶窗拉得严严实实。我用手电筒照亮，拨弄片刻后发现能打开。没几秒钟，我就爬出了窗户，小心翼翼地按原样重新拉好百叶窗。

我来到华盛顿街，暂时没有看见任何活物和除月光外的任何光线。远处从好几个方向传来了嘶哑嗓音、脚步声和一种不太像脚步声的怪异足音。显然没有时间可以让我浪费，我很清楚东西南北的方位，还好所有路灯都关闭了，这算是不太富裕的乡村地区的习俗，每逢月光强烈的夜晚就关闭路灯。南方传来一些声音，但我没有放弃从那个方向逃跑的计划。我知道路边有足够多的废弃房屋，万一遇到疑似追逐者的个人或群体，我可以借助门洞遮蔽身形。

我贴着废弃的房屋尽量轻手轻脚地快步前进。我没戴帽子，爬高摸低又害得我衣冠不整，因此看上去并不特别惹眼。就算遇到夜间的行路人，应该也能自然而然地蒙混过关。来到贝茨街，我躲进一幢房屋黑洞洞的前厅，等两条人影在我前方蹒跚而过后继续前进，很快来到了艾略特街斜向穿过华盛顿街和南大街交汇点的开阔路口。我没来过这里，但从百货店小伙子的地图来看，这是个危险场所，毕竟月光将此处照得一览无余。我不可能避开这个路口，因为其他路径都必须绕道，不但有可能被敌人发现，还会浪费宝贵的时间。唯一的办法就是鼓起勇气，堂而皇之地走过去，尽量模仿印斯茅斯人典型的蹒跚步态，寄希望于没有其他人在场，或者至少别被没有追赶我的人看见。

追击者有多少人、范围有多大、出于何种目的，都是我无从了解的谜题。这个镇子里似乎有什么不寻常的事正在发生，但与我逃出吉尔曼客栈无关。我必须尽快从华盛顿街躲到通向南方的其他街道上，因为旅馆里的那帮人无疑正在追赶我。肯定是在最后进入的那幢旧建筑物里的积灰地面上留下了脚印，他们会知道我是如何逃到街道上的。

不出所料，月光完全照亮了这片开阔空间。我看见中央地带是铁栏杆围绕的绿地，似乎是个公园的遗迹。还好附近没有其他人，但镇广场方向传来了某种怪异的嗡嗡声或呼啸声。南大街非常宽，平缓的下坡路径直通向水滨，能够望到海面上很远的地方。我在明亮的月光下穿过南大街，希望不会有人恰好抬头望向这个路口。

一路上没有遇到任何阻碍，也没有听见意味着有人瞅见我的警示性声音。我四下里张望了一圈，不由自主地暂时放慢脚步，看着街道尽头熠熠月光下的大海。防波堤外的远处能隐约望见恶魔礁的黑色线条，看到的那个瞬间，我忍不住想到了过去三十四个小时内听见的种种恐怖传说，这些故事将那道参差的礁石描述成了一道真实存在的大门，通向无法言喻的恐怖和难以想象的反常。

就在这时，遥远的礁石上毫无预兆地亮起了明灭的闪光。闪光确实存在，我不可能看错，盲目的恐惧顿时充斥脑海，超越了一切理性的思维。惊恐之下，我的肌肉自行绷紧，企图拔腿就跑，只是因为潜意识中还存在谨慎，同时近乎被闪光催眠，我才勉强留在了原处。更糟糕的是，身后东北方向吉尔曼客栈的屋顶上也亮起了闪光，与礁石上的光颇为相似，但间隔步调有所不同，无疑是一种应答信号。

我控制住身体的肌肉，再一次意识到自己多么容易被发现，于是加快步伐，继续假装蹒跚地向前走去。但只要我还在南大街的这片开阔空间上，眼睛就始终盯着那不祥的可怖礁石。我无从想象这个情形究竟意味着什么，莫非它和恶魔礁上的某种怪异仪式有关？抑或是有人乘船登上了那道险恶的岩礁？我绕着废弃的绿地向左转，眼睛望着大海。宛若幽魂的夏日月光下，海面泛起点点波光。无可名状、难以解释的信号仍在神秘地明灭闪烁。

就是在这个时刻，最恐怖的景象映入我的眼底，这个景象摧毁了我最后一丝控制自我的能力，我发疯似的向南狂奔，经过噩梦般的荒弃街道上一个又一个黑乎乎的门洞和瞪着死鱼眼的窗户。我仔细查看礁石和海岸间被月光照亮的海面，发现那里远非空无一物：海面上有一大群黑影正朝镇子的方向游来！尽管距离遥远，我也只瞥见了短短一瞬间，但看得出那些起起落落的头部和挥舞划水的手臂都怪异、畸形得难以用语言表达，甚至无法在意识中形成概念。

没等跑完一个街区，我就停下了发狂般逃窜的步伐，因为左边响起了仿佛有组织追逐的喧闹和叫喊声。我听见脚步声、从喉咙深处发出的吼叫声和"嗵嗵嗵"的汽车马达声沿着南面的联邦街传来。半秒钟后，我放弃了先前的全盘计划，因为向南的公路在前方被截断了，必须另想办法离开印斯茅斯。我停下脚步，钻进一个黑乎乎的门洞，心想真是运气不错，能够在追逐者沿着平行街道赶上来之前离开月光下的那片开阔空间。

转念一想，我就没那么镇定了，因为追逐者是顺着另一条街道跑来的，他们显然并没有直接跟着我，想必没有看见我，只是按照某个大致计划在切断我的逃跑路径。这意味着离开印斯茅斯的所有道路都有类似的队伍巡逻，因为镇民不可能知道我打算走哪条路离开。假如确实如此，我就得避开所有道路，穿过乡野逃跑。但印斯茅斯附近遍布沼泽地和错综复杂的溪流，我该怎么做到这一点呢？大脑有一瞬间停止了工作，不但因为彻底绝望，也因为无处不在的鱼腥味突然变得异常浓烈。

这时我想到了通往罗利的废弃铁轨，铺着道碴的坚实路基杂草丛生，从河谷旁年久失修的火车站朝西北方向延伸。镇民或许没有想到这条路，因为那里荒弃多年，遍地荆棘，几乎无法通过，一个急于逃跑的人最不可能选择的途径就是它。我曾在旅馆窗口清楚地看见过，也记得铁轨的走向。有一点不利因素是从罗利路和镇子的高处能看见铁轨刚开始的一段长度,但我似乎可以不为人知地在灌木丛中爬完那段路程。总而言之,那是我逃命的唯一机会,除了尝试之外别无他法。

我退回藏身之处的荒弃门厅,在手电筒的帮助下再次查看百货店小伙子给的地图。摆在眼前的难题是该如何前往那条旧铁轨,我发现最安全的途径是向前到巴布森街,然后向西到拉法耶街,沿着边缘绕过类似先前穿越的那个路口的一片开阔空间,接着向北和向西以之字形穿过拉法耶街、贝茨街、亚当斯街和紧贴河谷的河岸街,来到我在旅馆窗口看见过的行将坍塌的火车站。之所以要向前去巴布森街,是因为我既不想再次穿过先前那片开阔空间,也不想沿着像南大街那样宽阔的交叉街道向西走。

我重新出发,过街来到马路右侧,想偷偷地绕上巴布森街。联邦街依然嘈杂一片,向后望去,我所离开的那座建筑物附近有一道亮光。我急于离开华盛顿街,因此悄无声息地小跑起来,希望靠运气躲过追逐者的视线。来到巴布森街的路口,我惊慌地发现有一幢房屋依然有人居住,这是凭借窗口挂着帷帘推测出的结论,但室内没有灯光,因此我无灾无难地跑了过去。

巴布森街与联邦街交叉,有可能会让我暴露在追逐者的视线下,因此我尽可能地贴着不平整的破败墙面行走。有两次我听见背后的响动忽然变成喧闹,因此钻进门洞暂时躲藏。前方月光下的开阔空间空无一人,但我选择的路线并不需要穿过它。第二次停下的时候,我觉察到模糊响动的分布有了变化,所以小心翼翼地从暗处向外张望，看见一辆汽车穿过开阔空间，沿着艾略特街疾驰而去，艾略特街在这里与巴布森街和拉法耶街交汇。

鱼腥味在短暂消退后又突然浓烈得呛人，就在我的注视下，几条弯腰驼背的笨拙黑影从同一个方向蹒跚而来。我知道他们肯定在把守通往伊普斯威奇的道路，因为艾略特街就是那条公路的延伸段。我看见两条黑影身穿宽大的长袍，其中之一头戴高耸的冕饰，在月光下闪着白色辉光。这条黑影的步态过于怪异，看得我寒毛直竖，因为它几乎在蹦跳而行。

等这群人的最后一个离开视线，我继续踏上征程，拐弯跑上拉法耶街，以最快速度穿过艾略特街，以免沿着大路向前走的那群家伙里还有人缀在后面。我确实听见从镇广场方向远远地传来一些嘶哑叫声和咔哒怪声，但还是平安无事地跑完了这段路。我最害怕的事情是再次穿过月光照耀下的南大街，同时被迫看见海上的情形，我必须鼓足勇气才能完成这项考验。经过这里很容易被人瞥见，艾略特街上的蹒跚行者无论从街头还是街尾都能一眼看见我。最后一刻，我决定应该放慢步伐，学着印斯茅斯本地人的蹒跚步态穿过路口。

海面再次展现在眼前，这次位于我的右边，我半心半意地决定绝不望向那里，但实在无法抵抗诱惑，一边小心翼翼地模仿蹒跚步态走向前方能够隐蔽身形的暗处，一边偷偷地扭头看了一眼。我本以为会看见较大的船只，实际上却没有。首先吸引住视线的是一艘小舟，载着用油布遮得严严实实的某种沉重东西驶向废弃的码头。尽管隔了很远,我也看不太清,但桨手的样子特别令人厌恶。海里还能分辨出几个游水者,远处礁石上有一团微弱但稳定的辉光,与先前闪烁的信号毫无相似之处,我无法清楚分辨它怪异的颜色。前方和右侧的斜屋顶之上,吉尔曼客栈的屋顶阴森耸立,整幢大楼都漆黑一片。刚才被微风吹散的鱼腥味再次聚拢过来,浓烈得几乎令人发疯。

我还没来得及穿过街道,就听见一群人咕咕哝哝地沿着华盛顿街从北面走来。他们来到开阔的路口,也就是我第一次借着月光看见海面上那可怖景象的地方,和我仅有一个街区的距离,我惊恐地注意到他们的面孔畸形得仿佛兽类,弯腰驼背的步态更像低于人类的犬科动物。一个男人的动作完全属于猿猴,长长的手臂时常碰到地面。另一个男人身穿长袍,头戴冕饰,完全是在蹦跳前行。我猜我在吉尔曼客栈的庭院里见到的就是他们,那群追我追得最紧的人。他们中有几条黑影望向我,吓得我几乎无法动弹,但还是勉强保持住了漫不经心的蹒跚步态。直到今天,我还是不知道他们到底有没有看见我。假如看见了,那我的计谋肯定成功地骗过了他们,因为他们没有改变路线,而是径直穿过了月光下的开阔空间,边走边用某种可憎的沙哑喉音说着我听不懂的语言。

重新回到暗处,我继续弯腰小跑,将一排茫然瞪视夜色的歪斜衰老的房屋甩在身后。我穿到向西的人行道,绕过最近的街角,来到贝茨街上,贴着南侧的建筑物向前走。我经过两幢显示出有人居住的迹象的房屋——其中一幢的楼上隐约亮着灯光——但没有遇到任何障碍。拐上亚当斯街，我感觉安全多了，但一个男人忽然从前方黑乎乎的门洞走出来，吓得我魂不附体。事实证明是他醉得太厉害，无法构成任何威胁。我终于安全地来到了河岸街的废弃仓库区。

河谷旁的这条街道一片死寂，没有人搅扰它的安宁，瀑布的咆哮声吞没了我的脚步声。到废弃的火车站还需要猫着腰跑很长一段路，身旁仓库的砖砌高墙似乎比私人住宅的门脸更加让人害怕。我总算看见了火车站（更确切地说，火车站的废墟）古老的拱廊建筑，马上径直跑向从火车站另一头向外延伸的铁轨。

铁轨锈迹斑斑，但大体上完好无损，彻底朽烂的枕木还不到一半。在这样的地面上无论跑还是走都非常困难，但我依然尽力前行，总的来说走得不算太慢。跟随铁轨贴着河谷走了一段，最终我来到了那座长长的廊桥前，它从令人眩晕的高度跨越深沟。廊桥的完好程度将决定我的下一步行动，假如它能承受一个人的重量，那我就从桥上过去，假如不行，那就必须冒险穿过街道，从离这里最近的公路桥过河。

古老的桥梁宽阔如谷仓，在月光下闪着诡异的银光，我看见枕木至少在最近几英尺之内还很完整。我走进廊桥，打开手电筒，受惊的成群蝙蝠险些撞倒我。走到一半，我看见枕木上有个危险的缺口，有一瞬间害怕它会挡住我，但最后我冒险一跃，成功地越过了那个缺口。

从恐怖隧道的另一头钻出来，再次见到月光让我欣喜。旧铁轨与河流街在地面交叉而过后就进入了越来越乡野的地区，印斯茅斯那恶心的鱼腥味渐渐变淡。野草和荆棘蓬勃生长，阻挡着我的脚步，无情地撕扯我的衣衫，但我反而很喜欢它们，因为万一遇到危险，可以靠它们遮蔽身形。我知道从罗利路能看清这条逃生路径的很长一段。

沼泽地很快出现在前方，单条铁轨建在低矮的路基上，上面的杂草比刚才要稀疏一些。接下来我经过了一片地势较高的土地，铁轨穿过一道很浅的明沟，沟里长满灌木和荆棘。我很高兴能遇到这段遮掩物，因为根据先前从旅馆窗口看见的，罗利路在这附近与铁轨近得令人心惊，到明沟的尽头与铁轨交叉而过后转向，间距变得相对较为安全，但目前我必须极为谨慎才行。走到这里，我已经能够确定铁轨确实无人看守了。

即将进入明沟的时候，我扭头向后张望，没有发现追逐者。有魔力的黄色月光下，衰败的印斯茅斯的古老尖塔和屋顶美丽而虚幻地闪闪发亮，我不禁想着它们在阴影降临前的旧时代里会是什么样子。我的视线从镇区转向内陆，一些不那么平静的景象虏获了我的注意力，顿时吓得我无法动弹。

我看见的（或者是我幻想自己看见的）是南方远处隐隐约约的某种起伏骚动。这种隐约感觉让我得出结论：有数量庞大的一群人涌出了印斯茅斯，正沿着伊普斯威奇路向前走。距离毕竟太远，我分辨不出任何细节，但非常厌恶那伙人移动的样子，那些身影起伏得过于厉害；在逐渐西沉的月亮照耀下，它们反射的光线也过于强烈。尽管风向恰好相反，但我似乎还听见了一些声音，那是野兽的抓挠和嘶吼声，比不久前偷听到的喃喃交谈声更加恐怖。

各种各样令人不快的猜测掠过脑海。我想到传闻中身体极度变形的印斯茅斯镇民，据说他们躲藏在海边已有上百年历史的摇摇欲坠的贫民窟里。我还想到了那些无可名状的游水者，心算着到现在为止见过的搜寻者，加上按理说封锁了其他道路的那些人——对印斯茅斯这么一个人烟稀少的镇子来说，追逐者的数量未免多得有些奇怪。

此刻我见到的为数众多的这群人，他们究竟从何而来？无人探访的古老贫民窟里难道确实挤满了身体畸形、未曾登记、不为人知的生命？抑或是有一艘大船偷偷摸摸地将未知的外来者成群结队地送上了那片恐怖的礁石？他们是谁？为什么会出现在这里？假如有这么大的一群人在扫荡伊普斯威奇路，那么其他道路上的盘查力量是否也会相应增加？

我钻进灌木丛生的明沟，艰难而缓慢地向前跋涉，该死的鱼腥味再次变得浓烈呛人。是风忽然转向东方，变成从海面吹过镇区了吗？肯定是这样，因为我听见那个先前一片沉寂的方向，飘来了令人惊骇的咯咯喉音，其中还夹杂着另一种响亮的声音，那是一种大规模的扑打或拍击声，能够唤起最令人厌恶的怪异想象，让我毫无逻辑地想到了远在伊普斯威奇路的那一大群搜寻者。

臭味变得越发浓烈，怪声也越发响亮，我颤抖着停下脚步，庆幸明沟遮掩了我的身体。这时我想到，罗利路到这里与旧铁轨挨得很近，在不远处交叉而过后向西延伸。有什么东西沿着罗利路走近了，我必须趴在地上，等他们过去并消失在远处后再起来。谢天谢地，这些怪物没有带狗来追踪我。不过话说回来，鱼腥味笼罩了整个地区，狗恐怕闻不到其他的气味。我趴在沙质沟壑里的灌木丛中，心知那些搜索者就在前方一百码开外穿过铁路。我能够看见他们，但他们看不见我，除非命运对我开个恶意的玩笑。

与此同时，我又害怕看见他们穿过铁轨。他们即将从那里蜂拥而过，我盯着月光照耀下的明沟开口，奇怪地想到这片空间会遭到无可逆转的污染。他们是印斯茅斯怪人里最恐怖的一群，是人们甚至不愿记住的一些魔物。

恶臭强烈得不堪忍受，怪声变成了兽类的嘈杂合奏，那些嘎嘎叫嚣和呜呜嘶吼与人类语言毫无形似之处。它们难道真是追逐者的交谈声？追逐者真的没有带狗吗？直到此刻，我没有在印斯茅斯见过任何低等动物。那种扑打或拍击声简直丑恶莫名，我无法认为发出那声音的是那些退化的生灵，情愿紧闭双眼，直到声音彻底在西面消失。那群人非常近了，空气中弥漫着恶臭和嘶哑的吼声，节奏怪异的步点踩得大地都在微微颤动。我几乎无法呼吸，凝聚起所有的意志力，迫使自己合上眼皮。

我甚至不愿评论接下来发生的事情究竟是丑恶的现实还是噩梦的幻象。在我疯狂的呼吁后，政府最近采取的行动倾向于证明那是恐怖的事实，但被阴影笼罩的古老镇子拥有一种近乎催眠的魔力，在它的作用下，怪异的幻象难道不会重复出现吗？这种地方往往有着怪异的特质，置身于恶臭弥漫的死寂街道之上，被朽烂的屋顶和崩塌的尖塔重重包围，流传已久的荒诞奇谈会影响不止一个人的想象力。传染某种疯病的病菌潜藏在笼罩印斯茅斯的阴影深处，这种可能性难道不存在吗？听过老扎多克·艾伦讲述的那些故事后，谁敢保证他耳闻目睹的就是现实呢？政府人员始终没能找到可怜的扎多克，也无从推测他遭遇了什么样的命运。谁知道疯狂在何处结束，现实又从哪里开始？我最后体验到的恐怖，难道不可能也只是幻觉吗？

但我必须说出那晚我自认为在嘲弄现实的黄色月光下见到的画面：我趴在废弃铁轨所在明沟的野生灌木丛中，望着正前方的罗利路，清清楚楚地看见了怪物的涌动和跳跃。尽管我下定决心要闭紧双眼，但终究没有成功。那是命中注定的失败：一群吱嘎怪叫的未知怪物闹哄哄地扑腾在顶多一百码开外的前方，谁能真的紧闭双眼趴在地上？

我以为自己对最可怖的情形做好了准备，考虑到已经见过的东西，我实在也应该准备好了迎接这一切。先前那些追逐者已经畸形得该遭天谴，因此我难道不该准备好面对更加畸形的一群怪物吗？难道不该看见完全没有掺杂半分正常的一些形体吗？我等到正前方的喧嚣已经迫在眉睫才睁开眼睛。铁轨与道路交叉的地方，明沟的两侧向外铺平伸展，因此我知道肯定能看见队伍中很长的一部分。这时候我已经克制不住自己，想看一眼斜射的黄色月光为我展示了什么样的恐怖景象。

无论我在大地表面还要存在多久，这一眼都结束了我所有的内心平静，还有我对大自然和人类心智的完整性的信心。就算我从字面意义相信了老扎多克的癫狂故事，我的一切想象也绝对不可能比得上亲眼看见或自认目睹的地狱般的渎神现实。先前我试图转弯抹角地暗示那些究竟是什么东西，只是为了推迟用文字描述它们所带来的恐惧。这颗星球难道真有可能孕育出如此可怖的邪魔？这些怪物迄今为止都只存在于热病幻想和缥缈传说之中，人类的眼睛难道真有可能见到以客观肉体存在的它们？

然而，我确实看见它们在前方川流不息地经过——扑腾、跳跃、吱嘎嘶吼、哑声怪叫——非人类的身影向前涌动，在幽魂般的月光下仿佛跳着噩梦般光怪陆离的邪恶舞步。其中一些头戴无可名状的白色金质金属打造的高耸冕饰，另一些身穿怪异的罩袍。走在最前面的一个裹着黑色大衣和条纹长裤，像食尸鬼似的拱起后背，一顶男式毡帽扣在应该是头部的奇形怪状的物体上。

它们身体的主色调是灰绿色，腹部发白。身上看起来黏糊糊的，闪闪发亮，但背脊中央长有鳞片。它们的体型证明了自己可能是两栖动物，但头部更像鱼类，突出的眼睛从不闭上。颈部两侧有颤抖不已的鳃片，长长的脚爪之间生有蹼片。它们跳跃的动作不甚规则，有时两腿着地，有时四足发力——还好它们的肢体不多于四条。嘶哑的吠叫声显然是一种语言，能够传递茫然瞪视的面部无法表达的阴暗情绪。

可是，这些可怖特征对我来说却并不陌生。我很清楚它们究竟是什么，因为我依然清楚地记得在纽伯里波特见到的那顶邪恶冕饰。冕饰上无可名状的图案里有一些渎神的鱼蛙魔怪——活生生的恐怖邪物——此刻看见它们，我终于想到教堂地下室里那个头戴冕饰的驼背教士激起了什么样的骇人回忆。它们的数量不计其数，整支涌动的队伍仿佛没有尽头，我那短暂的一瞥当然只见到了其中的一小部分。下一个瞬间，上帝仁慈地让我昏厥过去，湮灭了我眼中的一切。这是我生平第一次晕倒。

— 5 —

我倒在灌木丛生的铁轨明沟里，蒙蒙细雨唤醒我时已是白昼，我踉跄着走上铁轨，却没有在已成泥泞的地面上发现任何脚印。鱼腥味同样荡然无存。印斯茅斯的废弃屋顶和坍塌尖塔在东南方向灰蒙蒙地悄然耸立，无论朝哪个方向张望，这片孤寂的盐沼里都没有任何活物。我的表还在走，告诉我时间已经过了正午。

先前那段经历的真实性在我心中高度可疑，但我能感觉到某种丑恶之物在幕后悄然隐藏。我必须逃出被邪恶阴影笼罩的印斯茅斯——有了这个念头，我开始尝试活动僵硬而疲惫的肌肉。尽管我虚弱无力、饥肠辘辘、惊恐困惑，但休息良久之后，我发现自己可以行走了，便沿着泥泞的道路慢慢地走向罗利，在傍晚前来到一个村庄，饱餐一顿后弄了身能够见人的衣物。我搭夜班列车前往阿卡姆。第二天，我找到阿卡姆的政府官员，做了一番长时间的恳谈，后来我在波士顿也重复了同样的流程。那几次交涉的主要结果如今已经为公众所知。为了能够恢复正常的生活，我希望不需要再多说什么。或许是疯狂正在逐渐侵蚀我，但也可能是更大的恐怖（或奇迹）正在降临。

不难想象，我放弃了剩余行程中计划好的大部分活动——欣赏风景、建筑物和古物，我曾对这些活动寄予厚望。我也不敢去米斯卡托尼克大学博物馆，观看据说收藏在博物馆内的怪异珠宝。然而，逗留在阿卡姆的这段日子我没有浪费，收集了一些族谱资料，这是我早就想做的一件事情。这些资料收集得仓促而粗糙，但等找到时间对比核实和编撰成文，肯定能派上很大用场。阿卡姆历史协会的馆长是E.拉普汉姆·皮博迪先生，他慷慨地提供了大量帮助。听说我是阿卡姆人士艾丽莎·奥尼的孙子，他表现出了不寻常的兴趣。她出生于1867年，十七岁时嫁给了俄亥俄人詹姆斯·威廉姆逊。

许多年前，我的一个舅舅似乎也做过类似的调查，我外祖母的家族曾经是当地人的热议话题。皮博迪先生说，我外祖母的父亲本杰明·奥尼在内战结束后不久成婚，引来了颇为可观的议论，因为新娘的族系非常可疑。新娘据称是新罕布什尔州马什家族的孤女，这个家族是埃塞克斯郡马什家族的表亲，但她在法国接受教育，对家族的情况几乎一无所知。一名监护人在波士顿的一家银行存入资金，供她和她的法国家庭女教师维持生活，但阿卡姆人从没听说过那位监护人的名字，而且那人很快就消失得无影无踪，家庭女教师经法院指派后接替了这个角色。这位法国女士早已去世，在世时也是沉默寡言，据说她知道得很多，只是不喜欢多嘴多舌。

最令人困惑的是，这位年轻女士记录在案的父母是伊诺克·马什和莱迪亚·马什（婚前姓麦泽夫），但在新罕布什尔的已知家族中却找不到这两个人。很多人认为，她恐怕是马什家族某位显赫人物的私生女儿，因为她确实长着一双马什家族特有的眼睛。她在生下我祖母时早早去世——我祖母是她唯一的孩子——这些疑惑也就随之烟消云散了。马什这个姓氏给我留下了许多不愉快的记忆，得知它也在我本人的族谱之中，我当然不会高兴。更加让我不悦的是皮博迪先生暗示我同样长着一双马什家族特有的眼睛。不过，能够得到这些资料，我依然心怀感激，因为我知道它们迟早会派上用场。奥尼家族的档案非常齐全，我做了大量的笔记并抄录了参考书籍的清单。

我从波士顿直接返回托莱多的家中，又在毛密休养了一个月。9月，我回到奥柏林完成最后一年的学业，忙于研究和其他有益的活动，直到来年6月。只在政府官员偶尔造访时才会想起那段恐怖的经历，他们找我是因为我的呼吁和证据已经让政府启动了调查行动。7月中旬，印斯茅斯历险过去了整整一年，我前往克利夫兰，与已故母亲的家族过了一周。我带着新发掘出的族谱资料，对比他们保存的各种笔记、口述故事和家传物品，看看能建立起什么样的谱系图。

我并不怎么喜欢这项工作，因为威廉姆逊家族的气氛总是让我觉得抑郁。那里有一种病态的紧张压力，小时候我母亲从不鼓励我去探望她的父母，但她总是欢迎她父亲来托莱多做客。我出生于阿卡姆的外祖母总是让我有一种怪异甚至可怕的感觉，她的失踪似乎没有给我带来哀痛。当时我八岁，据说她是在我舅舅道格拉斯——也就是她的长子自杀后离家出走的。舅舅在游历新英格兰后饮弹自尽，毫无疑问，阿卡姆历史协会正是因为他的这趟旅程记住了他。

我这位舅舅的相貌酷似外祖母，我也同样一向不喜欢他。他们两人都有一种从不眨眼的瞪视表情，让我内心隐约有些说不出的惶惑不安。我母亲和另一个舅舅沃尔特不是这种长相，更像他们的父亲，但可怜的劳伦斯表弟——沃尔特的儿子——却活脱脱是他外祖母的翻版，后来还出了一些问题，永久性地在坎顿的一家精神病院隔离疗养。我有四年没见过他了，舅舅曾说他的精神和身体状态都很糟糕。对他的担忧是他母亲两年前去世的主要原因。

克利夫兰的屋子里现在只住着我外祖父和鳏居的沃尔特舅舅，旧日时光的回忆沉重地笼罩着两人。我依然不喜欢这个地方，尽量以最快速度完成调查。外祖父向我提供了威廉姆逊家族的大量记录和口述故事。至于奥尼家族的材料，我就只能依赖沃尔特舅舅了，他允许我随意处理他拥有的所有资料，包括笔记、信件、剪报、家传物品、照片和缩微胶片。

正是在查看奥尼家族的信件和照片时，我对自己的出身产生了一种恐惧感。如前所述，我的外祖母和道格拉斯舅舅一向让我心生不安。他们过世多年后的今天，我望着照片中他们的面容，厌恶和陌生的情绪越发高涨。刚开始我还不理解这样的变化从何而来，尽管我的意识坚决否认哪怕最细微的可能性，恐怖的对照还是逐渐侵入了我的潜意识。两张面孔的典型表情显然多了先前没有的一层意味，我越是深入思考，就越是陷入无法抵抗的惊恐惶惑。

沃尔特舅舅带我去市区的一个保管库，向我展示奥尼家族的祖传珠宝，也带来了最可怕的惊骇。大多数首饰非常精致漂亮，但另外还有一盒怪异的古老珠宝，是我神秘的曾外祖母传下来的，沃尔特舅舅甚至不太愿意拿给我看。他说这些珠宝奇形怪状，令人厌恶，他不记得曾经有人公开佩戴过它们，但我外祖母很喜欢欣赏这盒首饰。围绕着它们似乎有一些关于厄运的故事，我曾外祖母的法国家庭女教师说不该在新英格兰佩戴它们，但在欧洲佩戴就足够安全了。

我舅舅不情愿地慢慢拆开盒子的包装，告诉我不要被它们怪异甚至丑恶的形状吓住。见过这些珠宝的艺术家和考古学家都说做工无比精细，极具异域风情，但谁也无法确定它们究竟是什么材质、归类于哪种特定的艺术风格。盒子里有两个臂饰、一顶冕饰和一枚胸针，胸针上用浮雕刻画了某些几乎令人无法忍受的怪异身影。

听着他的描述，我努力控制自己的情绪，但表情肯定泄露了逐渐积累的恐惧。舅舅面露关切之色，停下拆包装的动作，打量我的神情。我示意他继续，他非常勉强地打开了盒子。出现在我眼前的第一件首饰是那顶冕饰，他大概料到我会有所反应，但没有估计到反应竟会那么剧烈。实际上我也没有想到，还自认已经有了足够的心理准备，能够接受即将揭晓的答案。我的反应是一声不响地昏厥过去，就像一年前在荆棘密布的铁轨明沟里失去知觉那样。

从那天开始，我的生活就变成了一场阴森可怖的噩梦，不知道其中有多少是丑恶的现实，又有多少是疯狂的幻觉。我的曾外祖母是来历不明的马什家族成员，她嫁给了一位阿卡姆人士。老扎多克难道没有说过，奥贝德·马什和一个畸形女人生下一个女儿，他哄骗一个阿卡姆男人娶了她？阿卡姆历史协会的馆长也说我长着一双马什家族特有的眼睛。奥贝德·马什难道就是我的曾曾外祖父？那么，我的曾曾外祖母又是什么人——或者，什么东西？不过，这些也许都是疯狂的想象。颜色发白的金质首饰也许只是我曾外祖母的父亲从某个印斯茅斯水手那里买来的。我的曾外祖母和自杀的舅舅的瞪视表情也许仅仅出自我的幻想——纯粹的幻想，而印斯茅斯的阴影严重地污染了我的想象力。但是，道格拉斯舅舅为什么会在新英格兰的寻根之旅后结束自己的生命呢？

接下来的两年多时间，我努力不去思索这些问题，但并不怎么成功。父亲帮我在一家保险公司安排了一个职位，我尽量将自己沉浸在琐碎的日常工作之中。然而，1930年到1931年的那个冬季，我开始做梦了。刚开始这些梦稀少而隐晦，但随着时间一周一周过去，它们变得越来越频繁和清晰。宽阔的水域在我面前展开，我徜徉于沉没在水底的巨型柱廊和水草漂扬的石墙迷宫之间，奇形怪状的鱼类陪伴着我。另一种身影随即开始浮现，我惊醒时内心总是充斥着无可名状的恐怖。可是，在梦中，它们并不让我觉得害怕，我是它们中的一员。我身穿它们非人类的服饰，走在它们水下的道路上，在它们邪恶的海底神庙中怪异莫名地膜拜祈祷。

梦中的细节太多，我无法记住所有内容，即便如此，假若我将自己每天清晨醒来时还记得的东西写在纸上，肯定会被鉴定为一个疯子或者一名天才。我感觉到，有些可怕的力量正在逐渐将我拖离理智的世界和健全的生活，进入黑暗和陌生的无名深渊。这个过程在我身上产生了强烈的效果。我的健康和外表逐步恶化，最后不得不放弃工作，过上了残疾者那种滞涩的避世生活。我落入某种怪异的神经性疾病的魔掌，发现自己有时候甚至无法闭上双眼。

也就在这段时间，我开始越来越惊恐地审视镜子里的自己。疾病缓慢侵蚀的结果本就不堪入目，但对我这个病例而言，变化背后还潜藏着一些更微妙、更令人困惑的因素。父亲似乎也注意到了，因为他注视我的眼神变得古怪，甚至称得上畏惧。我身上究竟发生了什么？难道我正越来越像我的外祖母和道格拉斯舅舅了吗？

某天夜里，我做了个可怕的噩梦，在海底遇到了我的外祖母。她居住在磷光闪烁的宫殿里，那里有许多柱廊，花园生长着散鳞状的怪异珊瑚和奇形怪状的腕状开花植物。她欢迎我的热忱态度中似乎含有一丝嘲讽。她已经转变了，和进入水中转变的其他人一样，她说她将长生不死。她去了她死去的儿子曾经知晓的一个地方，跃入了一个充满奇迹的国度，那里本来也是他命中注定要去的地方，他却用冒烟的手枪将自己关在了门外。那也将是我要去的国度，我无法逃避这个命运。我将永生不死，我将与之为伍的生物早在人类行走于地面上以前就活在了世间。

我还见到了她的祖母。Pth'thya-l'yi已经在Y'ha-nthlei生活了八万年，奥贝德·马什去世后，她返回了自己的家园。地表人类向深海发射死亡时，Y'ha-nthlei并没有被摧毁。它确实受到了伤害，但没有被摧毁。**深潜者**永远不可能被摧毁，就连早被遗忘的古老者的第三纪魔法也只是偶尔能够镇压它们。它们目前在休养生息，但迟早有一天，只要它们没有丧失记忆，就会再次浮出水面，获取伟大的克苏鲁渴求的祭品。下一次将是比印斯茅斯大得多的城市。它们曾经计划繁衍后代，培养能够帮助它们的力量，但现在它们必须再次等待。我给地表人类带来了死亡，必须为此悔过，但我的罪孽并不深重。正是在这个梦中，我第一次见到了修格斯，那一眼让我在疯狂尖叫中惊醒。这天早晨，镜子确凿无疑地告诉我，我已经拥有了印斯茅斯人的相貌。

我没有像道格拉斯舅舅那样自我了断。我买了一柄自动手枪，几乎走上那条道路，但某些特定的梦境拦住了我。极端紧张的恐慌心情在渐渐放松，我奇异地不再畏惧那未知的深海，而是受到它的吸引。我在梦中听见怪异的声音，做怪异的事情，醒来时内心不再惊恐，而是充满喜乐。我不认为我需要像大多数人那样等待彻底的变化。假如我继续等待，父亲多半会将我关进精神病院，领受我可怜的表弟那样的下场。闻所未闻的惊人奇迹在水下等着我，我很快就将前去寻找它们。咿呀，拉莱耶！Cthulhu fhtagn！咿呀！咿呀！不，我不会自杀——绝对不会因为这些而自杀！

我要协助表弟逃出坎顿的疯人院，我们将一起前往奇迹笼罩的印斯茅斯，游向海中那片阴森的礁石，潜入幽暗的深渊，抵达充满巨石和柱廊的Y'ha-nthlei。我们将回归深潜者的巢穴，永远地生活在奇迹和荣光之中。

超越时间之影

– *1* –

二十二年来,我生活在噩梦和惊恐之中,只有一个绝望的念头勉强支撑着我,那就是某些特定的印象完全源自虚构的神话。时至今天,我已经不敢保证 1935 年 7 月 17 日至 18 日我在西澳大利亚发现的事物是否真实存在了。我有理由希望我的经历完全或部分是一场幻觉——是的,我能找出不计其数的原因。然而,这段经历的真实性又过于可怖,我时常觉得那份希望如此虚无缥缈。假如那件事情确实发生过,那么人类就必须做好准备接受宇宙的真相和人类在沸腾的时间旋涡中所处的真正位置了,而仅仅提到这些就足以吓得你我无法动弹。人类还必须提高警惕,抵抗某种潜伏的危险,尽管它不可能吞噬整个物种,但足以对其中那些热爱冒险的成员构成恐怖得无法想象的威胁。正是出于这个原因,我必须以我的全部力量告诫世人,请放弃发掘那些不为人知的远古巨石遗迹的全部努力，我的探险队就曾前往这样一个地方进行勘察。

假如我确实精神正常、头脑清醒，那么那晚我的经历就从未在其他人类身上发生过。甚至可以说，它可怖地证明了我企图归结为神话和梦境的事物确实存在。幸运的是我没有证据，因为在逃跑时遗失了那件恐怖的东西。假如它是真的，也确实来自那个邪恶的深渊，就将构成无可辩驳的铁证。我独自遭遇了那段恐怖的经历，迄今为止也没有向任何人透露过。我无法阻止其他人朝这个方向挖掘，好在直到今天，运气和变动的流沙还没有让任何人发现它。现在我必须毫不含糊地做出一个声明，不但为了我本人的精神健康，也为了恳请文章的读者能够严肃对待此事。

我在载我回家的船舱里写下这些手稿，其中前半部分的大多数内容早已为大众和科学报刊的读者所熟知。我打算将手稿托付给我的儿子，米斯卡托尼克大学的温盖特·皮斯利教授。多年前我罹患怪异的遗忘症后，家中只有他对我不离不弃，同时也是最了解我的病症内情的人。假如我吐露那个命定夜晚所发生的一切，他是全世界所有活人里最不可能嘲笑我的。出海前我没有告诉他任何事情，因为我认为最好让他通过文字得知真相。比起听取我混乱的口头叙述，在闲暇时间翻阅和重读我的文字应该能产生更有说服力的印象。他可以用最合适的方式处理我的文稿——添加合适的评论，向任何有可能得到良好结果的人员展示。为了帮助不熟悉我早期遭遇的那些读者了解情况，我在揭开事实真相前撰写了颇为详尽的背景综述。

我叫纳撒尼尔·温盖特·皮斯利，假如你还记得十几年前的新闻或六七年前心理学杂志刊发的信件和文章，那就肯定知道我的身份和职业。报刊详细描述了我在1908年至1913年罹患的怪异遗忘症，大部分内容都是潜藏于当时和现在居住的马萨诸塞州古老小镇背后的恐怖、疯狂与巫术传统。必须声明，我的家系和早年生活中都毫无那些疯狂险恶之事的影子。有鉴于来自外部源头的阴影如此突兀地降临在我身上，这就更是一件极为重要的事情了。或许是几百年来的黑暗阴郁气氛带给流言缠绕的破败城镇阿卡姆，在面对这些阴影时增加了一种特别的脆弱性，但考虑到我后来研究过的另外一些事例，就连这一点也变得非常值得怀疑。不过我想说的重点是，我的祖辈和背景都完全正常。我遭遇的事物来自另一个地方，具体是哪里，到现在我也不愿用文字直接描述。

我的父亲是乔纳森·皮斯利，母亲是汉娜·皮斯利（原姓温盖特），双方都来自黑弗里耳地方血统优良的古老家族。我在黑弗里耳出生和成长，古老的家宅位于黄金山附近的鲍德曼街上，十八岁进入米斯卡托尼克大学后才第一次前往阿卡姆。那是1889年的事情。毕业后我在哈佛研究经济学，于1895年以政治经济学讲师身份返回米斯卡托尼克大学。接下来的十三年，我过着风平浪静的快乐生活。1896年，我与黑弗里耳人爱丽丝·凯泽成婚，我的三个孩子罗伯特·K.、温盖特和汉娜分别出生于1898年、1900年和1903年。1898年，我当上副教授，

1902年成为全职教授。我对神秘主义和变态心理学从未产生过任何兴趣。

1908年5月14日星期二，那场奇特的遗忘症降临在我身上。事情来得非常突然，后来回忆起发病前的几小时，我曾短暂地见到过一些模糊的幻象——幻象混乱无序，让我深感不安，因为这是前所未有的事情：这大概就是发病的前兆吧。我的头抽痛不已，有一种对我来说完全陌生的独特感觉，那就是有什么人企图侵占我的思想。

上午10点20分，我正在向一年级和少数二年级学生教授政治经济学的第六讲——经济学的历史和当前趋势。这时那种病症彻底发作了。我看见眼前出现了怪异的形状，觉得自己置身于一个奇特的房间中，而非现实中的教室。我的思绪和讲话偏离了上课的内容，学生们注意到我出了什么严重的问题。紧接着，我瘫坐在椅子里失去了知觉，谁也无法将我从昏迷中唤醒。等我的感官再次望见这个正常世界的阳光，时间已经过去了五年四个月零十三天。

接下来发生的事情当然都是其他人告诉我的。我被送回克雷恩街27号的家中，接受了最好的医疗看护，但在长达十六个半小时的时间内始终不省人事。5月15日凌晨3点，我睁开眼睛，开始说话，但没过多久，我的表情和语言的变化就彻底吓住了医生和我的家人。我明显无法回忆起我的身份和过往，但出于某些原因，我似乎急于掩盖这种记忆缺失。我的眼睛怪异地注视着身边的众人，面部肌肉的反射动作也变得全然陌生。

就连我说话也变得笨拙而怪异。我磕绊地尝试着使用发声器官，用词有一种奇特的矫饰特质，就好像我正在费力地按照书本学习英语。我的发音变得粗鄙而陌生，遣词造句似乎既包括奇异的古语，也包括极其难以理解的表达方式。后者尤其给众人留下了强烈甚至恐怖的印象，最年轻的一位外科医生直到二十年后还记得清清楚楚。过去这十年间，一个特定的短语逐渐流行起来，首先是在英格兰，后来是在美国，尽管这个短语非常复杂，而且无可辩驳的是个新词，但早在1908年，阿卡姆的一名奇特病人就使用过了这个神秘的词语。

我立刻恢复了身体力量，接着奇怪地花了大量时间重新学习使用手脚和身体的其他器官。因为这个，也因为失忆导致的另一些功能障碍，我不得不接受了一段时间严格的医学监护。企图掩饰症状的尝试失败后，我公开承认了自己的问题，如饥似渴地汲取各种各样的信息。事实上，在医生看来，我接受失忆症，将其视为一件自然而然的事情后，就对找回原先的人格丧失了兴趣。他们发现我将精力主要放在历史、科学、艺术、语言和民间传说的某些特定题目上，其中有一些极为深奥难懂，也有一些简单得仿佛儿戏。说来奇怪，许多孩童都知道的事实却不在我的意识之内。

另一方面，他们发现我难以解释地掌握了许多几乎不为人所知的知识，但我似乎更希望隐藏而不是展示自己对这些知识的通晓。我会在不经意间提到信史范围外的混沌纪元中的特定事件，见到人们脸上的惊讶表情后，我又会推说那只是开玩笑。

而我谈论未来的时候，有两三次使得听众惶恐不已。这些离奇的不得体表现很快就消失了，但认真观察的人觉得那是因为我学会了小心翼翼地加以掩饰，而不是忘却了它们背后的怪异知识。事实上，我异乎寻常地急于吸收这个时代的语言、风俗和思潮，就仿佛我是一名来自遥远异国的勤勉旅者。

得到允许后，我每时每刻都泡在大学图书馆里，很快就开始安排前往怪异地点的行程，并且在美国和欧洲的多所大学参加一些特别的课程，这在接下来的几年间引来了诸多非议。我从来不需要为缺乏学术交流而苦恼，因为我的病例在当时的心理学圈子里已经小有名气。我被当作第二人格的典型病例接受课堂研究，但偶尔表露出的怪异症状和小心掩饰的嘲讽神情却时常让演讲者困惑不已。

我几乎没有结交真正的朋友。我的外表和言辞中似乎有某种东西会在我遇到的每个人身上激起模糊的恐惧和厌恶感觉，就仿佛我已被彻底排除在了健康的正常人群之外。这个黑暗潜藏的恐怖念头与某种难以衡量的距离感联系在一起，无处不在且难以改变。我的家人也不例外。自从我怪异地苏醒以后，我妻子看我的眼神中就充满了极端的惊恐和厌恶，发誓说我是个彻头彻尾的陌生人，强行占据了她丈夫的身体。1910年，她向法院申请离婚成功，哪怕在1913年我恢复正常后，她依然不愿见我。我的长子和小女儿持有同样的看法，我从此再也没有见过他们。

只有我的次子温盖特似乎能够克服我的变化引起的恐惧和

厌恶。他确实觉得我是个陌生人，但即便如此，八年间依然坚信我能够恢复原先的自我。待我确实恢复之后，他找到我，法庭将他的监护权给了我。在接下来的这些年里，他协助我完成我受到驱使进行的研究，年仅三十五岁的他如今已是米斯卡托尼克大学的一位心理学教授了。我对自己引起的恐慌并不觉得奇怪，因为我非常确定，于1908年5月15日醒来的那个生物的意识、声音和面部表情，都不属于纳撒尼尔·温盖特·皮斯利。

至于本人从1908年到1913年的生活细节，就不多赘述了，读者很容易能够从旧报纸和科学期刊上读到所有的外在情况——我基本上也是这么做的。我得到许可使用自己名下的资金，而我花销得很慢，大体而言用得颇为明智，主要用于旅行和在多个研究中心学习。但是我的行程却非常独特，其中有前往偏僻遥远之处的长时间探访。1909年，我在喜马拉雅待了一个月，1911年我骑骆驼前往阿拉伯的未知沙漠时引来了大量关注。这些行程中究竟发生了什么，我永远也无法知晓。1912年夏季，我包下一艘船，航行至斯匹次卑尔根以北的北冰洋，事后表露出失望的种种情绪。当年晚些时候，我花了几个星期，独自在西弗吉尼亚的巨型石灰石岩洞系统中进行了一次空前绝后的探险，那片黑色迷宫无比错综复杂，试图追溯我的路线都是超乎想象的事情。

在各所大学逗留期间，我异乎寻常的学习速度给人们留下了深刻印象，第二人格似乎拥有远超我本人的智力。我自己也发现我的阅读和自学的速度堪称奇迹，随意翻阅一本书就能掌握其中的全部细节，而我在瞬息之间分析复杂图表的能力更是无人能及。偶尔甚至传出了一些恶意丑化的流言，称我拥有影响他人思想和行为的力量，但我对此非常谨慎，尽量不展露这种能力。

另一些流言称，与我过从甚密的人士中有多名神秘主义组织的领导者，还有据信与可憎而无可名状的远古世界祭司团体有关联的一些学者。这些传闻在当时从未得到证实，无疑源于我众所周知的阅读取向，一个人查阅各地图书馆的珍本书籍很难不引起其他人的注意。切实的证据也以页边笔记的形式存在，能够证明我仔细研读了一些书籍，其中包括埃雷特伯爵的《食尸异教》、路德维希·普林的《蠕虫秘典》、冯·容斯特的《不可描述的异教》《伊波恩之书》那令人困惑的残篇和阿拉伯疯人阿卜杜拉·阿尔哈萨德的恐怖著作《死灵之书》。另外，无可否认的是，在我发生奇异变化的那段时间里，确实有一波前所未有的邪恶地下异教活动在悄然展开。

1913年夏，我开始显现出倦怠和兴趣衰退的迹象，向多名关联人士暗示称，我身上即将发生变化。我提到早年生活的记忆正在逐渐恢复，但大多数听众认为我没有说实话，因为我提供的所有记忆都是琐碎小事，诸如此类的内容更有可能来自我以前的私人文件。8月中旬，我返回阿卡姆，重新住进克雷恩街上关闭已久的家宅，在这里独自装配了一台极为古怪的机器，所用零件来自欧洲和美国的数家科学仪器生产商。我小心翼翼地保守这个秘密，不让它出现在任何聪明得足以分析它的人面前。有几个人亲眼见过这台机器，包括一名工人、一名仆人和新来的管家，他们说机器奇特地混合了传动杆、飞轮和镜子，仅有两英尺高，一英尺宽，一英尺长。镶嵌在机器中央的是一块圆形凸面镜。能找到出处的零件的生产商也证实了这件事情。

9月26日星期五傍晚，我打发管家和女仆离开，请他们第二天中午再回来。屋子里的灯光直到很晚才熄灭，一名男子乘轿车登门拜访，他身材瘦削，皮肤黝黑，相貌古怪，像是个外国人。最后一次有人见到屋内的灯光是凌晨1点。凌晨2点15分，一名警察注意到陌生人的轿车还停在路边，但屋内已是一片黑暗。凌晨4点，那辆轿车已经开走。清晨6点，一个犹疑的外国人的声音打电话给威尔逊医生，请他前往我的住处，将我从某种特别的昏迷中唤醒。这是一通长途电话，后来追查到了波士顿市北车站的公共电话亭，那位瘦削的外国人自此再也没有露面。

医生来到我的住处，发现我不省人事地躺在客厅的安乐椅里，椅子前方支着一张桌子。抛光的桌面上有一些擦痕，说明曾经承载过某种沉重的物体。怪异的机器不见了，后来也没有听到过它的任何消息。毫无疑问，那个瘦削黝黑的外国人带走了它。图书馆的壁炉里有大量灰烬，证明自从罹患失忆症以后我写下的所有材料都被付之一炬。威尔逊医生发现我的呼吸很不正常，打过一针后才恢复了规律。

9月27日上午11点15分，我剧烈地扭动身体，一度呆板如面具的脸上开始出现表情。威尔逊医生判断这种表情不属于我的第二人格，更像来自我原本的自我。11点30分，我嘟囔着说出一些非常怪异的音节，这些音节似乎与所有的人类语言都毫无关联。我好像在和某种事物搏斗。刚过中午，管家和女仆已经回来了，我开始用英语喃喃自语："……作为所处时代的正统派经济学家，杰文斯代表了运用科学方法建立联系的流行思潮。他尝试将繁荣与衰落的经济循环与太阳黑子的活动周期联系在一起，活动高峰期或许……"

纳撒尼尔·温盖特·皮斯利回来了，这个灵魂在时间跨度上依然停留于1908年的那个星期四上午，经济学课程的学生们还在抬头仰望讲台上的那张破旧书桌。

—2—

回归正常生活的过程痛苦而艰难，超过五年的时间断层带来的麻烦多得超乎想象。对我来说，需要适应的事情不计其数。听闻自己1908年以后的行为，我深感震惊和不安，但尽量以客观的眼光看待整件事情。后来，我重新得到了次子温盖特的监护权，和他一起住进克雷恩街的老宅，尝试继续从事教学工作——大学好心地向我提供了原先的教授职位。

我从1914年2月的那个学期返回教学岗位，但只坚持了一年。一年后我终于意识到我的经历给自身带来了多么严重的冲击。虽说依然神智健全（希望如此），原先的人格也没有任何纰漏，但我不再拥有当年的精神能量了。隐晦的梦境和怪异的念头持续折磨着我，世界大战的爆发将我的心灵引向历史，我发觉自己在以最不可能的怪异方法思考时间与事件。我对时间的概念，我区分连续性和同时性的能力，似乎出现了微妙的失调症状。在我脑中形成了一些离奇的念头：一个人可以在一个时代生活，但能够将意识投射在亘古流淌的时间长河之中，获取有关过去和未来的知识。

战争使我产生了怪异的印象，我依稀记得它给遥远的未来带去的一些后果，就好像我知道战争将在何时结束，能够借助未来的信息回顾目前的局势。所有这些虚假记忆出现时都伴随着剧烈的疼痛，能感觉到阻挡它们出现的某种人造心理屏障。我吞吞吐吐地向其他人说到这些印象，得到的反应各有不同。一些人很不自在地望着我，数学系的友人则提起所谓相对论的最新进展——这个话题在当时只是学术圈内的议论话题，后来却变得那么著名。他们说，阿尔伯特·爱因斯坦博士将时间缩减为一个普通维度的观点正在迅速得到承认。

但怪梦和不安的感觉对我的影响越来越大，1915年我不得不辞去固定工作。有一部分印象以异常恼人的形式存在，让我总是觉得失忆症导致了某种邪恶的意识交换，那个第二人格实际上是来自未知区域的入侵力量，置换了我本身的人格。于是我陷入朦胧而恐怖的猜测中无法自拔，想弄清那个异类占据我身体的数年时间内，真正的自我究竟去了什么地方。越是通过旁人和报刊了解我身体的侵占者的怪异知识和离奇行为，我就越感觉不安。令其他人困惑的奇异之处似乎与盘踞在我潜意识深处的某些邪恶知识产生了恐怖的共鸣，我开始发狂般地搜寻各方信息，希望能了解另外那个我在这几年内的研究题目和详细行程。

纠缠我的烦恼并非全是这种半抽象的概念。我做梦，梦境的清晰性和现实感似乎都变得越来越强烈。我知道绝大多数人会如何看待梦境，因此极少向其他人提起，只有我的儿子和我信任的几位心理学家除外，但后来我终于开始对其他人的病例展开科学研究，希望能确定这样的幻象是不是失忆症患者的典型情况。在心理学家、历史学家、人类学家和经验丰富的精神科专家的帮助下，我研究了人格分裂病例的全部记录，时间涵盖了从恶魔附体传说盛行的古代到医疗科学占据上风的现代，得到的结果不但没有安慰我，反而让我更加忧心忡忡。

我很快就发现，尽管确诊为遗忘症的病例浩若烟海，但我的梦境却找不到完全相同的类似物。然而，也存在为数极少的记叙，与我本人的经历颇有相似之处，这一点多年来时常令我感到困惑和震惊。其中有些是古老民间传说的片段，有些是医学时代的病案，有一两则是埋藏在正史中的轶事。根据这些记叙，虽说我的病症罕见得难以想象，但从人类时代的起点开始，就以极长的间隔重复出现过。一个世纪或许会有一两件甚至三件病例，但也存在完全没有的时候——至少没有记录流传至今。

叙事的核心永远相同：一个博学多识的人突然过上了怪异的第二人生，在或长或短的一段时间内完全变成一个陌生人，刚开始他的说话和行动显得颇为笨拙，后来会如饥似渴地汲取科学、历史、艺术和人类学知识，这个学习过程总是伴随着狂热的态度和非同寻常的领悟能力。某一天，患者原先的意识会突然恢复，随后会断断续续地遭受难以描述的模糊梦境的折磨，这些梦境往往代表着某些被精心抹除的可怖记忆的片段。那些噩梦与我的梦境极为相似，连一些最微妙的细节都几乎相同，因此我认为它们无疑拥有某种特定的典型意义。有一两个案例更是让我隐约有一些讨厌的熟悉感，就仿佛我曾通过某个非俗世的渠道听说过它们，但那个渠道过于病态和恐怖，我不敢深入思考。有三件案例特别提到了一种未知的机器，在我第二次转变前也曾出现在我家里。

在调查过程中，还有一点让我惴惴不安，那就是未曾确诊失忆症的人群也会受到典型噩梦的短暂侵袭，而且发生频率要高得多。这些人大体而言只是凡夫俗子，其中一些甚至头脑简单，不可能被认为是非凡学识和超卓智力的载体。异常的力量点亮他们片刻，但随即就会恢复原状，只剩下非人般恐怖的模糊记忆稍纵即逝。

过去五十年间至少有三起这种事例，其中一起发生在仅仅十五年前。莫非我们无法想象的深渊中有某种存在，正在盲目地跨越时间茫然摸索？这些语焉不详的事例难道是什么恐怖而险恶的实验，幕后的力量完全超越了正常神智的理解范围？这些只是我在心灵虚弱时的一些无序推测，研究时读到的神话也助长了我的胡思乱想。毫无疑问，有某些流传已久、极为古老的传说能够令人惊骇地解释我这种记忆缺失的病症，但与近期那些失忆症事例相关的患者和医生对它们似乎都一无所知。

那些梦境和印象逐渐变得越来越清晰和强烈，但我依然不敢向其他人详细描述。它们饱含疯狂的味道，有时候我不得不认为自己确实要发疯了。记忆缺失的患者难道会被某种特别的妄想症折磨？潜意识或许会用虚假记忆填补令它困惑的空白断层，因而衍生出怪异的离奇想象。尽管到了最后，我还是觉得综合民间传说得出的理论更加具有说服力，尽管研究类似病例时帮助过我的许多精神病学家确实抱有这样的看法，但病例之间高度的相似性也同样让他们感到大惑不解。他们不认为我的症状是真正的疯病，而是将其归类为一种神经官能症。我没有选择视而不见或将其抛诸脑后，而是尝试记录并分析病情，医生们对此表示由衷的赞同，这么做是符合心理学最佳实践的正确做法。有几位医生在另一个人格控制我的身体时研究过我的病例，我尤其珍视他们的意见。

最初侵扰我的并不是视觉上的幻象，而是我提到过的更加抽象的感觉。除此之外，还有一种与我本人相关的难以理解的深刻恐惧。我越来越奇怪地害怕看见自己的身体，就仿佛我的眼睛会在其中发现某些完全陌生，甚至彻底格格不入的东西。偶尔垂下视线，看见淡雅的灰色或蓝色衣衫包裹着一个熟悉的人类身体，我总会产生一种古怪的释然感觉，但想要得到这种感觉，必须先克服无比强烈的恐惧才行。我尽可能避开镜子，连剃须都在理发店解决。

过了很长时间，我才将这些令人沮丧的感觉和逐渐开始出现的短暂幻象联系在一起。第一个联系似乎与我的记忆受到了外来的人为限制的怪异感觉有关。我体验到的幻视片段拥有恐怖的深刻意义，与我本人有着可怕的联系，但某种力量在蓄意阻止我领悟其中的意义和联系。随之而来的是我对时间这个概念的奇异领悟，我绝望地试图将我在梦境中瞥见的片段按时间和空间的顺序排列起来。

刚开始，那些片段只是怪异，并不恐怖。我似乎置身于雄伟的拱顶厅堂之中，巨石穹棱几乎消失在头顶上的阴影里。天晓得这一幕发生在什么时间和地点，但建筑者和罗马人一样完全理解和热爱运用拱形结构。我看见庞大的圆形窗户和高阔的拱形大门，还有高度堪比普通房间的台座和桌子。墙边摆着黑色木头制作的宽大书架，上面放着尺寸巨大的精装本书籍，书脊上印着奇异的象形文字。外露的磐石制品上雕着怪异的图案，以符合数学原理的曲线花纹为主，也有刻印的铭文，使用的就是巨型书本上的那种象形文字。暗色花岗岩石块垒砌的建筑物巨大得堪称畸形，底部凹陷的石块严丝合缝地放在顶部凸起的石块之上。厅堂内没有座椅，巨型台座上散放着书籍、纸张和似乎是书写工具的东西，有形状奇特的紫色金属罐和尖端染上杂色的杆状物。这些台座很高，但我偶尔能从上方俯瞰它们。一些台座上摆着巨大的发光水晶球充当照明灯，另一些台座上是由玻璃管和金属杆构成的用途不明的机器。窗户上装有玻璃，镶着似乎非常结实的栅格栏杆。尽管我不敢走近窗户向外张望，但从站立的地方能看见怪异的蕨类植物摇曳的顶端。脚下是巨大的八角形石板，房间里完全没有地毯和窗帘。

后来我在幻觉中穿过宏伟的石砌走廊，沿着同样巨大得畸形的巨石坡面上上下下。到处都没有楼梯，也没有宽度小于三十英尺的通道。我飘浮穿过的一些建筑物似乎以数千英尺的高度直插天空。底下有好几层幽暗的拱顶，从不打开的暗门用金属条封死，暗示着存在某种特殊的危险。我似乎是一名囚徒，恐怖的感觉阴森地笼罩着见到的每一样东西。墙上那些弯弯曲曲的象形文字像是在嘲笑我，假如没有慈悲的无知保护着我，其中蕴含的信息足以毁灭我的灵魂。

后来的梦境中出现了从巨大的圆窗和宽阔的屋顶见到的景象，有怪异的花园、广袤的贫瘠土地和高耸的锯齿胸墙，建筑物最顶端的斜坡就通向石墙。庞然大物般的建筑物绵延到无数里格[1]之外，每一幢建筑物都有自己的花园，排列在足有两百英尺宽的铺砌道路两侧。花园形状各异，占地几乎都在五百平方英尺以上，高度很少低于一千英尺。许多建筑物庞大得无边无际，正面的宽度甚至有数千英尺。还有一些建筑物高得离奇，如山峰般插进云雾缭绕的灰色天空。建筑物的主要材质似乎是石块或混凝土，绝大多数都体现出我在被禁锢的这座建筑物内部注意到的怪异的曲线石雕风格。屋顶平坦，由花园覆盖，往往建有锯齿胸墙。有些地方建有梯台和更高的平台，花园中辟出了宽阔的成片空地。开阔的道路上隐约能看见一些活动，但

---

1. 长度单位，1里格约为3英里。

在较早期的幻觉中，我无法在这个印象中解析出细节。

我在一些地方看见了大得惊人的黑色圆柱形高塔，它们比其他建筑物要高得多，似乎是某种截然不同之物，仿佛来自某个难以想象的古老时代，因为年久失修而风化坍塌。它们由怪异的方形玄武岩石块搭成，向着圆形的塔顶略微收拢成锥状。除了巨大的正门，塔身上找不到任何窗户或其他开口。我还看见了一些相对低矮的建筑物，建筑风格与黑色圆柱形高塔基本相同，经历了亿万年的风雨侵蚀之后，已经摇摇欲坠。巨型方石垒砌的怪异建筑物周围笼罩着一种难以解释的险恶气氛，像被封死的暗门一样让我感觉到强烈的恐惧。

随处可见的花园怪异得令人害怕，奇特而陌生的植物遮蔽了花园中宽阔的路径，两侧林立着古怪的巨石雕像。阔大得不寻常的蕨类植物占据了优势地位，有些是绿色，有些是仿佛真菌的诡异惨白。它们之中还有一些似是芦木的奇特植物，犹如竹子的枝干生长到了不可思议的高度。花园里还有形似畸形苏铁的簇生植物、奇形怪状的深绿色灌木丛和针叶树木。陌生的无色小花绽放于几何形状的花圃内和绿色植被之间。几个梯台和屋顶花园上有尺寸更大、颜色更鲜艳的花朵，但形状实在令人厌恶，似乎是人工培育的产物。尺寸、轮廓和颜色都难以想象的真菌拼成图案，象征着某种未知但高度发达的园艺风格。地面上那些较大的花园似乎在尽量保存大自然的无序风貌，屋顶花园则更多地体现出人为选择和园艺造型的特征。

天空像是永远充满潮气和乌云，有时我也会目睹可怕的豪雨。偶尔能瞥见几眼太阳和月亮，太阳大得离奇，而月面图案与平时的月亮有所不同，但我说不清究竟不同在哪儿。在非常罕见的某些时候，夜空会彻底放晴，我见到的星座陌生得无法辨认。有极少数的轮廓类似于我熟悉的星座，但并不完全相同。就我能认出来的那几个星群的位置来看，我估计自己应该在南半球靠近南回归线的某处。遥远的地平线永远雾气弥漫、难以分辨，但能看见城市外是辽阔的大森林，其中生长着未知的蕨类植物、芦木、鳞木和封印木，奇异的枝叶在变幻的蒸汽中摇曳着嘲笑我。天空中时而有活动的迹象，但在较早期的幻象中我始终看不清楚。

1914年秋，我开始偶尔做奇特的飘浮梦，在梦境中飘过城市及其周围的地域。我看见无始无终的道路穿过可怖的森林，树干上带有斑点、凹槽和条纹，道路还经过其他城市，与持续折磨我的这座城市一样怪异。我看见永远昏暗无光的林间空地，其中矗立着黑色或杂色石块搭建的庞然建筑。我穿过跨越沼泽的漫长堤道，那里阴暗得无法辨认周围高耸的潮湿植物。有一次我来到一片绵延无数英里的土地，看见久经时光摧残的玄武岩废墟，建筑风格类似于噩梦城市中那些没有窗户的圆顶高塔。还有一次我见到了海洋，蒸汽缭绕的无边水体出现在有着无数穹顶和拱门的宏伟城市的巨石码头之外。没有固定形状的憧憧黑影在大海之上移动，异乎寻常的激流从海面上的各个地方喷涌而出。

— 3 —

　　如前所述，这些狂野的幻象刚开始并没有展现出它们令人恐惧的实质。是啊，许多人梦到过怪异的东西，这些东西由日常生活中毫无关联的片段、见过的图像和读到的材料构成，在睡眠中由不受束缚的想象力以离奇的方式重新排列而成。有一段时间，我将这些幻象视为自然而然的事情，尽管以前我从不做如此怪诞夸张的噩梦。我认为，许多模糊异象无疑来自各种琐碎的源头，但数量太多，无法一一追溯。而另一些异象似乎反映了我对一亿五千万年前（也即二叠纪或三叠纪）原始世界的植物和其他自然条件方面的书本知识。但是在后来几个月的时间里，恐怖的因素逐渐累积，变得越来越明显。也正是在这段时间里，梦境越来越坚定地拥有了记忆的特征，而我的意识开始将梦境和与日俱增的抽象烦恼联系在一起：记忆受到限制的感觉、对于时间的怪异印象、1908年至1913年之间与第二人格交换了身体的可怖感觉，还有较晚出现的对自身的难以解释的厌恶感。

　　随着某些明确的细节进入梦境，它们带来的恐怖增长了千百倍，直到1915年10月，我认为自己必须采取行动了。我开始广泛研究其他的失忆症和幻象病例，觉得通过这个办法，应该能解决自己的问题，摆脱它对我情绪的束缚。然而，如前所述，得到的结果刚开始甚至适得其反。得知我的怪梦存在近乎完全相同的类似案例，这个结果给我带来了极大的烦恼，尤其是有些叙述的年代非常久远，患者不可能拥有相应的地理学知识，更不用说对远古世界自然环境的任何了解了。更有甚者，许多同类叙述对巨大的建筑物、丛林花园和其他东西提供了异常可怖的细节和解释。视觉所见和模糊印象已经足够糟糕了，而另外一些做梦者或暗示或断言的事物却透着疯狂和渎神的气息。最可怕的是它们唤醒了我本人的虚假记忆，让我的梦境变得更加狂乱，使我感觉真相即将揭晓。值得一提的是，绝大多数医生都认为我的行为大体而言有益无害。

于是我系统地学习了心理学，耳濡目染之下，我的儿子温盖特也开始这么做，而他的学习最终帮助他得到了现在的教授职位。1917年和1918年这两年，我在米斯卡托尼克大学念了几门特别课程，还不知疲倦地研究医学、历史学和人类学记录的文献资料，为此专程前往远在异国他乡的多家图书馆，最后甚至阅读起了讲述禁忌的远古传说的邪恶书籍，因为第二人格曾对它们表现出令人不安的强烈兴趣。后者中有一些正是我在异常状态下查阅过的书籍，第二人格对可怖的文本做了不少页边标注和订正，所用的字体和文法不知为何都给人以怪异的非人类感觉。

各种书籍上的注解几乎都使用了与原书相同的语言，撰写者似乎能够同样流畅但明显学院派地使用所有语言。但冯·容斯特《不可描述的异教》里的一条笔记是个令人惊恐的例外。这条笔记使用的墨水与德语书写的注脚相同，可文字是某种曲线式的象形符号，不符合任何已知的人类语言。这些象形符号与时常出现在我梦中的文字有着毋庸置疑的相似性，有时我会在恍惚之间觉得我知道或即将回忆起它们的含义。图书馆员在翻看这些书籍以前的检查结果和借阅记录之后，信誓旦旦地向我保证，所有注解都是我本人的第二人格留下的，这就更加增添了我心头的阴暗疑云。不管怎么说，我过去和现在都不懂这些书籍所使用的三种语言。

拼凑起古代与现代、人类学与医学的零散记录，我发现存在一个颇为一致的神话与幻觉的混合体，它的广阔和疯狂让我陷入了彻底的迷乱。能够安慰我的只有一点，那就是这些神话在极为古老的时代就已经存在。什么样的失落知识能够将古生代或中生代的风景放进这些远古传说，那就是我无从猜测的了，但这些景象确实就在故事之中，这种固定类型的幻象确实有供其形成的基础。失忆症的病例无疑创造了基本的神话模式，但后来幻想在神话增添的部分又反过来影响了失忆症的患者，渲染了他们的虚假记忆。我本人在失忆期间读过和听说过这些远古传说，我的调查完全能够证明这一点。既然是这样，第二人格留在我记忆中的微末片段，最终渲染和造就了我后来的梦境和情感印象，这难道不是自然而然的事情吗？一些神话与史前世界的晦涩奇谈有着明显的联系，尤其是那些提到令人惊愕的时间深渊的印度传说，它们是现代神智学家必须掌握的基础知识。

远古的传奇和现代的幻象有一点共同之处，就是都认为在这颗星球漫长而几乎不为人知的历史上，人类并非唯一一个高度进化的优势种族，很可能只是目前的最后一个。这些故事声称，早在三亿年前人类的两栖动物祖先爬出灼热的海洋以前，外形怪异得难以想象的生物就已经建造了直插天空的高塔，研究了大自然的所有秘密。它们中的一些来自群星，有少数一些和宇宙本身一样古老。剩下那些则由地球细菌飞速演化而来，与我们这个生命周期的第一批细菌之间隔着遥远的时间，从我们这批细菌演化成人类也只花了那么多时间。其中牵涉到的时间跨度以十亿年计算，与其他星系和宇宙都有所关联。事实上，这里的时间超越了人类能够接受的范畴。

大多数传奇和幻象都提到了一个相对晚近的种族，生活在距离人类出现仅仅五千万年前的地球上，怪异而复杂的外形与现代科学所知的一切生命形式都毫无相似之处。按照传奇和幻象所说，它们是全部种族中最伟大的一个，因为只有它们破解了时间的秘密，能够将极为敏锐的意识投射到过去和未来，跨越数以百万年计的时间鸿沟，学习每一个时代的智慧成果，因而掌握了地球上曾被知晓和将被知晓的所有知识。从这个种族的成就中衍生出了所有关于先知的传说，包括人类神话体系中的那些先知故事。

它们建立起宏伟的图书馆，用文本和图片记录了地球的整体编年史，曾经来过和将会降临地球的所有种族的历史和描述都被囊括其中，各个种族的艺术、成就、语言和心理学都有极为详尽的档案。有了这个贯穿万古的知识库，伟大种族从每一个年代的每一种生命形式中选择在思想、艺术和技术上最适合它们本性和情境的对象进行研究。获取有关过去的知识，需要已知感官之外的一种意识塑造方法，比获取有关未来的知识要困难一些。

获取有关未来的知识相对容易也更加重要。在适当的机械装置帮助下，个体意识能够将自身沿着时间向前投射，以超越感官的模糊方式摸索去往意欲抵达的年代。抵达之后，它会进行数次初步试验，从这个年代最高级的生命形式中找到一个最突出的目标，进入这个有机体的大脑，构建它自己的感应频率，而被取代的意识则送往取代者所处的年代，留在取代者的躯体内，直到逆转过程完成为止。投射到未来生物体内的意识将伪装成这个种族的一名成员，以最快速度了解它选择的时代和这个时代的重要信息与科学技术。

与此同时，被取代的意识送回取代者所处的年代和躯体内之后，将会得到悉心的照顾和看护，防止它伤害它所占据的那具躯体，并由训练有素的盘问者榨取它拥有的全部知识。假如先前去往未来的旅程已经带回了意识所用母语的记录，那么盘问者通常会用这种语言盘问意识。假如意识来自伟大种族无法用身体器官重现意识的母语，那么它们就会制造出精妙的机器，像演奏乐器一般用异族语言说话。伟大种族个体的外形犹如十英尺高、遍布褶皱的巨大锥体，顶部伸出四条一英尺粗的可伸缩肢体，头部和其他器官附着在这些肢体上。四条肢体中有两条的尽头是巨大的手爪或钩爪，彼此碰撞或刮擦的声音就是它们的语言。十英尺宽的身体底部有一层黏性物质，它们通过这层黏性物质的收缩和舒张行走。

等囚徒意识的惊愕和反感逐渐消退，也不再恐惧它陌生的临时身体（假设它原本的身体与伟大种族的身体有着天壤之别），就会获得准许，研究自己所处的新环境，体验类似于取代者正在体验的好奇和智性活动的生活。作为提供适当服务的交换条件，在适当的防护措施之下，意识会获准登上巨型飞船，俯瞰伟大种族居住的整个世界，或者坐进原子能驱动的船形交通工具，驰骋穿过宽阔的道路，或者不受限制地出入图书馆，查阅这颗星球的过去和未来的全部记录。这种做法安抚了许多受到囚禁的意识，因为它们每一个都那么聪慧。对这样的意识来说，尽管同时往往也会揭开充满恐怖的无底深渊，但生命中最超卓的体验永远是揭开地球所隐藏的秘密：遥远得不可思议的过去的神秘篇章，如旋涡般令人头晕目眩的未来，甚至远远地超过了意识原先所在的年代。

伟大种族偶尔会允许囚徒意识与来自未来的其他意识会面，让它们和生活在自己年代之前或之后一百年、一千年甚至一百万年的意识交流思想。伟大种族会敦促它们用各自时代的母语详尽地记录下会面的过程，这些记录会被送往中央档案馆归档存放。

必须补充一点，囚徒中存在一种可怜的特殊类型，它们拥有的权限比大多数囚徒要高得多。这些囚徒是等待死亡的永久流放者，伟大种族的睿智个体强占了它们在未来的躯体，这些伟大种族个体的肉身即将死亡，通过这种办法逃脱精神的湮灭。这一令人抑郁的流放并不像你想象中那么常见，因为伟大种族的寿命极为漫长，降低了它们对生命的热爱，有能力进行投射的超卓意识更是如此。衰老意识的永久性投射创造出了后世历史（包括人类历史）中的诸多人格转换事例。

至于更常见的探索历程，取代者的意识在未来掌握了它想了解的情况后，就会建造一台机械装置，类似于开始投射的那台装置，其功能是逆转整个过程。取代者的意识将重新进入它所在年代的躯体，囚徒意识则返回未来它原本的躯体内。假如在交换期间，两具躯体之一不幸死亡，那么逆转就不可能实现。若是遇到这种情况，探索者意识将不得不在未来的异类躯体内度过余生，就像逃避死亡的那些意识一样；或者，囚徒意识将不得不在伟大种族的时代和躯体内等待生命的终结，就像那些等死的永久流放者。

假如囚徒意识凑巧也是伟大种族的一员，这样的命运就没那么可怕了。这种事情并不罕见，因为在所有的时代之中，伟大种族最关注的正是它们自身的未来。同样来自伟大种族的永久流放者的数量非常稀少，主要因为垂死者替换未来伟大种族成员的意识将遭到极为严厉的惩罚。行刑者通过投射前往未来，惩罚占据了新躯体的强占者意识，有时候会动用非常手段，让两者的意识重新交换回来。探索者或囚徒意识偶尔也会被过去不同区域的意识所取代，这种复杂事例会被记录在案，仔细矫正。发明意识投射以后每一个年代的伟大种族群体中，都有一小批众所周知来自过去的意识或长或短地停留。

来自异族的囚徒意识返回未来原本的躯体时，机械装置会通过精细复杂的催眠手段清洗它在伟大种族时代得知的一切，这是因为向未来大量输送知识会产生非常麻烦的后果。完整传送的少数几次事例导致了（或将在已知的未来导致）灾难性的后果。按照古老神话的记载，正是因为两次这样的事例，人类才得知了伟大种族的存在。从万古之前的世界残留至今的事物只剩下了位于偏远地区和海底的巨石遗迹，以及令人恐惧的《纳克特抄本》的残篇断章。

意识在返回原本时代时，囚禁期间的全部经历只会遗留最模糊和支离破碎的一些印象。能够抹除的记忆会被悉数抹除，因此在绝大多数情况下，从第一次交换到返回的那段时间只会是一段由梦境遮蔽的空白。有些意识会比其他意识记得更多的事情，记忆的偶尔融合在极为罕见的事例中会将禁忌过去的秘密带往未来。历史上或许始终有团体或异教在不为人知地守护这种秘密。《死灵之书》之中就暗示人类中存在一个这样的异教，有时会为从伟大种族时代跨越万古而来的意识提供帮助。

另一方面，伟大种族逐渐成为几乎无所不知的存在，着手攻克与其他星球的意识交换躯体的难题，探索它们的过去和未来。它还曾研究一颗已经死寂万古的黑暗行星，这颗星球位于遥远的深度空间，是伟大种族的精神起源地——伟大种族的意识比肉身更加古老。这颗垂死的古老星球的睿智居民掌握了宇宙的终极秘密，它们四处寻找另一颗有生物存在的星球，希望能够在那里享有漫长的生命。它们集体将意识投向最适合容纳的未来种族，也就是十亿年前在地球上繁衍生息的锥形生物。伟大种族于是诞生，而无数锥形生物的意识则被送回过去，在陌生的躯体内惊恐地等待死亡。这个种族以后将会再次面临灭绝，它们会将群体内最优秀的意识送往未来，在更加长寿的异类躯体内继续生存下去。

这就是传奇和幻象相互交织而成的背景故事。1920年前后，随着研究结果逐渐成形，我觉得先前越来越紧绷的神经有了略微放松的迹象。说到底，尽管这只是盲目情绪催生的奇思妙想，难道不也恰到好处地解释了我的大多数症状吗？失忆症期间，有无数种可能性会让我的意识开始研究一些晦暗的课题，因此读到了禁忌的传奇，会见了恶名在外的古老异教的成员，它们无疑就是我重拾记忆后的噩梦和不安感觉的原始材料。至于用梦中见到的象形文字和我不通晓的语言书写的页边笔记，尽管图书馆员说是我的所作所为，但更有可能只是我在第二人格的状态下学到了一点其他语言，而象形文字仅仅是我读过古老传奇后的胡编乱造，后来被编织进了我的梦境。我尝试向几位声名在外的异教首脑印证一些要点，可惜始终未能建立正确的联系。

有时候，彼此间隔极为漫长的诸多事例之间的相似性依然像起初那样让我忧心忡忡，但另一方面又使我想到，稀奇古怪的民间传说在过去无疑比如今更加广为人知。与我类似的其他失忆症患者很可能早已熟知我在第二人格状态下才读到的那些传说。这些患者失去记忆之后，将自己与那些家喻户晓的神话中的生物（据说能够取代人们意识的入侵者）联系在了一起，于是开始如饥似渴地汲取知识，因为他们认为自己必须带着这些知识返回幻想中人类出现之前的过去。记忆恢复之后，他们又逆转了这个想象中的过程，认为自己不再是取代者，而是曾经遭到囚禁的意识。因此，他们的梦境和虚假记忆才会总是遵循神话的惯有模式。

这样的解释看似过于累赘，但最后还是战胜了我脑海里的其他念头，主要因为其他的推论都实在经不起推敲。许多杰出的心理学家和人类学家都逐渐认可了我的观点。我越是思索，就越是认为我的理论站得住脚，直到最后我筑起了一道切实有效的堤防，将依然折磨着我的幻觉和印象拒之门外。就算我在夜里见到了奇异的景象，那又怎样呢？它们只是我听过和读过的材料而已。就算我确实有一些古怪的厌恶感、异常的视角和虚假记忆，那又怎样呢？它们只是我在第二人格状态下沉迷的神话故事的微弱回声。无论我梦见什么，无论我感觉到什么，都不可能有任何真正的意义。

在这种哲学的庇佑下，我极大地改善了精神平衡状态，尽管幻觉（而不是抽象的印象）逐渐变得越来越频繁，还令人不安地充满细节。1922年，我自认为能够从事稳定的工作了，于是接受了大学的心理学讲师职位，让我学到的知识派上用场。我的政治经济学职位早由其他有资格的人士接手了。另外，比起我执教的时代，经济学的教学方法也发生了巨大的变化。我儿子此时已是一位研究生，最终成为心理学教授，与我联手做了大量的工作。

— 4 —

然而，我依然保留了原先的习惯，继续记录那些离奇的梦境，它们出现得越来越频繁，并且栩栩如生。我坚信这样一份记录以心理学档案而言拥有巨大的价值。那些稍纵即逝的幻象仍旧可恶地与记忆相似，但我总算颇为成功地克服了这种感觉。只有在记录时，我才将幻象视为真实目睹的事物，但在其他时候，我将它们摒弃出脑海，假装它们仅仅是夜晚的缥缈梦境。我从不在日常谈话中提到这些事情，但撰写的报告还是在所难免地泄露了出去，引发了有关本人精神健康的各种流言。说来有趣，热衷于传播流言的只有门外汉，没有哪位医生和心理学家会认真地看待它们。

至于本人1914年以后的梦境，我在此只会略微提及，完整的叙述和记录都已经交给了严肃的学者。它们能够证明我意识中的奇异屏障有所松动，因为幻象中我的活动范围扩大了许多。但幻象仍旧只是支离破碎的片段，没有明确的行为动机。在梦中，我似乎逐渐得到了越来越大的行动自由，能飘浮穿过许多怪异的巨石建筑物，沿着构成了日常交谈网络的宽阔地下通道在建筑物之间往来。有时候我会经过最底层被封死的巨型暗门，那里周围笼罩着恐怖和禁忌的气氛。我看见巨大的棋盘方格状水池，看见装满各种匪夷所思的怪异器具的房间。我还看见庞大如洞穴的厅堂，安置着精细复杂的机械，其外形和用途对我来说都完全陌生，它们发出的声响直到多年后仍在梦境中显现。需要说明一点，我在梦境世界中能够使用的感官仅限于视觉和听觉。

真正的噩梦开始于1915年5月，彼时第一次见到了活物。当时我对神话和历史病例的研究还不够充分，不知道可能在梦中见到什么。随着精神屏障逐渐瓦解，我看见建筑物的各个部分和底下的街道上有大团大团的稀薄雾气。这些雾气渐渐越来越致密和清晰，直到最后我能够不安地轻易分辨出它们怪异的轮廓。那些似乎是色彩缤纷的巨大锥体，高约十英尺，基部直径同样约为十英尺，由某种有棱纹和鳞片的半弹性物质构成，从顶部伸出四条可伸缩的圆柱形肢体，每条约粗一英尺，和锥体本身一样遍布棱纹。这些肢体有时候收缩得几乎看不见，有时候伸展为从极短到十英尺的各种长度。两条肢体的尽头是硕大的钩爪或螯足。第三条肢体的尽头是四条喇叭形的红色附肢。第四条的尽头是个不规则的黄色圆球。圆球直径约为两英尺，中央圆周上排列着三只巨大的黑色眼睛。这个类似于头部的器官顶上是四条细长的杆状物，带有花朵状的附肢，而底下则悬着八条绿色的触角或触手。中央锥体基部的边缘是一圈灰色的弹性物质，锥体通过它的伸展和收缩而行动。

它们的动作尽管没有恶意，但比外表更加让我惊恐，因为见到畸形怪物在做我们心目中只有人类才会做的事情，实在对身心无益。这些物体在巨大的房间里有意识地前后移动，从书架上取出书籍，带着书籍走向巨大的桌子，或者反过来将书籍放回书架上，有时候还会用绿色的头部触须抓着一根杆状物孜孜不倦地书写。它们用巨大的螯足拿着书本，用螯足彼此交谈，螯足的碰撞和刮擦声就是它们的语言。这些物体不穿衣服，用锥形身体的顶部挂着挎包和背囊。它们的头部和支撑头部的肢体通常与锥体顶部保持齐平，但也会频繁地抬高或降低。另外三条粗壮的肢体不使用时一般收在锥体侧面，缩回到每条五英尺长。从它们阅读、写字和操作机器（桌面上的机器似乎直接与思想相连接）的速度来看，我估计它们的智能要远远高于人类。

后来我在所有地方都看见了它们，挤满了巨大的厅堂和走廊，在拱顶地下室里操作怪异的机器，驾着巨大的船形车辆疾驰于宽阔的道路上。我不再害怕它们，因为它们似乎是所处环境中极为自然的组成部分。它们个体之间的差异逐渐显现，其中一些似乎处于某种束缚之下。后者尽管在外表上看不出有什么区别，但举止和习性方面的异常不但让它们有别于大多数个体，彼此之间也存在极大的差异。在我朦胧的梦境中，它们大量书写各种不同的字符，但从来不是大多数个体使用的曲线象形文字。我觉得其中一些使用的就是我熟悉的母语。大体而言，这种个体的工作速度要远远慢于其他个体。

我本人在这些梦中似乎是个没有肉体的意识，视野比平常时候要宽广得多。我自由自在地飘来飘去，但被限制在普通的道路上以巡航速度行动。直到1915年8月，有形躯体存在的点滴迹象开始滋扰我。之所以说"滋扰"，是因为在最初的阶段中，那只是一种完全抽象的感觉，但与先前提到的我对自身影像的无端厌恶有着极为恐怖的关系。有一段时间，我在梦中最不愿去做的事情就是低头看自己，我记得在怪异房间里没有见到大块的镜子，曾让我感到何等的庆幸。有一个事实让我极为惶恐不安，那就是当我看到高度不低于十英尺的巨型桌台时，视线从来都不低于它们的表面。

低头看自己的病态诱惑变得越来越强烈，直到一天夜里我再也无法忍受。我向下的视线刚开始没有见到任何东西，但片刻之后我意识到这是因为我的头部之下有一条可弯曲的极长颈部。我收回颈部，猛地向下望去，见到了一个遍布鳞片和皱纹的五彩锥体，高十英尺，基部直径也有十英尺。我疯狂地逃出睡梦的深渊，尖叫声惊醒了阿卡姆的半数居民。

如此噩梦持续几周后，我算是勉强接受了幻觉中自己可怖的形象。梦境中的我开始用肉身在其他陌生个体之间行动，阅读望不见尽头的书架上的恐怖书籍，一连几个小时伏在巨型桌台上，用垂在头部底下的绿色触手抓着铁笔不停书写。书架上有其他星球和其他宇宙的历代记，有所有宇宙之外的无形生命的活动记录，有曾在被遗忘的远古占领地球的怪异团体的档案，有将在人类灭亡后几百万年占领这个世界的畸形智能生物的编年史。我读到了人类历史中从未有当代学者考虑过其存在的遗落篇章。绝大多数文本使用的都是那种象形文字，我在嗡嗡作响的机器的帮助下以一种怪异的方式学会了这门语言。它是一种黏着语，其词根体系与任何一种人类语言都毫无相似之处。还有一些典籍使用的是其他一些语言，我通过同样的怪异方式学会了它们。另有很少一部分卷宗使用的是我本来就懂的语言。极有说服力的图像给予我巨大的帮助，它们有些插在记录之中，有些单独装订成册。我的任务似乎是用英语书写我所在时代的历史。清醒时，对于梦中我掌握的那些未知语言，我只记得极小一部分毫无意义的琐碎片段，它们描述的整段历史却留在了梦中。

早在我醒来后开始研究类似病例和无疑构成梦境源头的古老神话前，我就知道了梦中围绕着我的那些个体属于这颗星球历史上最伟大的种族，它们征服了时间，将热爱探索的意识投射向每一个时代。我也知道它们将我从我所在的年代掳获而来，另一个意识正在那个年代使用我的躯体，还有另外几个怪异躯体同样是囚徒意识的容器。我似乎能用钩爪碰撞的怪异语言与来自太阳系每一个角落的流放意识交谈。

有一个意识来自我们称之为金星的星球，它生活在无数个世代之后的未来；还有一个意识来自六百万年前木星的一颗外层卫星。在地球的原生意识中，有一些来自第三纪生活在南极大陆的星状头部半植物膜翼生命体；有一个来自传说中伐鲁希亚的智慧爬虫；有三个来自人类出现前的极北之地，是浑身长毛的撒托古亚崇拜者；有一个来自极端可憎的丘丘种族；有两个来自地球终结前最后那个时代的蛛形生物；有五个来自紧随人类统治地球的鞘翅目昆虫，它们能够耐受极端环境，伟大种族日后面临可怖危机时会将最睿智的意识大规模投射进它们的躯体；还有几个来自人类的不同分支。

我与许多意识交谈过，其中有哲学家黎阳，他来自公元五千年残暴的錾澶帝国；有公元前五万年占据非洲南部的棕肤巨头族的一名将军；有十二世纪的佛罗伦萨僧侣巴托罗缪·科齐；有一位洛玛的国王，他曾经统治恐怖的极地世界，去世十万年后，矮壮的黄肤因纽特族才从西方来占领那片土地；有努格-索斯，他是公元一万六千年那些暗黑征服者的魔法师；有罗马人泰特斯·塞普罗尼乌斯·布雷苏斯，他是苏拉时代的一位财务官；有埃及十四王朝的克弗尼斯，他向我讲述了**奈亚拉托提普**的骇人秘密；有亚特兰蒂斯中部王国的一位僧侣；有克伦威尔时代的萨福克郡绅士詹姆斯·伍德维尔；有秘鲁前印加帝国的一位宫廷天文学家；有澳大利亚物理学家内维尔·金斯顿-布朗，他将在公元两千五百一十八年去世；有太平洋上业已消失的耶和大陆的一位大魔法师；有泰奥多蒂德斯，他是公元前二百年希腊-巴克特里亚王国的一名官员；有路易十三时代的一位法国长者，名叫皮埃尔-路易·蒙特马尼；有公元前一万五千年的西米里酋长克罗姆-亚；还有不计其数的其他意识，我的大脑无法容纳他们吐露的所有令人震惊的秘密和令人眩晕的奇事。

每天早晨我都在狂热中醒来，有时候疯狂地想要核实或证伪恰好落在现代人类知识范畴内的要点。习以为常的事实显露出不为人知的可疑一面，梦境中的幻觉有时竟能令人惊异地弥补历史与科学的不足。过往或许隐藏的秘密让我战栗，未来可能到来的威胁使我颤抖。我甚至不愿写下人类之后的个体描述的人类命运对我造成的影响。紧接着人类统治地球的将是巨型甲虫缔造的文明，伟大种族的精英成员将在恐怖厄运侵袭古老世界时强占它们的躯体。随着地球的生存周期宣告结束,多次转移肉身的意识将再次跨越时空,进驻水星上球茎状植物生命的躯壳。在它们离开后,地球上仍将有物种存在,可悲地攀附着这颗冰冷的星球,向充满恐怖的地核挖掘,直到最终的毁灭降临。

与此同时,我在梦中无休止地为伟大种族的中央档案馆撰写我所在时代的历史,半是出于自愿,半是因为它们承诺我能够以越来越大的自由度访问图书馆和外出旅行。这些档案存放于城市中心附近巨大的地下建筑物里,我时常在那里奋笔疾书或查询资料,因此很熟悉那个地方。档案馆的设计师希望它能存在到种族消亡的那一天,能承受住地球最剧烈的灾变,这个巨型存储库犹如山岳的坚固结构胜过了其他所有的建筑物。

记录或者手写或者印刷在纤维坚韧得出奇的大开本纸张上,装订成从顶部打开的书册,各自存放在用永不生锈、极为轻盈的灰色金属打造的盒子里。盒子上装饰着符合数学规律的花纹,还刻着伟大种族的曲线象形文字书写的标题。这些盒子储藏在层层叠叠的矩形柜子里,储存柜形如封闭的上锁书架,同样由那种永不生锈的金属打造,用复杂的球锁锁紧。我撰写的历史分配到了最底下那层的某个位置,这块存储空间属于脊椎动物,也就是人类与在人类之前统治地球的长毛种族和爬虫类种族。

但这些梦境从未展示过伟大种族完整的日常生活。我梦见的全都是毫无关联的朦胧片段,而且这些片段肯定不是按照正确时序排列的。举例来说，我对自己在梦境世界中的生活环境只有非常笼统的概念，只知道似乎有一间极为宽敞的石砌房间。我作为囚徒受到的限制逐渐消失，因此有些梦境栩栩如生地讲述了跨越林中道路的行程、在怪异城市中的逗留和前往某些庞大而黑暗的无窗废墟的探险，伟大种族似乎对那些废墟怀着怪异的恐惧。梦中我还乘有许多层甲板的巨船，以难以想象的速度在海上做长途旅行，还坐着由电子推进系统驱动的封闭式抛射飞船越过蛮荒地带。跨过宽阔而温暖的海洋，我来到了伟大种族的其他城市。在一块遥远的陆地上，我见到了一种黑色嘴鼻的有翅生物的粗陋村落，伟大种族为了逃避逐渐蔓延的巨大恐怖而将精英意识投往未来后，这种生物将演化成统治地球的优势物种。平坦的地势和蓬勃的绿色植被永远是所有场景的基调，山丘稀少而低矮，往往显露出火成力量的迹象。

至于我见到的动物，够我写好几本书了。所有动物都是野生的，因为伟大种族的机械文明早已不需要豢养牲畜，食物完全是植物合成的。笨拙的巨型爬虫类生物在蒸汽升腾的泥沼里蹒跚行走，在沉郁的空气中扑腾飞翔，在海洋和湖畔里喷水戏耍。我觉得在其中大致认出了许多生物体型较小的古老祖先，例如恐龙、翼手龙、鱼龙、迷齿动物、喙嘴翼龙和蛇颈龙等通过古生物学知晓的动物。我没有分辨出任何鸟类或哺乳类。

在陆地和沼泽中时常能见到蛇类、蜥蜴和鳄鱼的身影，昆虫在茂密的植被中嗡嗡穿梭。遥远的大海里，不为人知的陌生巨兽向蒸汽弥漫的天空喷吐仿佛山峰的水沫。有一次我乘坐带有探照灯的巨型潜艇来到水下,见到了庞大得无法形容的恐怖活物。我还看见难以想象的沉没城市的废墟,海百合、腕足动物、珊瑚和鱼类比比皆是。

至于伟大种族的生理学、心理学、社会习俗和详尽历史,我的梦境只保留了极少的内容,在此写下的零散要点更多地来自我对古老传说和其他病例的研究,而非本人的梦境。随着时间的推移,我的阅读和研究在诸多方面赶上并超过了梦境,因此某些梦境片段提前得到解释,证实了我了解到的情况。这样的结果让我颇为欣慰,使得我坚定了信念:虚假记忆那整个可怖脉络的源头,正是我的第二人格完成的类似阅读和研究。

我的梦境所处的时代似乎在一亿五千万年前左右,也就是古生代向中生代过渡的时候。伟大种族占据的躯体没有在陆地生物演化史上留下后裔,甚至不为现代科学所了解。这是一种个体间差异极小、高度特化的奇异有机体,介于植物和动物之间。独一无二的细胞活动机制使得它几乎永不疲劳,完全不需要睡眠。它通过一条粗壮肢体尽头的红色喇叭状附肢汲取养分,食物永远是半流质,许多方面与现代生物的食物不无相似之处。它只拥有两种我们知道的感官:视觉和听觉,后者通过头部顶端灰色杆状物上的花朵状附肢实现。它还拥有多个我们不能理解的其他感官,但栖息在它躯体里的异类囚徒意识无法良好地使用。它长着三只眼睛,所在位置使得它拥有超乎寻常的宽阔视野。它们的血液是一种极为黏稠的深绿色浓浆。它们没有性别之分,通过簇生于基部、只能在水下发育的种子或孢子繁殖。它们用很浅的大水箱培育幼体。然而，由于伟大种族的个体极为长寿，整个生命周期长达四五千年，因此幼体的数量永远很少。

明显有缺陷的个体一经发现就会悄然除掉。伟大种族没有触觉和痛觉，因此只能靠视觉能观察到的迹象辨识疾病和死亡的到来。死者会在隆重的仪式上被火化。如前所述，偶尔也会有格外敏锐的个体向未来投射意识，借此逃脱死亡，这种情况并不多见。若是真的发生，从未来流放而来的意识就会得到最悉心的照顾，直到它陌生的肉身最终死亡。

伟大种族似乎结成了一个组织松散的国家或联盟，在相同的政府机构管理下划分为四个政区。所有政区都施行类似于极权主义的政治和经济制度，主要资源按比例分配，通过了教育和心理学测试的全体社会成员选出一个统治委员会，由这个小团体掌握权力。它们并不特别看重家庭意义，但依然承认血统相同的成员之间有感情纽带，年轻一代通常由父母抚养长大。

它们当然也拥有一些与人类相似的观念和制度，主要来自两个领域：一是高度抽象的哲学思想，二是全体有机生命共有的非特异化的基础需要。伟大种族探索未来时复制了它们喜欢的观念和制度，从而增加了这样的相似性。高度机械化的工业只要求每个公民付出极少的时间，大量的空闲时间则由各种各样的智力和美学活动填补。科学已经发达到了难以想象的高度，艺术是生活中不可或缺的组成部分，但在我梦境所处的那个年代，巅峰的全盛时期已经过去了。由于需要持续不断地挣扎求生，应对远古时期骇人的地质剧变，确保宏伟城市的建筑结构不受损坏，它们的技术在外界刺激下也得到了长足的发展。

犯罪稀少得惊人，高效的警务系统负责维持治安。惩罚从剥夺权利、监禁到死刑和精神折磨等，不一而足，施行前总是会仔细研究犯罪者的动机。战争很少发生，一旦发生就会带来不可估量、不堪设想的后果。过去几千年内的战争以内战为主，偶尔也有对抗爬虫类与头足纲入侵者的保卫战，敌人还包括长着星状头部和肉膜翼的南极洲古老者。伟大种族拥有庞大的军队，使用形如照相机的武器，这种武器能产生强大的电场效应，军队永远处于备战状态，原因很少有人提起，但显然与伟大种族对无窗的黑色古老废墟和建筑物底层被封死的巨大暗门的无尽恐惧有关。

对玄武岩废墟和暗门的恐惧大体上是一种不可言说的感觉，顶多也只会在私下里偷偷地交换传闻。公用书架上的典籍里没有任何与此有关的具体描述。这是伟大种族的一个禁忌话题，似乎与往昔的某些恐怖争斗有关，也和未来将逼着伟大种族向更远的未来集体输送精英意识的危机有关。尽管梦境和传说展现出的内容都不甚完整，或者说支离破碎，但这件事被隐瞒得尤其令人气馁。语焉不详的古老神话刻意回避它，也可能出于某些原因剔除了全部的明说暗指。在我本人和其他人的梦境中，这方面的信息极为稀少。伟大种族的成员从不有意提起这个话题，我只能从观察力更加敏锐的囚徒意识那里收集二手材料。

根据这些残缺不全的信息，恐惧的根源是一个更加古老的可怖种族，这些彻底的异类形如水螅，来自遥远得无法估量的其他宇宙，在六亿年前统治着地球和太阳系内的另外三颗行星。它们是半物质（我们理解意义上的物质）的生物，意识的类型和感知的媒介与地球生物迥然不同。举例来说，它们的感官中没有视觉，精神世界由非视觉的怪异印象构成。但它们又足够物质，在蕴藏普通物质的宇宙区域内能够使用普通物质的器具。它们需要容身之处，并且要求非常特殊。尽管它们的感官能够穿透所有物质屏障，但身体却做不到。某些形式的电子能量可以将其彻底摧毁。它们没有翅膀，也不依靠任何有形的浮空手段，但依然拥有飞行的能力。它们的意识结构极为特别，伟大种族无法和它们交换身体。

这些生物来到地球后，用玄武岩建造了无窗高塔组成的宏伟城市，可怖地捕猎能找到的所有生物。也就在这段时间，伟大种族的意识穿越虚空而来，它们的上一个家园位于银河系的另一侧，那颗晦暗的星球在令人不安且充满争议的《埃尔特顿陶片》中被称为**伊斯**。伟大种族借助发明的设备轻而易举地击败了捕猎者个体，将它们赶进地球内部的洞穴，这些洞穴本来就和捕猎者的居所相连。伟大种族随后封死了洞穴的出入口，让捕猎者去面对自己的命运，然后占领了捕猎者的宏伟城市，保留了一些重要的建筑物，更多的是出于迷信，而不是漠视、勇敢或对科学和历史的热情。

但亿万年之后，这些远古之物在地下世界变得越来越强大，众多的邪恶征兆开始隐约浮现。格外丑恶的零星事件陆续爆发，既在伟大种族偏远的小城市里，也在没有伟大种族居住的荒弃古城里，这些城市通往地下深渊的路径既没有被完全封死，也无人看守。伟大种族于是采取了更严格的预防措施，彻底堵死了许多路径，但为了防止远古之物在出乎意料之处突破封锁，伟大种族还是保留了一些通道供战略部署使用，并且加装了封闭的坚固暗门。地质变动堵塞了一些路径，也制造出新的深渊，征服者未曾摧毁的地面建筑物和废墟的数量随之逐渐减少。

远古之物的侵袭无疑带来了难以用文字形容的震惊，永久性地给伟大种族的心灵蒙上了阴影。根深蒂固的恐惧情绪使得伟大种族绝口不提那些生物的外形，我从未找到过对它们形象的清晰描述。有一些遮遮掩掩的说法称它们拥有怪诞的可塑性，能够短暂地隐形，还有一些支离破碎的传闻称它们驾驭了风力，能够将狂风应用于战争。与它们相关的其他特征还包括特殊的嗖哨怪声和有五个圆形足趾的巨大脚印。

伟大种族显然绝望地恐惧着未来那场无可逃避的劫难，造成劫难的必定是远古之物最终成功脱困，几百万敏锐的意识将被迫跨越时间的深渊，前往更安全的未来，占据另一批怪异的躯壳。前往未来的精神投射明确地预言了这桩恐怖祸事，伟大种族已经做出决定，凡是能够逃脱的个体都不必留下来面对灾难。根据这颗星球的未来历史，它们知道那将是一场复仇的血洗，远古之物并不会重新占领地表世界，因为伟大种族通过意识投射了解到那些可怖的生物没有滋扰日后将会统治地球的其他种族。比起暴风肆虐、环境多变的地表世界，那些生物或许更喜爱地球内部的深渊，因为光线对它们来说毫无意义。或许它们也随着时间的推移而逐渐变得软弱了。逃跑的意识将占据人类之后的甲虫种族的身体，到这个种族兴旺发达的时候，那些古老生物早已彻底灭绝。尽管恐惧使得伟大种族禁止在日常谈话和可查档案中提到这个话题，但它们依然保持着谨慎和戒备，时刻准备使用那些强大的武器。无可名状的恐惧阴影永远笼罩着被封死的暗门和古老的黑色无窗巨塔。

— 5 —

我每晚的梦境用零散而晦暗的回音向我勾画出这个世界的面貌。我不可能真正地描述出这些回音所蕴含的恐怖和惊惧，因为这些情绪主要依赖于一种难以用语言形容的特质，也就是虚假记忆的强烈感觉。如我所说，科学研究让我用理性和心理学的解释逐渐筑起了抵挡这些情绪的堤防。随着时间的推移，我慢慢熟悉了梦境中见到的一切，愈加增强了这股挽救心智的力量。尽管令人毛骨悚然的模糊恐惧感依然会偶尔杀个回马枪，但不再像以前那样能够吞噬我的心灵了。1922年以后，我过上了工作和娱乐兼顾的平淡生活。

在接下来的年月里，我开始觉得自己应该完整总结一下这段经历，加上类似的病例和相关的传说，出版文章供严肃的学者研究。因此我撰写了一系列文章讲述整件事情的前因后果，配上粗糙的速写，描绘我在梦中见到的怪物、风景、装饰图案和象形文字。这些文章分几次刊载在1928年至1929年的美国心理学协会杂志上，但没有引来多少关注。与此同时，越来越多的报告占据了大量空间，而我依然在尽可能详细地记录梦境。

1934年7月10日，心理学协会将一封信转给我，开启了这场疯狂苦难最终也是最恐怖的一幕。邮戳说明这封信从西澳大利亚州的皮尔布拉寄出，我打听后得知，署名者是一位颇为著名的采矿工程师。随信附上的还有几张非常怪异的照片。我将全文引用这封信，所有读者都会明白这些文字和照片给我带来了何等巨大的震撼。

起初我惊诧得不敢相信信中的内容。尽管我向来认为影响了我的梦境的传说必定拥有一定的现实基础，但还是没有准备好面对从遥远得超乎想象的失落世界遗留至今的确凿证据。破坏性最强的无疑是那些照片，因为冰冷而无可怀疑的现实就摆在我的眼前，黄沙背景前矗立着久经风霜雨雪侵蚀的几块巨石，略微凹陷的底部和略微凸起的顶部讲述着自己的故事。我拿起放大镜仔细查看照片，清清楚楚地在坑洞疤痕之间看见了那些曲线花纹和象形文字的痕迹，在我眼里拥有无比可怖的意义。以下就是这封信，也是它自己最好的佐证：

丹皮尔街49号
西澳大利亚州皮尔布拉市
1934年5月18日
N.W.皮斯利教授
美国心理学协会转呈
东41街30号
美国，纽约

敬爱的皮斯利先生——

  我最近和珀斯的E.M.波义耳博士有过一次谈话，他刚刚将登载了先生文章的几份杂志寄给我，因此我认为有必要向您讲述我在我司大沙漠金矿以东见到的一些事物。根据您的描述，某些传说故事中提到了有着巨型石砌建筑物和怪异图案及象形文字的古老城市。据此来看，我大概发现了一些非常重要的东西。

  澳洲土人经常会谈起"刻有符号的巨型石块"，似乎对它们怀着极为巨大的恐惧。他们将这些东西与种族传说中的善达以某种方式联系在一起，善达是个体型庞大的老人，用手臂枕着头部在地下沉睡了千百万年，待他日后某天醒来，就将吞噬整个世界。当地还有一些几乎被遗忘的古老传说称，地下有用石块垒砌的巨型屋舍，屋内的通道向地底永无止境地延伸，恐怖的事情就在那里发生。土人说曾有一些勇士战败逃跑，一头钻进这么一个深洞，再也没有回来，他们下去没多久，从那条地缝里就吹出了可怕的狂风。不过，土著说的话里通常没多少靠得住的内容。

但是，我想告诉您的事情远远不止这些。两年前，我在采矿点以东五百英里的沙漠中勘探时，偶然发现了一大批怪异的砾石残骸，它们长约三英尺，宽两英尺，高两英尺，已经遭受了非常严重的风化和磨蚀。刚开始我没有发现土著提到的所谓刻痕，但仔细研究之后，我发现在遭受严重风化的石块表面，依然能辨认出一些人工雕凿的较深线条。这些特异的曲线完全符合土著的描述。我估计那里有三四十块石头，有些几乎完全被黄沙掩埋，全都在直径约四分之一英里的圆圈范围内。

我发现几块样本后，就在附近用心搜寻更多的石块，并用仪器仔细测量了整片区域。我还拍摄了十到十二块最典型的石头，随信附上供您参考。我将勘察结果和照片交给珀斯市政府，但他们没有采取任何行动。后来我遇见了波义耳博士，他读过您发表在美国心理学协会杂志上的文章，里面恰好提到了类似的石块。他产生了极大兴趣，我向他展示拍摄的照片，他颇为兴奋，称石块和刻痕完全符合您在梦境中见到和古老传说中描述的那些巨石的特征。他本来想写信给您，但被另外一些事情耽搁。他将登载了先生文章的大多数杂志寄给我，根据您的素描和描述，我发现的无疑就是您提到的那种石块。请参考随信附上的照片。以后您将直接从波义耳博士那里听到他的看法。

我明白这个发现对您来说会有多么重要。毫无疑问，我们面对的是一个古老得超乎想象的未知文明的遗迹，它们就是您提到的那些传说的现实基础。身为一名采矿工程师，本人对地质学略有所知，我可以向您保证，这些石块古老得让我害怕。它们主要是砂岩和花岗岩，而我几乎可以确定其中一块的材质是某种怪异的水泥或混凝土。石块上有水流活动的痕迹，就好像自从这些石块被制造出来并使用之后，地球的这个角落曾经没入水下，经历了漫长的许多世代后重新浮出水面。我说的是数以百万年计的时间，上帝才知道究竟有多久。我不喜欢思考这个问题。

考虑到您曾经认真搜集那些古老传说和与其相关的所有情况，我不怀疑您有兴趣带领一支探险队深入沙漠进行考古发掘。假如您或您熟悉的哪个组织愿意负责费用，波义耳博士和我都准备好了配合您完成这样的工作。若是繁重的挖掘任务需要人手，我可以召集十几名矿工。土著在这方面派不上用场，因为我发现他们对这片区域怀着近乎癫狂的恐惧。波义耳和我没有向其他人提起这件事，因为您显然有权优先探索此处并享受赞誉。

驾驶重型拖拉机（用于牵引设备）从皮尔·布拉到发现地点大约是四天的行程。它在沃伯顿1873年探险路径的西南方向，位于乔安娜泉东南一百英里的地方。我们也可以沿德格雷河逆流运送物资，而不是从皮尔·布拉出发——具体细节可以再作商量。石块大约位于南纬22度3分14，东经125度0分39之处。当地气候属于热带气候，沙漠里的条件相当艰苦，探险最好选择六月到八月的冬天进行。我愿意与您进一步联络探讨，乐于为您制定的计划提供协助。研读您的文章后，这件事蕴含的深刻意义令我激动不已。波义耳博士随后也将写信给您。假如需要更快速地进行沟通，可通过无线电发送电报到珀斯。

热切盼望您早日回信。

您最忠实的朋友，
罗伯特·B.F.麦肯齐
真诚手书

媒体详细报道了这封信引起的直接后果。我的运气不错，米斯卡托尼克大学慷慨地赞助了探险计划，麦肯齐先生和波义耳博士在澳大利亚完成了无可挑剔的前期安排工作。我们没有向大众详细阐述此行的目标，因为廉价小报肯定会用耸动或嬉闹的手法令人不快地渲染此事。因此，成文的报道并不多见，但足以宣布我们将前往澳大利亚研究此前报道过的古老遗迹，同时也按时间顺序列出了前期准备步骤。

与我同行的有大学地质系的威廉·戴尔教授（米斯卡托尼克大学1930年至1931年南极探险队的领队）、古代历史系的费迪南·C.阿什利教授、人类学系的泰勒·M.佛雷伯恩教授和我的儿子温盖特。与我通信的麦肯齐于1935年年初来到阿卡姆，协助我们完成了最后的准备工作。事实证明，这位年届五旬的绅士极为能干，性格和蔼，博学得令人敬佩，对于在澳大利亚旅行的各方面情况都非常熟悉。他安排了重型拖拉机在皮尔布拉待命，我们包租了一艘小型货船，它的吨位较轻，能够逆流而上到达想去的地点。我们准备以最细致和科学的方式进行挖掘，筛查每一粒黄沙，让所有物品以原状或尽可能近似原状地重见天日。

1935年3月28日，我们从波士顿乘坐蒸汽轮船"莱克星敦号"出发，从容不迫地跨越大西洋和地中海，穿过苏伊士运河后向南经红海跨印度洋抵达目的地。我不想细说西澳大利亚那低矮的沙质海岸让我感到多么压抑，也无意描述我有多么厌恶粗陋的采矿小镇和沉闷的金矿，重型拖拉机在矿场装上了最后一批物资。接待我们的是波义耳博士，他是一位令人愉快的睿智长者，拥有渊博的心理学知识，和我们父子展开了多次长谈。

我们一行十八人终于颠簸着驶上遍地黄沙和岩石的贫瘠土地，不安和期待的感觉怪异地混杂于大多数人的胸中。5月31日星期五，我们涉水渡过德格雷河的一条支流，进入那片荒凉的不毛之地。随着逐渐接近传说背后那远古世界的埋藏地点，明确的恐惧感变得越来越强烈，这种恐惧感无疑源自一个事实，那就是令人惶恐的梦境和虚假记忆依然在侵扰我，而且毫无消退的势头。

6月3日星期一，我们见到了第一块半埋在黄沙中的石块。这块碎片来自远古的巨石建筑物，无论从哪个方面看都酷似梦境中构成建筑物墙壁的石块，我无法用语言形容在客观真实的世界中触摸到它时的纷杂感受。石块上有清晰的刻痕，我认出了一种曲线装饰图案的一部分，多年折磨我的噩梦和令人沮丧的研究使得它在我眼中显得无比恐怖，我的双手不由颤抖起来。

经过一个月的挖掘，我们共找到近1250块石头，它们遭到了不同程度的风化和磨蚀。大多数是有雕纹的建筑石材，顶部和底部呈现出弧形。少数石块较小也较薄，表面平坦，切割成四边或八边形（就像我梦中铺砌地板和步道的石板）。还有最少的那些石块极为巨大，曲面和斜角说明它们很可能曾经用于穹顶或拱棱，也可能是拱门或圆窗的一部分。越是偏向东北，挖掘得越深，我们发现的石块就越多，但没有发现它们存在排列规律的迹象。石块古老得难以估量，戴尔教授为此深深着迷。

佛雷伯恩发现了一些符号的痕迹，它们可怕地契合巴布亚和波利尼西亚某些极其古老的民间传说。石块的保存状态和散落情况无声地诉说着令人眩晕的时光流逝和凶蛮无情的地质变动。

我们运来了一架飞机，温盖特时常会飞到不同的高度，在黄沙和砾石的荒原上搜寻大规模建筑物的模糊轮廓——或者是高度的起伏差异，或者是石块的规则分布，但没得到任何有价值的结果。因为就算今天他认为自己瞥见了什么有意义的线条，下次飞行时却只会发现同样似有似无的另一个图案已经将其取代——这是沙漠在风力作用下的必然结果。不过，这些短暂印象中还是有一两个对我造成了怪异而不愉快的影响，似乎以某种方式可怖地呼应着我梦见或读到的一些东西，但我不记得具体究竟是什么。它们有一种恐怖的似曾相识感觉，不知为何会让我偷偷摸摸而担忧地望向北方和东北方那可憎的贫瘠荒原。

七月的第一周，我对大致位于东北方的那片区域产生了一种难以描述的混合情绪，有恐惧，也有好奇，另外还有一种顽固而令人困惑的错觉：我似乎记得那个地方。我尝试用各种各样的心理学手段将这些感觉驱逐出脑海，但无一例外地遭遇惨败。失眠也开始纠缠我，但我甚至更愿意失眠，因为它能够缩短梦境。我养成了深夜在沙漠里长时间独自散步的习惯，通常朝北方或东北方走，总之是新产生的怪异冲动潜移默化地拖着我前行的方向。

散步时我有时会被几乎完全为黄沙掩埋的远古建筑物碎片绊倒。这里与我们发掘的起点不同，没有多少石块裸露在外，但我确定地表下肯定埋藏着不计其数的石块。这里的地势不如营地那么平整，狂风时常将沙砾堆成转瞬即逝的怪异丘陵，让一些古老石块的线条重见天日，同时又掩埋了另外一些线条。我奇怪地急于将发掘的范围延伸到这片区域来，但另一方面又对我们有可能挖出的东西充满恐惧。我显然陷入了一种极为糟糕的精神状态，而更可怕的是我无法解释个中缘由。

我在夜间漫步时发现了一处古怪的地方，从我对它的反应就能看出我的精神健康已经恶化到了什么程度。7月11日晚间，一轮凸月将诡异的惨白色光华洒在神秘的沙丘上。我走出通常散步的范围，发现了一块巨石，它和我们到目前为止发现的所有石块都有着显著的区别。这块巨石几乎完全被黄沙掩埋，我弯下腰用双手清开沙子，用手电筒补充月光的不足，仔细研究这个物体。与其他大块石料不同，这块石头切割成正四方形，表面没有凸起或凹陷。它似乎是玄武岩质地，和我们见惯了的花岗岩、砂岩和偶尔有之的水泥都截然不同。

我突然站起身，转身以最快速度奔向营地。我的逃跑完全是下意识和非理性的行为，直到离帐篷很近了，我才意识到究竟为什么要跑。原因是我在梦境中见过那块怪异的黑色岩石，也读到过关于它的文字，与流传万古的传说中的终极恐怖之物有关系。这块巨石来自故事中伟大种族无比恐惧的玄武岩高塔，阴森可怖的半物质异类生物留下了那些高耸入云的无窗遗迹，这种生物后来在地底深渊里繁衍，不眠卫士看守的暗门封锁着它们犹如狂风的无形力量。

那晚我彻夜不眠，到黎明时才幡然醒悟：我太愚蠢了，竟然让神话故事的阴影搅扰自己的安宁。我不该害怕，而是应该表现出探索者的狂热情绪。第二天中午前，我向其他人讲述了昨夜的发现，戴尔、佛雷伯恩、波义耳、我的儿子和我出发去寻找那块不寻常的石头，结果却失望而归。我不记得那块石头的具体所在，夜间的狂风彻底改变了沙丘的形状。

—6—

接下来将是我的陈述中最至关重要也最难以启齿的部分，之所以难以启齿，是因为我对这段经历的真实性有所怀疑。我有时会不安地确认自己没有做梦或出现幻觉，促使我写下这份记录的正是这种感觉。假如我的经历都是客观现实，那么其中将蕴含何等恐怖的意义。我的儿子是一位训练有素的心理学家，完全了解我的全部病例，也对我充满同情，他将对我的叙述做出最终的判断。

首先，请让我大致描述这件事的表面情况，也就是营地里其他人眼中的事情经过。7月17日的夜晚，经过了狂风肆虐的一天之后，我早早躺下休息，但就是睡不着。快到11点时，我干脆起身了，与东北方有关的那种怪异感觉照例折磨着我，于是我像平时一样外出散步。在离开营地的时候，只有澳大利亚矿工塔珀看见我出去并和我打了招呼。略亏的满月高挂在晴朗的夜空，古老的沙漠沐浴在麻风斑块般的白色月光下，在我眼中显得无比邪恶。狂风暂时停歇，直到近五小时后才重新起风，塔珀和另外几位没有一觉睡到天亮的探险队成员能够证明这一点。塔珀目送我踏着把守秘密的苍白沙丘，快步走向东北方。

大约凌晨3点30分，一阵猛烈的狂风突然刮来，吵醒了营地里的所有人，吹倒了三顶帐篷。天空万里无云，麻风斑块般的惨白月光依然照亮着沙丘。探险队检查帐篷时发现我不见踪影，但考虑到我经常深更半夜外出散步，因此并没有引起大家的警觉。尽管如此，三位队员（全都是澳大利亚人）似乎感觉到空气中弥漫着某种险恶的气息。麦肯齐向佛雷伯恩教授解释称，这是土著居民传染给他们的一种恐惧，当地人围绕着长时间间隔下晴天刮过沙丘的狂风编造了一整套稀奇古怪的邪恶神话。按照他们所说，这种狂风来自发生过恐怖坏事的地下巨石屋舍，而且仅在散落着刻痕巨石的地点附近才能感觉到。接近凌晨4点，狂风陡然停歇，和开始时一样毫无征兆，只留下形状陌生的一座座新生沙丘。

时间刚过5点，惨白如真菌的肿胀月亮渐渐西沉，我踉踉跄跄地冲进营地——没戴帽子，衣衫褴褛，脸上带着擦伤，浑身血迹斑斑，手电筒也不知道去哪儿了。大部分队员已经回去休息，只有戴尔教授在他的帐篷前抽烟斗。他看见我气喘吁吁、近乎癫狂的模样，连忙叫醒了波义耳博士，两人搀扶着我回到我的床上，让我尽量舒服地休息。骚动吵醒了我儿子，他很快也来到我的帐篷里，三个人努力劝我躺着别动，先睡一觉再说。

但我怎么都睡不着，陷入了一种非常特别的心理状态，不同于曾经折磨过我的任何一种情况。休息了一段时间后，我坚持要开口说话——紧张而详细地解释我究竟遇到了什么事情。我告诉他们说我走累了，在沙地里躺下打瞌睡，然后做了一个比平时还要恐怖的噩梦，突然刮起的狂风吵醒了我，本已疲劳过度的神经终于彻底崩溃。我在惊恐中逃跑，半埋于地下的石块多次将我绊倒，摔得我衣衫褴褛、血迹斑斑。我那一觉肯定睡了很久，所以才会有好几个小时不见踪影。

我完全没有提到看见或经历了什么怪事，尽最大的努力克制住自己。但我敦请他们重新考虑这次探险的整体目标，并迫切地劝告他们暂停东北方向的挖掘工作。我提出的理由非常牵强，宣称那个方向没有石块，说我们不该冒犯迷信的采矿者，说大学赞助的资金有可能短缺，还有一大堆或者子虚乌有或者毫无关系的所谓原因。当然了，所有人都没有理睬我的新愿望，连我的儿子也一样，尽管他对我健康的关注是众所周知的。

第二天，我起床后在营地里走来走去，没有参与挖掘。我发现无法阻止他们继续挖掘下去，于是决定尽快回家，以免我的神经再受到刺激。我向儿子提出请求，他答应等他勘察完我希望能避而远之的那片区域，就驾机送我去西南方一千英里外的珀斯。然而转念一想，假如我见到的那块石头依然裸露在外，那么即使有可能遭受嘲讽，我也必须明确地警告他们。熟悉当地民间传说的矿工很可能会支持我。我的儿子迁就我，当天下午驾机外出勘察了我的足迹有可能到达的所有区域，却没有看见我发现的任何东西。那块异乎寻常的玄武岩的事情再次上演，变动的沙丘抹掉了一切踪迹。有一瞬间我颇为后悔，由于我极度的惊恐而使得探险队失去了一件能够引起轰动的物品，但现在看来那反而是上帝的慈悲了，让我依然能够相信整个经历只是一场幻觉，尤其是假如那个噩梦深渊永远不会被其他人发现——这是我由衷的愿望。

7月20日，温盖特送我去珀斯，但他不肯放弃探险、跟我回家。他陪我到25日，送我登上前往利物浦的轮船。此刻我坐在"女帝号"的船舱里，长久而癫狂地回想整件事情，决定至少必须将前因后果告诉儿子，是否要公之于众就交给他决定吧。为了防止种种不测，以上我写下了本人背景情况的概述（人们通过其他零星途径对此已经有所了解），现在我想尽可能简略地讲述那个恐怖夜晚我认为自己在离开营地后究竟目睹了什么。

难以解释、混合着恐惧的虚假记忆化为一种反常的渴望，逼迫着神经紧绷的我走向东北方。我在邪恶的灼灼月光下拖着沉重的脚步缓慢前行，时而看见从无可名状的失落时代遗留至今的远古巨石半埋在黄沙中。怪异的荒原古老得无法估量，沉郁的恐怖气氛前所未有地压迫我的心灵，让我不由自主地想到那些令人发狂的梦境和梦境背后骇人的传说故事，还有土著和矿工对这片沙漠和刻纹石块表现出的恐惧。

但我就是停不下脚步，好像要去参加什么怪诞的集会——离奇的幻想、无法抗拒的冲动和虚假的记忆越来越强烈地影响着我。我想起儿子在空中见过一些或许存在的石块排列而成的线条，思考它们为什么让我觉得既不祥又熟悉。有什么东西在拨弄我的记忆之锁，而另一股未知力量却想牢牢地关上这扇门。

深夜里没有一丝风，惨白的沙丘上下起伏，仿佛被冻住的海浪。我不知道要去哪儿，但依然勉力前行，就像被命运操纵的木偶。梦境涌入清醒的世界，黄沙掩埋的每一块石头都仿佛来自远古建筑物的无尽走廊和万千房间，雕刻的花纹和象形文字全是我被伟大种族囚禁时逐渐熟悉的符号。有时候我觉得见到了那些无所不知的锥形恐怖生物，它们四处移动，完成各种日常工作。我不敢低头看身体，害怕发现自己也是它们中的一员。黄沙覆盖的石块、房间与走廊、灼灼照耀的邪恶月亮和发光水晶的照明灯、无边无际的沙漠和窗外摇曳生姿的蕨类植物与苏铁……不同的景象重叠出现在我眼中。我醒着，但同时也在做梦。

不知朝什么方向走了多久和多远，我忽然看见一堆巨石，白天的狂风吹开了黄沙，这些巨石裸露在外。我从未在一个地点见过这么多的石块，它们给我带来了强烈的冲击，亿万年前的幻象因此陡然消失。我眼前顿时只剩下了沙漠和邪恶的月亮，还有从难以估量的远古遗留至今的记忆残片。我走到近处停下，用手电筒照亮那堆倾覆的石块。狂风吹走了一个沙丘，巨石和较小的碎块围成不规则的低矮圆环，直径约为四十英尺，石块高度在二英尺到八英尺之间。

站在圆环的最外围，我已经意识到这些石块有着空前重要的意义。不但因为石块的数量多得无可比拟，更是因为当我借着月亮和手电筒的光线扫视它们时，被黄沙磨蚀的纹路中有某种东西使得我难以自拔。它们与我们已经发现的那些样本并没有本质上的区别，我体验到的是一种更加微妙的感觉。这种感觉不会在我盯着单独一块巨石看时出现，而是在眼睛几乎同时扫过几块时悄然浮现。片刻之后，我终于领悟到了真相。许多石块上的曲线花纹有着密切的联系，都属于同一个庞大的装饰性图案。在这片万古荒寂的沙漠中，我第一次遇到了一座保存在原始位置上的建筑物，它倾覆倒塌、支离破碎，但依然确凿无疑地存在着。

我从最底下开始，费劲地爬向废墟的顶端，时而停下，用手指清理沙砾，想方设法理解图案的尺寸、形状及风格的区别和彼此之间的关系。过了一会儿，我大致能够猜到这座早已成为历史的建筑物是什么了，也对曾经遍布这座远古石砌房屋外表面的图案有了一定的概念。它完全符合我在梦境中瞥见的一些景象，这件事情让我倍感惊骇和惶恐。它曾经是一条巨石垒砌的廊道，高达三十英尺，脚下铺着八边形的石板，上方是坚实的拱顶。廊道右侧应该有一些房间，尽头是一道怪异的斜坡，盘旋向下通往地底更深处的楼层。

这些念头涌上心头，我震惊得几乎跳了起来，因为这些内容远远超出了石块本身提供的信息。我怎么可能知道这层楼面位于地下深处？我怎么可能知道背后的斜坡通向上方？我怎么可能知道连接石柱广场的漫长地下通道位于上方左侧的那个楼层？我怎么可能知道机械室和通往中央档案馆的右侧通道位于下方两层的那个楼面？我怎么可能知道向下四层即最底层有一道用金属条封死的恐怖暗门？梦境世界的事物忽然闯进现实，我惊愕得浑身颤抖，冷汗淋漓。

我感到一股阴森而冰冷的微弱气流从废墟中央附近的低洼之处渗透出来，仿佛最后一根稻草般终于压垮了我。和先前一样，我的幻觉陡然消失，眼前又只剩下了邪异的月光、阴郁的沙漠和远古建筑物的废墟。此刻我不得不面对的是真实存在之物，但充斥着有关黑暗秘密的无数线索。因为从那股气流只能推出一个结论：地表的凌乱石堆下，隐藏着一个巨大的深渊。

我首先想到的是土著传说中埋藏于巨石之间的地下屋舍，恐怖的坏事在狂风诞生之处发生。脚下究竟是个什么样的地方？我即将揭开流传了亿万年的神话，以及阴魂不散的噩梦那难以想象的远古源头？我只犹豫了几秒钟，因为比好奇心和科研精神更狂热的某种力量驱使着我，压倒了我胸中越来越强烈的恐惧。

我不由自主地迈开脚步，像是被无法反抗的命运攥在了掌心里。我收起手电筒，以自己都难以想象的力量搬开一块又一块巨大的石块，直到一股强烈的气流涌了上来，这股气流颇为湿润，与干燥的沙漠空气形成怪异的对比。黑色的洞口渐渐显露，等我搬开所有能推动的较小石块，麻风斑块似的白色月光照亮了一个足以容纳我出入的洞口。

我掏出手电筒，将明亮的光束投入洞口。脚下是建筑物倾覆后的纷乱石堆，大致形成一道以四十五度通向北方的斜坡，显然是无数年前由上而下坍塌造成的结果。斜坡和地面之间是光线无法穿透的黑暗深坑，深坑的上表面还能看见巨型应力穹顶的些许痕迹。这片沙漠似乎坐落于从地球幼年就已存在的巍峨建筑基础之上，它们如何历经亿万年的地质活动而保存至今，这个问题无论当时还是现在我都不愿思考。

回想起来，在任何人都不知道本人去向的情况下，突然单独走进这么一个充满疑点的深渊，这个念头完全等同于彻底的精神错乱。或许事实就是我疯了，但那晚我毫不犹豫地走了下去。一路上引导着我的诱惑感和宿命的推动力似乎再次出现。为了节省电池，我每隔一段时间才打开一会儿手电筒，就这样踏上了疯狂的征程。我钻进洞口，沿着险恶的巨石坡道向下爬——能找到搭手落脚的地方时面对上方，其他时候则转身面对巨石，晃晃悠悠地摸索着前行。在手电筒的光束下，左右两侧远远地隐约浮现出刻有雕纹的崩裂墙壁，而前方只有一成不变的黑暗。

摸索着向下爬行时，我忘记了时间的存在。无法理解的线索与图像在我脑海中沸腾，一切客观事物似乎都退避到了无法衡量的远方，生理感觉同时失控，连恐惧都变成了幽魂般的懒散怪兽，没精打采地睨视着我。最后，我来到了水平的一层，这里遍地是塌落的石板、不规则的石块和数不尽的砂砾岩屑。左右两侧相距约三十英尺，高耸的石墙汇聚成巨大的穹棱，上面雕刻着能够勉强分辨的纹路，但其意义就超出了我的理解范围。最吸引我的是上方的穹顶，手电筒的光束照不到，但怪异拱顶较为低矮的部分已经清晰可见。它们与我在无数梦境中见过的远古建筑物完全相同，我第一次从心底里感觉到了震撼。

在我身后极高的地方有一团微弱的光芒，模糊地象征着月光下遥远的外部世界。残存的一丝谨慎提醒我，绝对不要让这团光芒离开视线，否则我就会失去返回地表的路标。我走向左边的石墙，那里的雕刻纹路最为明显。地面布满碎石，几乎和下来的乱石堆一样难以行走，但我还是勉强走到了墙边。在某个地方，我搬开几块碎石，踢开剩下的岩屑，只是想看看地面的样子。八边形的大块石板尽管已经弯曲变形，但依然大致拼接在一起，宿命般的熟悉感觉使得我不寒而栗。

我站在离墙壁不远的地方，缓慢地转动手电筒的光束，仔细打量饱经磨蚀的雕纹。曾经存在的流水侵蚀了砂岩石块的表面，另外还存在一种我无法解释的怪异积垢。建筑结构在某些地方已经松垮和变形，真不知道这座埋藏万古的建筑物的留存痕迹在地壳变动中还能再坚持多少个地质年代。

最让我发狂的还是雕纹本身。尽管经历了岁月的侵蚀，但凑到近处仔细看，依然很容易就能看清它们的走向。雕纹的每一个细节都让我体验到了发自内心的熟悉感，几乎震撼了我的整个头脑。假如我只是很熟悉这座古老建筑物的主要特征，那倒是并没有超出常理的范畴。建筑物的特征给某些神话的编造者留下了强烈的印象，因而扎根在了传奇故事的血肉之中，在我失忆的那段时间内进入我的视野，在我的潜意识里刻印了清晰的画面。但是，我该怎么解释这些怪异图案连每一条直线和螺旋的最细致微妙之处都完全符合我这二十多年在梦境中见到的雕纹呢？有什么不为人知的绘图方法能够复制出夜复一夜持续不断、毫无变化地在幻梦中包围我的图案的全部明暗对比和细微笔触呢?

我见到的绝不仅仅是偶然或略微的相似性。脚下这条走廊修建于千万年前,又埋藏了几个地质时代,但无疑就是我在梦境中逐渐熟悉的某个场所的原型,我对此处和对克雷恩街住宅一样了如指掌。在我的梦境中,这个场所还是它未曾凋零前的全盛模样,但两者的相同本质依然是不容质疑的事实。可怕的是我完全知道自己的方位。我了解此刻所在的这座建筑物,也清楚它在梦中的恐怖古城内的位置。我惊恐而发自本能地意识到,我可以毫无差错地找到这座建筑物甚至这座城市里的任何一个地方,只要它躲过了漫长岁月的变迁和蹂躏。上帝的圣名啊,这一切到底意味着什么?我怎么会知道我知道的这些事情?栖息在这座史前巨石迷宫中的生物的古老传说背后又隐藏着什么真相?

恐惧和困惑纠缠在一起,蚕食着我的灵魂,文字只能肤浅地描述这种天旋地转的感觉。我认识这个地方。我知道前方等待我的是什么,知道在无数高塔崩塌成灰尘、碎石和沙漠前,上一层曾经存在什么。我战栗地心想,现在不需要把那团模糊的月光留在视野内了。两种渴望折磨着我,一种是逃跑,另一种是熊熊燃烧的好奇心和迫使我前行的宿命感混合而成的狂热情绪。从梦境的时代到现在的几百万年之间,这座怪诞的远古都市究竟遭遇了什么样的命运?城市底下勾连所有巨塔的地下迷宫在多少程度上逃过了地壳的翻腾变动?

难道我走进了一个深埋地底、古老得亵渎神圣的完整世界吗？我依然能找到书写大师的屋舍吗？还有斯格哈——一个囚徒意识，来自南极洲的星状头部半植物肉食种族——在墙壁空白处刻下壁雕的那座高塔吗？地下二层通往异类意识大厅的通道会不会没有堵死，仍旧能够使用呢？那个大厅里曾经放着一个囚徒意识用黏土制作的一尊塑像，那个意识来自一个不可思议的种族，它们半塑胶的个体于一千八百万年以后生活在某颗冥王星外未知行星的中空内部。

我闭上眼睛，用手按住头部，徒劳而可悲地企图将这些疯狂的梦境片段赶出脑海。就在这时，我第一次切实地感觉到周围冰冷而潮湿的空气在悄然流动。我颤抖着意识到前方和脚下肯定隐藏着一连串万古死寂的黑色深渊。我想到曾在梦境中造访的厅堂、走廊和斜坡。通往中央档案馆的廊道还能使用吗？我想到有无数令人惊叹的记录存放在不锈金属打造的方形库房里，迫使我前进的宿命感又一次执拗地催促我迈开脚步。

按照梦境和神话的说法，那里存放着宇宙时空连续体从过去到未来的整个历史，由来自太阳系每一颗星球和每一个时代的囚徒意识书写。对，太疯狂了，但我能够偶然闯进这么一个永夜世界，难道不也同样疯狂吗？我想到上锁的金属架，想到需要单独拧开的怪异球锁。我自己那个盒子栩栩如生地出现在脑海里。我曾经多少次以错综复杂的手法通过旋转按压打开最底层陆生脊椎动物区的那个盒子啊！所有的细节都那么鲜活和熟悉。假如梦境中的库房确实存在，我只需要几秒钟就能打开球锁。疯狂彻底占据了我的心灵。片刻之后，我跌跌撞撞地跑过遍地的碎石和岩屑，奔向记忆中通往最底层的那道斜坡。

— 7 —

从那以后，我的记忆就不怎么靠得住了。事实上，我到现在依然抱着最后一丝绝望的期盼，希望它们都是某个恐怖噩梦的一部分，或者我谵妄时的幻觉。狂热的情绪在我脑海里肆虐，全部感官都像是蒙着一层雾霭，有时甚至断断续续的。手电筒的光束无力地照进吞噬一切的黑暗，熟悉得可怕的墙壁和雕纹如幽魂般稍现即逝，岁月的侵蚀磨灭了所有光彩。有一段巨大的拱顶已经坍塌，我不得不爬过小山一般的乱石堆，几乎碰到了结满奇形怪状的钟乳石的参差天花板。这完全是最高级别的噩梦，可憎的虚假记忆不时刺激着我，情况因此变得更加糟糕。只有一个细节显得陌生，那就是我与巍峨建筑的相对比例。一种不寻常的渺小感压迫着我，就仿佛在区区凡人的身体里见到的高耸石墙是一件不寻常的陌生事物。我一次又一次紧张地低头看自己，我拥有的人类躯体使我隐约感到不安。

我跃起跳下、磕磕碰碰地前行穿过黑暗的深渊，屡次跌倒，摔得遍体鳞伤，有一次险些撞碎手电筒。我认识这个恐怖地洞里的每一块石头和每一个转角，我在许多地方停下脚步，用光束照亮已经堵塞和崩裂但依然熟悉的拱门。有些房间已经彻底坍塌，还有一些空空荡荡或遍地碎石。我在几个房间里见到了成堆的金属物品，有些几乎完好，有些从中折断，有些被压烂或变形了，我认出它们就是梦中的台座和桌子。至于它们真正的用途，我甚至不敢猜测。

我找到向下的斜坡，沿着它朝下走，但没多久就停下了，因为面前是一条深不见底、边缘犬牙交错的沟壑，最窄处也不少于四英尺。此处的石板已被砸穿，袒露出无法丈量的漆黑深渊。我知道这底下还有两层建筑物，想到最底层被金属条扣死的暗门，又一阵惊恐让我浑身颤抖。守卫不复存在，曾经潜伏地底的生物早已完成它们丑恶的复仇，随后进入了漫长的衰亡期。待到甲虫种族在人类之后统治地球时，它们将彻底灭绝。然而，一想到土著的那些传说，我再次不寒而栗。

我费了很大的力气，好不容易才越过这条深沟，遍地碎石使得我无法助跑，但在疯狂的驱动下，我选中了靠近左边墙壁的一个地方，深沟在那里最为狭窄，落地的位置也没有多少危险的碎石。一个疯狂的瞬间过后，我安全地抵达了深沟的另一侧，终于来到最底下一层，跌跌撞撞地经过机械室的拱门，奇形怪状的损毁器具半埋在坍塌的拱顶之下。所有东西都在我记忆中它们应该在的地方，我信心十足地爬过挡住了一条横向廊道的乱石堆。我记得很清楚，这条路能带我从城市底下走向中央档案馆。

我跌跌撞撞地顺着满地碎石的廊道前行，无穷无尽的岁月仿佛在眼前展开。偶尔能在被时间侵蚀的墙壁上分辨出雕纹的线条，有些很熟悉，有些似乎是在我的梦境所处时代以后添加的。这条廊道是在地下连接不同建筑物的快速通道，因此只在通往其他建筑物较低楼层的路口修建了拱门。来到一个这样的交叉路口，我转向侧面，长时间地注视我记得清清楚楚的通道和房间，只发现了两点与梦境大相径庭之处，其中有一处我还能分辨出记忆中的拱门被封死后的轮廓。

我不情愿地快步穿过一座无窗巨塔的地下室，异乎寻常的玄武岩石料讲述着传说中它们可怖的起源。我的身体剧烈地颤抖，让我抬不起脚的虚弱感怪异地汹涌而来。这个古老的地下室呈圆形，直径足有两百英尺，暗色石墙上没有任何雕纹。地上也只有灰尘与砂砾，我能看见通往上方和下方的两个孔洞。高塔里没有楼梯或坡道。在我的梦境里，伟大种族绝不会触碰这些古老的高塔，而建造高塔的生物也不需要楼梯和坡道。梦中向下的孔道被紧紧封闭、密切看守，现在却敞开着漆黑的洞口，从中吹出一股阴冷潮湿的气流。那底下暗藏着何等漫无边际的永夜洞窟，我甚至不允许自己思考这个问题。

随后我爬过一段严重堵塞的廊道，来到一个天花板彻底塌陷的地方。碎石堆积如山，我好不容易才翻过去，然后穿过一个空旷的巨大房间，手电筒的光束甚至照不到拱顶和两侧的墙壁。我心想，这里肯定就是金属物品供应者所在大楼的地下室，这座建筑物面对第三广场，离档案馆不远。至于它遇到了什么变故，这就是我无从猜测的了。

越过如山的岩屑和碎石，我回到正确的廊道里，没走多久，通道就彻底堵死了，坍塌的拱顶几乎碰到了岌岌可危的下陷天花板。天晓得我怎么搬动和推开足够多的石块，从中挖出了一条隧道，天晓得我怎么敢移动那些紧密堆积的碎石，因为哪怕最轻微的平衡变化也有可能让无数吨石料砸下来，将我碾成尘埃。假如这趟地下历险并不像我希望的那样，只是可怕的幻觉或迷离的梦境，那么驱策和引导我的就必定是纯粹的疯狂。但我确实挖出或梦见我挖出了一条能让我蠕动着穿过的隧道。我打开手电筒咬在嘴里，蜿蜒着爬过堆积如山的碎石，头顶上奇形怪状的钟乳石划破了我的肌肤。

现在我离巨大的地下档案馆不远了，那里应该就是我的目的地。我半滑半爬地从屏障的另一侧溜下去，拿着时开时关的手电筒，走完最后那段廊道，来到一个四面都有出入口、保存状况极为完好的低矮圆形地下室。墙壁，至少是手电筒光束笼罩范围内的墙壁，上面密密麻麻地刻着象形文字和曲线符号，有些是我梦境所处时代以后添加的。

我意识到，这里就是命运指引我前来的终点了。我转身穿过左边一道熟悉的拱门。说来奇怪，我毫不怀疑能找到一条畅通的廊道，沿着斜坡上下保存完好的所有楼层。这座雄伟的建筑物受到大地的庇护，存放着整个太阳系的编年史，伟大种族用神迹般的技术和伟力修建它，使它能够巍然矗立到太阳系毁灭的那一天。巨大得令人瞠目结舌的石块按照天才的数学设计层层垒放，用牢固得难以想象的水泥黏合成形，造就的建筑物和地球的岩石核心一样坚实。它经历的漫长岁月超过了我能用神智理解的范围，深埋地下的庞然身躯依然保持着原始的全部轮廓。开阔的地面上积满浮尘，但几乎没有在其他地方随处可见的碎石。

从此处开始，道路变得颇为通畅，给我的头脑带来了古怪的影响。先前被障碍物重重阻挡的疯癫渴望以狂热之势喷涌而出，我按着清晰得可怕的记忆，沿着拱门口里的低矮通道向前奔跑。眼见之物的熟悉感觉不再令我震惊。刻着象形文字的金属柜门在左右两侧阴森浮现，有些完好无损，有些已经崩开，有些在不足以震碎庞然建筑物的地质压力下扭曲变形。洞开的柜门比比皆是，底下往往是一堆积满灰尘的金属盒，显然在地震中被晃了出来。间或出现的立柱上刻着偌大的符号或字母，代表着卷宗的门类与子类。

我在一个打开的储存柜前驻足良久，因为无处不在的砂砾之中有几个金属盒还放在原处。我抬起手臂，费了点周折取出其中较薄的一个，放在地上仔细查看。盒面上刻着随处可见的曲线象形文字，但字符的排列有些微妙的不同寻常之处。锁住盒子的古怪钩形扣件对我来说根本不是问题，我掀开活动自如、依然毫无锈斑的盒盖，拿出里面的书册。和我记忆中的一样，书册长宽约为二十英寸和十五英寸，厚约两英寸，薄薄的金属封面从上方打开。亿万年岁月似乎没有给坚韧的纤维质纸张留下任何痕迹，我打量着用笔刷书写的色泽奇特的文字，这些符号与随处可见的曲线象形文字或人类学者知晓的任何一种字母都毫无相似之处，似有似无、萦绕不去的熟悉感折磨着我。我想了起来，这是梦境中一个囚徒意识使用的语言，我与它稍微有些交情，这个意识来自一颗较大的小行星，这颗小行星是一颗远古行星的碎片，保留了原始行星的大量生命和知识。同时我也想了起来，档案馆的这一层专门存放外星球生命的卷宗。

我从这份不可思议的档案上收回视线，发现手电筒的灯光开始变暗，于是飞快地换上永远带在身边的备用电池。借着重新变得强烈的光线，我继续沿着错综复杂、永无止境的通道和走廊狂热地奔跑，不时认出一些熟悉的架子，脚步声在万古死寂的地下坟墓里回荡，刺耳的声音使得我隐约有些着恼。我在亿万年无人涉足的积尘上留下的脚印让我不寒而栗。假如我的梦境含有哪怕一星半点的事实，那么人类就从来没有踏上过这些古老的道路。我究竟在疯狂地跑向什么地方，我的意识没有任何概念，只是任由某种邪恶的力量拉扯着我茫然的意志和深藏的记忆，因此我大致知道自己并不是在漫无目的地乱跑。

我来到一条向下的坡道，顺着它跑向更深的地下。许多楼层在我身边一闪而过，但我没有停下来仔细探索。我混乱的脑海里浮现出某种节奏，右手跟着这个节奏不停抽动。我想打开一把锁，自认为知道该如何用错综复杂的手法扭转按压打开这个像是装有组合锁的现代保险箱。无论是不是做梦，我都曾经知道，现在也依然知道。梦境（或无意识间吸收的传说片段）为何会让我通晓如此细致、精密和复杂的知识，我甚至都不想找出一个能自圆其说的解释。我已经丧失了前后连贯的思考能力。为何我会令人震惊地熟悉这个未知遗迹？眼前的一切事物为何都完全符合只在梦境和神话片段里出现过的场景？这整个经历难道不是打破所有逻辑的一场噩梦吗？或许这就是我当时（还有现在比较清醒的时刻）坚持的信念：我根本不是清醒的，深埋地下的古城只是癫狂幻觉的一个片段。

我终于来到最底下的一层，跑向坡道的右侧。出于某些不为人知的原因，我尽量放轻了脚步，也因此降低了速度。深埋地底的最后这个楼层有一片区域是我不敢贸然穿越的，逐渐靠近那里的时候，我回想起自己害怕的究竟是什么东西。只是一道用金属条封死、受到严密看守的暗门。现在不再有守卫了，我颤抖着蹑手蹑脚地走向黑色玄武岩拱顶下同样质地的黑色暗门。和从前一样，我感觉到一股阴冷潮湿的气流，真希望要走的路线位于另一个方向。我也不知道自己为什么必须要走现在这条路线。

来到目的地，我发现暗门敞开着。里面摆放的依然是储物架，我看见堆在一个架子底下的金属盒上只积了很薄的灰尘，显然那些盒子是最近才掉下来的。这时候，又一阵惊恐袭击了我，刚开始我还不明白到底是为什么。金属盒落在地上并不稀奇，因为这座迷宫在黑暗中度过了千百万年，地壳起伏不止一次蹂躏过它，时常回荡着物体倾覆那震耳欲聋的巨响。穿过那片区域，我才意识到我的惊骇为何如此强烈。

让我恐惧的不是那堆金属盒，而是地面上的积尘。在手电筒的光束下，灰尘似乎不是它们应有的样子——有些地方的积尘比较薄，像是在仅仅数以月计的时间前被扰动过。我不敢确定,因为即便是看似较薄的地方也积着颇厚的灰尘,但疑似不平整之处有着某种可疑的规律性,令我深深地感到不安。我将手电筒的光束对准这样的一个古怪地方,非常不喜欢见到的东西,因为原本只是想象的规律性变得非常明显。那是几行有规律的复合印痕,印痕三个一组,每个约一英尺见方,其中有五个近乎正圆的印迹,每个印迹长约三英寸,一个位于另外四个的前方。

这些疑似印痕每个约有一英尺见方,朝两个方向延伸,像是留下印痕的主人去了某个地方,然后又原路返回。这些印痕无疑非常浅,有可能只是幻觉或偶然的结果。但它们在我心目中的走向有着某种模糊而难以言喻的恐怖感觉。因为印痕的一头是不久前掉落在地的那堆金属盒,而另一头就是那道险恶不祥的暗门,阴冷潮湿的气流从中涌出,无人看守的洞口通往超乎想象的深渊。

—8—

驱策我来到这里的强迫性力量深入内心,不可阻挡,乃至于战胜了我的恐惧。可怖的疑似脚印撩动了让我毛骨悚然的梦境记忆,没有任何符合逻辑的动机能够带着我继续前进。我的右手尽管因为害怕而颤抖不已,却依然有节奏地抽搐着,急不可耐地想找到并打开一把锁。不知不觉之间,我已经走过那堆最近掉落的金属盒，踩着没有任何印痕的积尘，蹑手蹑脚地穿过一条又一条走廊，跑向某个我熟悉得可怕乃至恐怖的地点。我的大脑向它自己提出各种各样的问题，我完全无法想象这些问题从何而来，彼此有什么联系。人类的躯体能摸到那个架子吗？人类的手能做出那亿万年前的记忆中的开锁动作吗？锁应该完好无损，仍旧能打开吧？我该怎么处理内心既希望又害怕（这是我逐渐意识到的感觉）发现的东西，或者说我敢怎么处理？它能证明什么？是远远超出正常概念、足以粉碎大脑的真相，还是仅仅是我的一场幻梦？

等回过神来，我已经停下了蹑手蹑脚的奔跑，一动不动地站在走廊里，望着一排刻着象形文字、熟悉得让人发疯的架子。它们保存得近乎完美无缺，这附近只有三扇柜门被崩开了。文字不可能描述出我对这些架子的感觉——那是一种多么强烈和不可动摇的熟识感啊！我抬头望向最顶上无论如何也摸不到的一排架子，琢磨着该怎么爬上去。从底向上第四排有一扇被崩开的柜门供我借力，紧闭柜门的球锁能够支撑我的手脚。用双手攀爬的时候，我可以把手电筒咬在嘴里。最重要的一点，我绝对不能弄出任何响动。该如何把我想取出来的金属盒搬到地面上是个难题，也许可以将盒子的活动扣件挂在外套衣领上，然后当它是个背囊。我依然很担心球锁会不会受到了损坏，但毫不怀疑我能否重复那每一个熟悉的动作。我希望柜门没有变形或破碎，能够让我的手顺利完成任务。

就在我前思后想的当口，我已经用牙齿咬住手电筒，开始向高处攀爬了。突出的球锁难以借力，好在被崩开的柜门不出所料地帮了我很大忙。我借助柜门和柜子隔板的边缘向上爬，尽量不发出响亮的吱嘎声。我站在柜门上保持平衡，向右手边探出身体，远远地恰好摸到了想找的那把球锁。我的手指因为攀爬而变得麻木，刚开始还非常笨拙，没多久我就发现人类手指的解剖结构完全胜任这项工作。另外一方面，手指对节奏的记忆非常清晰。精细复杂的神秘动作跨越时间的未知深渊，将所有细节不差分毫地送进我的脑海。才尝试不到五分钟就响起了咔嗒一声，我的意识没有做好听见这个熟悉声音的准备，因此更加强烈地震撼了我的心灵。半秒钟过后，金属柜门缓缓打开，只发出了最微弱的一丝碾磨声。

我头晕目眩地望着柜子里的一排灰色金属盒，难以解释的某种情绪势不可挡地涌上心头。就在我用右手刚好能摸到的地方，一个盒子上的曲线象形文字让我浑身颤抖，那一刻感到的冲击要比单纯的恐惧复杂无数倍。我伸出依然颤抖的手，勉强抽出这个盒子，灰尘像雪花似的纷纷落下，我将盒子拉向身体，没有发出任何剧烈的声响。和我见过的其他盒子一样，这个盒子长约二十英寸，宽十五英寸，厚度刚超过三英寸，盒面上用浅浮雕手法刻着精细的曲线图案。我将盒子夹在身体和我攀爬的表面之间，摆弄了一会儿扣件，终于解开了挂钩。我掀开盒盖，将沉重的盒子放在背上，用扣件钩住衣领。我的双手恢复自由，我笨拙地爬向积灰的地面，准备仔细查看战利品。

我跪在沙砾和灰尘之中，将盒子拿回胸前，放在面前的地上。双手在颤抖，我既不敢取出里面的书册，同时又渴望这么做，甚至觉得必须这么做。我已经逐渐明白了即将在盒子里发现什么，这样的醒悟几乎让我的肢体丧失机能。假如盒子里确实就是那件东西，假如我没有在做梦，其中蕴含的意味就远远超出了人类灵魂的承载能力。最让我痛苦的是此刻我不再觉得身边的一切仅仅是梦境。现实的感觉强烈得恐怖——回想这一幕的时候，情况依然如此。

我终于颤抖着从容器里取出那本书册，着魔似的盯着封面上熟悉的象形文字。书册保存得极为完好，组成标题的曲线字符几乎催眠了我，让我觉得似乎能够读懂它们。实话实说，我根本不敢发誓说绝对没有读懂它们，通往反常记忆的恐怖大门或许短暂地打开了一瞬间。我不知道隔了多久才有胆量掀开金属薄板做成的封面。我向自我妥协，寻找借口欺骗自己。我取出嘴里的手电筒，熄灭它以节省电池，然后在黑暗中积累勇气，总算摸黑掀开了封面。最后，我打开手电筒，照亮掀开封面后露出的纸页，同时下定决心，无论看见什么都绝对不发出任何声音。

我只看了一眼，几乎瘫软下去，但我咬紧牙关，保持了沉默。我在吞噬一切的黑暗中坐倒在地，抬起手按住额头。我害怕和期待见到的东西就在眼前。假如这不是在做梦，那么时空区隔就成了一个笑话。我肯定是在做梦，但也愿意挑战内心的恐惧，因为假如这确实是现实，那就应该能把它带回去，展示给儿子看。我觉得天旋地转，尽管一片漆黑中没有任何可见的物体在围绕我旋转。那一眼激发了我记忆中的无数景象，最恐怖的念头和画面汹涌而来，蒙蔽了我的感官。

我想到积灰中疑似脚印的痕迹，连我喘息的声音都吓得自己心惊胆战。我再次打开手电筒，绝望地盯着纸页，就像毒蛇的猎物望着捕食者的眼睛和毒牙。我在黑暗中用笨拙的手指合上书册，放回容器里，关紧盒盖，扣好那古怪的挂钩扣件。假如它确实存在，假如这个深渊确实存在，假如我和世界本身都确实存在，那么这就是我必须带回外部世界的证据。

我不知道自己什么时候爬了起来，跟跟跄跄地开始向回走。我忽然想到一件奇怪的事情，在地下度过了可怖的几个小时，却连一次也没有看手表，这一点足以证明我与正常世界之间的分离感。我拿着手电筒，用另一条胳膊夹着那个不祥的盒子，不由自主地踮起脚尖，在寂静而惊恐的气氛中走过涌出寒气的深渊和那些疑似脚印的痕迹。我沿着永无尽头的坡道向上爬，终于逐渐放松了警惕，但还是摆脱不了心头忧惧的阴影，下来的时候我并没有这种感觉。

想到不得不再次经过比城市更加古老的黑色玄武岩地窖，阴冷潮湿的气流从无人看守的深渊喷涌而出，我就感到心惊胆战。那是连伟大种族都畏惧的异族，它们是或许仍然潜伏在这底下——即便已经非常虚弱，濒临灭绝。我想到疑似存在的五环印痕，想到梦境告诉我那些印痕意味着什么，想到与它们联系紧密的怪异狂风和呼啸哨音。我想到澳洲土著的传说，想到故事里的恐怖狂风和无可名状、怪物盘踞的地下废墟。

我按照墙壁上雕刻的符号拐上正确的楼层，经过先前查看的另一本书册后，回到了有多条拱顶岔道的那个巨大圆形厅堂。我立刻在右边认出了来时穿过的那道拱门。走进拱门之后，我意识到剩下的那段路会相当艰难，因为档案馆外的建筑物早已分崩离析。金属盒沉甸甸地压在身上，我跌跌撞撞地走在碎石和岩屑之间，发现保持安静变得越来越困难了。

我来到几乎顶到天花板的乱石堆前，早些时候好不容易才从中挖出了一条狭窄的通道。想到要再次爬过这条通道，我害怕得无以复加，因为先前钻过通道时制造出了不少噪音，此刻见过那些疑似脚印的痕迹后，我最畏惧的莫过于再弄出什么响动来了。金属盒让这个任务更是难上加难。我尽可能悄无声息地爬上乱石堆，先将盒子塞进逼仄的洞口，然后咬着手电筒，自己也钻了进去——和来时一样，钟乳石划破了我的背部。我想再次抓住金属盒，但它沿着碎石斜坡向下滑了一段距离，叮当碰撞声和随之而来的回声吓得我直冒冷汗。我立刻扑向盒子，一把抱住它，不让它制造出更多的噪音来。片刻之后，我脚下的几块石头忽然松动，发出了前所未有的巨大响动。

这一阵响动是我的厄运之始。不知道是不是幻觉，我觉得从背后遥远的地方似乎传来了对它的回应。我好像听见了某种尖厉的哨声，尘世间没有与它类似的声音，也不可能找到合适的字眼加以描述。或许那只是我的想象，假如确实如此，那么随后发生的事，就是个残酷的笑话了：要是我没有因此而惊慌失措，那么接踵而来的事情就不可能发生。

但事实上我吓得发狂,无可救药地彻底丧失了理智。一只手抓着手电筒,另一只手无力地抱着金属盒,我疯狂地向前蹦跳奔跑,脑子里没有任何念头,只剩下一种单纯的欲望,那就是逃出噩梦般的废墟,返回遥不可及的清醒世界,投入月光和沙漠的怀抱。不知不觉之间,我跑进那个屋顶塌陷的房间,开始翻越伸向无边黑暗的碎石小山,沿着陡峭的斜坡向上爬的时候,我被犬牙交错的石块撞伤和磕破了好几次。更大的灾难随后降临。我莽撞地越过坡顶,没想到前方突然变成了下坡,我踩了个空,整个人都卷进一场碎石滑落引起的山崩之中,那响声犹如开炮,震耳欲聋、惊天动地的回声撕裂了漆黑洞穴里的空气。

我不记得是怎么从这场混乱中脱身的了,记忆中有个片段是在不绝于耳的隆隆巨响中沿着走廊奔跑、跌倒和爬行,金属盒和手电筒依然在我身边。紧接着,就在接近令我无比恐惧的玄武岩地窖时,最疯狂的事情发生了。随着山崩的回声逐渐平息,我听见了一种令人恐惧的陌生哨音在不断重复。先前我只是好像听到这个声音,而此刻就绝对不可能弄错了。更可怕的是它并非来自背后,而是我的正前方。

这时我很可能尖叫了起来。脑海里有一幅非常模糊的画面,画面里的我飞奔穿过远古之物那可怖的玄武岩地下室,耳朵里灌满了该受诅咒的诡异怪声,来自通往无底暗渊那缺少守卫的敞开门户。此外还有风,不是阴冷潮湿的气流,而是充满恶意的猛烈暴风,从发出污秽哨音的可憎深渊而来,狂暴而无情地吹向我。

在记忆中,我奔跑着越过各种各样的障碍,狂风和呼啸哨音变得越来越强烈,充满恶意地涌出我背后和脚下的缝隙,似乎存心绕着我盘旋卷曲。风从我背后吹来,却很奇怪地没有形成助力,而是束缚着我的脚步,像是拴住我的套索或绳结。我顾不上保持安静,奋力爬过石块垒成的高大屏障,弄出许多噼噼啪啪的声音,终于回到了通往地表的那座建筑物。我记得望向机械室的拱门,看见坡道时几乎惊声尖叫,因为两层楼以下无疑有一道渎神的暗门张开了漆黑的洞口。但我没有真的叫出声来,而是一遍又一遍地喃喃自语:我只是在做梦,很快就会醒来。也许我在营地里睡觉,甚至有可能还在阿卡姆的家中。我凭借这些希望勉强维持理智,沿着斜坡走向更接近地表的楼层。

我当然知道还必须重新跨越那条四英尺宽的裂隙,但其他的恐惧占据了我的意识,因此直至走到裂隙前我才完全意识到这件事有多么可怕。下来的时候,跳过这条裂隙还算轻松,但此刻我在上坡,恐惧、疲惫和金属盒的沉重分量折磨着我,再加上怪异的狂风拉扯着我的脚步,究竟该怎么越过这道天堑?我直到最后一刻才想到这些问题,无可名状的恐怖生物或许就潜伏在沟壑下的黑暗深渊里。

手电筒的颤抖光束变得越来越微弱。走近裂隙时,模糊的记忆提醒了我。背后冰冷的狂风和令人作呕的尖啸哨音成了暂时的麻醉剂,仁慈地遏制住我的想象力,让我忘记了黑暗沟壑蕴藏的恐怖。这时我忽然发觉前方也出现了可憎的狂风和哨音,如潮水般从无法想象也不能想象的深渊涌出裂隙。

纯粹噩梦的本质之物降临在我身上。理智抛弃了我，我的大脑一片空白，只剩下生物的逃跑本能控制着我。我挣扎着跑上斜坡，就好像那条沟壑根本不存在。我看见裂隙的边缘，使出身体里的每一分力气，发狂般地一跃而起，可憎的怪异声音和仿佛实质的彻底黑暗汇集成的喧杂旋涡顿时吞没了我。

　　在我的记忆中，这段经历到此为止。接下来的印象片段完全属于幻觉的范畴。梦境、狂想和记忆发疯般地融合成一连串怪异莫名、支离破碎的幻象，与现实中的任何事物都毫无关系。有一段可怖的坠落，我穿过无数里格有黏性、可感知的黑暗，耳畔的嘈杂声响对我们所知的地球和地球上的有机生命来说都彻底陌生。休眠的退化感官似乎变得活跃，描绘出浮游的恐怖怪物栖息的深渊和虚空，将我引向不见天日的危崖和海洋、从未被光线照亮过的密集城市和无窗的玄武岩巨塔。

　　这颗星球的远古秘密和古老历史在我脑海里闪现，既不是画面，也没有声音，以前最狂野的梦境也从未向我吐露过这些事情。湿气仿佛冰冷的手指，自始至终攥紧我、拉扯我，怪异而可憎的哨音恶魔般地厉声尖啸，压过了黑暗旋涡中交替而来的喧嚣和寂静。

　　随后的幻觉是我梦里的那座巨石城市，但不是现在的废墟，而是梦中的样子。我回到非人类的锥形躯体里，混在伟大种族和囚徒意识的行列之中，像它们一样拿着书册，沿着宽阔的走廊和坡道上上下下。叠加在这些画面上的是令人恐惧的闪现片段，这是一种非视觉的意识感知，其中有绝望的搏斗、扭动着挣脱尖啸狂风那攥紧我的触手、蝙蝠般疯狂飞过半凝固的空气、在暴风肆虐的黑暗中发狂地挖掘和癫狂地跟跟跄跄、跌跌撞撞跑过倒塌的建筑物。

一段怪异的半视觉幻象陡然插入：一团弥散的模糊蓝光悬在头顶上的高处。接下来的梦境里，狂风追逐着攀爬奔逃的我，而我蠕动着钻过横七竖八的碎石，回到睥睨世间的月光下，乱石堆在我背后的恐怖狂风中滑动坍塌。令人发狂的月光邪恶而单调地照在身上，我曾经熟悉的客观存在的清醒世界终于回来了。

我匍匐爬过澳大利亚的沙漠，喧嚣的狂风在四周咆哮，我从不知道这颗星球的表面竟能刮起如此暴虐的狂风。衣服已经变成破布，我全身上下都是瘀青和擦伤。完整的意识恢复得非常缓慢，没多久我就忘记了真正的记忆在何处结束，谵妄的梦境又在哪里开始。我隐约记得有巨大石块垒成的小丘，有乱石堆底下的深渊，有来自过去的骇人启示，还有一个梦魇般的结局——但这些事情有多少是真实的呢？手电筒不见了，或许存在的金属盒也不见了。这个盒子真的存在吗？地下真有什么深渊或乱石堆成的小丘吗？我抬起头，向背后张望，却只看见贫瘠的荒漠绵延起伏。

恶魔般的狂风已经停歇，浮肿如真菌的月亮泛着红光沉向西方。我跳起来，蹒跚着走向西南方的营地。先前究竟发生了什么事情？我会不会只是在沙漠里精神崩溃，拖着被梦境折磨的躯体走过了几英里的黄沙和半掩埋的石块？假如事实并非如此，那我该怎么苟活下去？我曾经坚信我的梦境全是神话催生的虚幻妄想。但面对新的疑虑，早先的可怖猜想再次瓦解了我的信念。假如那个深渊真实存在，那么伟大种族也必定是真实的，而它们穿越时空占据其他生物躯体的能力也不是传说或噩梦，而是足以粉碎灵魂的恐怖事实。

而我，在那段罹患所谓失忆症的阴郁日子里，实际上难道是被带回了一亿五千万年前尚无人类的远古世界？难道真有一个恐怖的异类意识从第三纪来到现代，占据过我的这具身躯？我难道真的曾是蹒跚行走的恐怖怪物的俘虏，知道该诅咒的远古石城原先的样子？难道我真的曾蠕动着可憎的异类身体，穿过那些熟悉的走廊？折磨了我二十多年的噩梦难道完全是骇人记忆的产物？难道我真的和来自时空中遥不可及的角落的其他意识交谈过，知晓宇宙过去和未来的秘密？难道我真的曾经写下我所在世界的编年史，并将之放进巨型档案馆的某个金属盒子？难道真有伴随着狂风和邪恶哨音的远古飞天水螅潜伏于黑暗的深渊之中，在等待中变得越来越虚弱，而形形色色的生命形态在这颗星球被时间摧残的地表完成各自绵延千万年的演化历程？

我不知道。假如深渊和潜伏之物确实存在，那么希望就将荡然无存，那么在人类栖息的现实世界之上就笼罩着我们难以想象、超越时间的阴影。幸运而仁慈的是，除了神话催生的梦境又多了几个新篇章，我没有任何证据。我丢失了或许会成为证据的金属盒，深埋地下的走廊直到今天也没有被找到。假如宇宙的法则还有一丝善良，那它们就永远也不该被找到。然而，我必须把我目睹或我认为自己目睹的事情告诉温盖特，让他从心理学家的角度判断我的经历是否真实，并将我的叙述公之于众。

先前我说过，折磨我多年的梦境背后的可怖真相完全取决于我认为在深埋地底的巨石废墟里所见之物的真实性。对我来说，写下这个至关重要的启示极为困难，但读者肯定会猜到我究竟想说什么。它就藏在金属盒里的那本书页里。被我取出来之前，这个金属盒在积累了百万世纪的灰尘中静静地安歇于被遗忘的巢穴中。自从人类出现在这颗星球上以来，没有一双眼睛见过它，没有一根手指摸过它。但是，当我在那恐怖的巨石深渊里用手电筒照亮书册时，我看清了用颜色怪异的墨水写在被岁月染成棕色的纤维质纸页上的字符，它们不是地球早期的任何一种无可名状的象形文字……

……而是我亲手用我们熟悉的字母书写的英语字词。

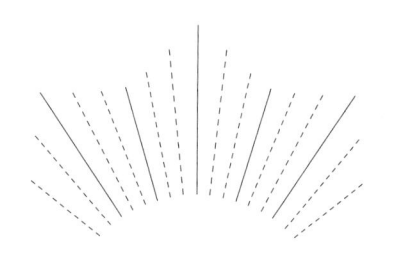

我所有的故事，都建立在这样一个基本前提上：在浩瀚的宇宙中，人类的法律、利益和情感毫无意义……若要了解世界以外那未知的真相，你必须忘记时间、空间、维度、生命机制、善与恶、爱与恨。这些不过是只有微不足道的人类才会拘泥的渺小概念。

——H.P. 洛夫克拉夫特

H.P. 洛夫克拉夫特

Howard Phillips Lovecraft

(1890 — 1937)

1890年出生于普罗维登斯安格尔街194号。

3岁时父亲因精神崩溃被送进医院,五年后去世。

14岁时祖父去世,家道中落,他一度打算自杀。

18岁时深受精神崩溃的折磨,未及毕业便退学。

29岁时母亲也精神失常,两年后死于手术。

34岁时结婚,但婚后生活并不幸福。妻子的帽子商店破产,身体健康恶化。他因此陷入痛苦与孤独,五年后离婚。

一贫如洗的他回到家乡普罗维登斯,将所有精力倾注于写作。然而直到46岁被诊断出肠癌,他的60部中短篇小说终究因为内容过于超前,未能为他带来名利回报。次年,他在疼痛与孤独的阴影中死去。

今天,洛夫克拉夫特和他笔下的克苏鲁神话,被认为是20世纪影响力最大的古典恐怖小说体系,业已成为无数恐怖电影、游戏、文学作品的根源。

姚向辉,又名BY,克苏鲁资深信徒,四处"发糖"。

克苏鲁神话 II

作者 _ [美] H.P. 洛夫克拉夫特   译者 _ 姚向辉

产品经理 _ 吴涛   装帧设计 _ 星野   产品总监 _ 吴畏
技术编辑 _ 白咏明   责任印制 _ 路军飞   出品人 _ 吴畏

营销团队 _ 毛婷 滑麒义 孙烨   物料设计 _ 星野

鸣谢（排名不分先后）

郭建　俞乐和　路佳瑄　乐博睿 _ 张昊　机核 _ 子高　机核 _Ann

果麦
www.guomai.cn

以 微 小 的 力 量 推 动 文 明

图书在版编目（CIP）数据

克苏鲁神话. Ⅱ /（美）H.P.洛夫克拉夫特著；姚向辉译. -- 杭州：浙江文艺出版社，2018.1（2024.4重印）
ISBN 978-7-5339-5111-5

Ⅰ.①克… Ⅱ.①H… ②姚… Ⅲ.①神话 - 作品集 - 美国 - 现代 Ⅳ.①I712.73

中国版本图书馆CIP数据核字(2017)第294896号

责任编辑：瞿昌林
装帧设计：星　野
封面插图：郭　建

克苏鲁神话 Ⅱ

[美] H.P.洛夫克拉夫特 著　姚向辉 译

出版　浙江文艺出版社
地址　杭州市体育场路347号　　邮编　310006
经销　浙江省新华书店集团有限公司
　　　果麦文化传媒股份有限公司
印刷　河北鹏润印刷有限公司
开本　880mm×1230mm　1/32
字数　209千字
印张　10.5
印数　310,601-315,600
版次　2018年1月第1版　2024年4月第31次印刷
书号　ISBN 978-7-5339-5111-5
定价　82.00元

版权所有　侵权必究

如发现印装质量问题，影响阅读，请联系 021-64386496 调换。